第七魔王子ジルバギアスの魔王傾国記

7th Demon Prince Jilbagias,
The Demon Kingdom Destroyer

甘木智彬 Tomoaki Amagi
イラスト：輝竜 司 Tsukasa Kiryu

ルビーフィア＝リバレル
――【氷獄男裸祭り】、開幕！

クセモーヌ　ボン　デージ
「ささ、殿下！
どうぞご覧になってくださぁい！」
「あっ……あのっ……コレッ、
裸より恥ずかし……ッッ」
「ほほぉ――これは卑猥じゃのう！」

「入場ッッ!!」
ゴルドギアス＝オルギ
ダイアギアス＝ギガムント

第七魔王子ジルバギアスの魔王傾国記 Ⅳ

甘木智彬

OVERLAP

Character 登場人物紹介

7th Demon Prince Jilbagias,The Demon Kingdom Destroyer

レイラ

故白竜王・ファラヴギの娘。
ジルバギアスを慕っている。

アンテンデイクシス

制約の悪魔として振る舞う、
その正体は禁忌を司る魔神。

ジルバギアス＝レイジュ

前世は勇者アレクサンドル。
魔神アンテと契約している。

ゴルドギアス＝オルギ

2代目魔王。
【魂喰らい】の槍を操る。

プラティフィア＝レイジュ

ジルバギアスの母。
ソフィアと契約している。

リリアナ

ハイエルフのわんこ。
わんわん。

ダイアギアス＝ギガムント

第3魔王子。
女好きの女たらし。

ルビーフィア＝リバレル

第2魔王子。
強欲で好戦的。

アイオギアス＝ヴェルナス

第1魔王子。
完璧主義者。

トパーズィア＝コルヴト

第6魔王子。
『眠り姫』とも呼ばれる。

スピネズィア＝サウロエ

第5魔王子。
非常に大食い。

エメルギアス＝イザニス

第4魔王子。
アレクの故郷を焼いた張本人。

セイレーナイト＝レイジュ

双子の弟でお調子者。
【力業の悪魔】と契約している。

オッケーナイト＝レイジュ

双子の兄で丁寧な物腰。
【解剖の悪魔】と契約している。

アルバーオーリル＝レイジュ

魔族にしては珍しく、弱者に
手を差し伸べる一面を持つ。

クセモーヌ＝ボン＝デージ

倫理観ゆるふわ系ドワーフ。
金物よりも革細工が得意。

リビディネ

色欲の悪魔で、
ダイアギアスと契約している。

クヴィルタル＝レイジュ

ジルバギアスの部下。
石柱を操る魔法を得意とする。

シャルロッテ＝ヴィドワ

聖教会の神官。
故勇者レオナルドを慕っていた。

クレア

アレクの幼なじみだった少女。
エンマの手でアンデッドとなる。

エンマ

上位アンデッドである死霊王。
人族総アンデッド化を企む。

ドガジン

賢狼族の老獣人にして拳聖。
『老師』の二つ名で親しまれる。

ヘッセル

大剣使いの剣聖。
アレクの戦友。

バルバラ＝ダ＝ローザ

女剣聖。アレクの戦友。
『一角獣』の二つ名を持つ。

IV

Index

7th Demon Prince Jilbagias,
The Demon Kingdom Destroyer

Illust 輝竜 司

序章

レイジュ領から骸骨馬車に揺られること1日、俺は再び魔王城に戻ってきていた。

……なんというか、随分と久々に感じるな。せいぜい1ヶ月ぶりなんだが。

帰路はリリアナやレイラと一緒の馬車でのんびりできたので、かなり快適だった。行きはプラティと同じ馬車に詰め込まれて、正直肩が凝っちまったからな……

『今となっては、女を侍《はべ》らせて云々《うんぬん》という世間体を気にする必要もなくなったからのぅ。いいご身分じゃな』

からかうように笑うアンテに、俺は肩をすくめるほかなかった。うるせえやい、と言い返したいところだったが、事実、俺の馬車には異性しか乗ってなかったので……

道中は夜《ナイト》エルフの側仕《そばづか》え・ヴィーネが持ち込んだボードゲームのおかげで、退屈とも無縁だった。レイジュ領での『勇者部隊』との戦闘は、身体的にはともかく、精神的にはかなり来るものがあったから、気を紛らわせるものがあって助かった。

ボードゲームはダイスを振って駒を進めるシンプルなもので、この手の遊びに不慣れなレイラやガルーニャも、気軽に参加できて盛り上がった。止まったマスで起きるイベントが、夜エルフ的感覚というべきか、やたら血なまぐさい点に目を瞑《つぶ》ればなかなか面白かったように思う。

にしても、ダイスをペッと吐き出すだけのリリアナが、アホみたいな豪運でヴィーネをボコボコにしていたのには笑った。

『夜エルフのものにしては、随分とシンプルなゲーム性だな？』

ふと疑問に思って尋ねると、リリアナにコテンパンにされ半泣きだったヴィーネは、

『だいたいの夜エルフはダイスの出目を調節できるので、イカサマと妨害がメインになるんですぅ』

と語っていた。

『……お前は出目を調節しなかったのか？』

『わたし……イカサマが苦手、なんです……』

……いくら苦手でも他種族相手なら勝てるだろうと、遊び慣れたやつを持ち込んだら、よりによって天敵のハイエルフ（しかも経験ゼロ）にボコられてしまったわけか。

ま、屈辱で半泣きのヴィーネは今までで一番可愛《かわい》かったよ。俺は夜エルフが嫌いなんでなァ！

魔王城外縁部。馬車乗降場に降り立つと、アルバー・オッケー・セイレーのレイジュの三馬鹿が、「ほぇ～」と目と口をまんまるにして城壁を見上げていた。

「すげぇ……」

「でっか……」

「これが魔王陛下の居城……」

魔王城のスケールに圧倒されているらしい。なにせ、元はドラゴン族の住処《すみか》だった岩山をそのまま削り出した豪快な造りだ。建築物としての規模は世界一だろう。

「なんだ、お前たち魔王城は初めてか？」

「そりゃそうッスよ！」

「俺たちみたいな木っ端には用事ありませんし」

「戦に出るときも、基本前線に直行するんで……」

今日からここに住むのかぁー、と目をキラキラさせている三馬鹿たち。

たぶん……お前たちの部屋は用意できてないから、当分の間は城下町に下宿することになるんじゃないかな……

いや、そもそも部屋なんて確保できるか？　居心地の良い上層部や外縁部は有力者に押さえられてるし、側仕えや高級使用人の待機部屋でさえ、既に満員状態だという。

俺の配下に加わるにあたって、プラティの客人用の小部屋を割り当てられたレイラがいかに破格の扱いだったかわかるだろう。

俺自身が王子なもんで感覚が麻痺《まひ》しがちだけど、『城内に私室を持つ』ってとんでもなく贅沢《ぜいたく》なことなんだよな。そして三馬鹿にそれが可能かと問われると――

……まあ、感動に水を差すのもなんだし、今は言わないでおくか。

それに魔王城の中に入ってしまったら、もう魔王城は見えないからな。城下町の方が眺めも良いし、観光気分を味わえるんじゃなかろうか。

――部屋といえば、もっと頭の痛い問題もある。

「さあ、降りろ」

「妙な真似《まね》はするなよ」

夜エルフ猟兵の厳重な監視の下、家畜用の馬車から降りてくる人族の男が3人。

「…………」

全員、楽器や大工道具を抱えたまま、巨大な魔王城を見上げてぽかんとしている。その様子は奇《く》しくも三馬鹿そっくりだった。生まれてこの方、レイジュ領はおろか、収容施設からもロクに出たことがなく、窓のない馬車で輸送され、初めて目にした外の世界の建造物が魔王城とあっては、呆然《ぼうぜん》とするのも無理はない。

彼らは『勇者部隊』の生き残りの、元高級技能奴隷たちだ。

我が祖母・ゴリラシアが勇者レオナルドと交わした誓約により、勇者部隊が俺につけた傷の数だけ、元奴隷は生存を許された。結果として生き延びたのが、彼ら3名だ。

しかし生存を許されたといっても『本来なら皆殺しにするところを生かしてやった』程度の意味合いでしかない。『聖属性に触れ、戦い抗《あらが》うことの意味を知った人族奴隷』を魔族が丁重に扱い、寿命を迎えるまで面倒を見てくれる……なんて考えるほど、俺は楽観的でもないし、連中の善性も信じていない。ましてやそれが人族を家畜扱いするのに一番長《た》けているレイジュ族とあっては。

ゴリラシアも実家のドスロトス領に帰っちまうわけだし、俺の目の届かないレイジュ領に彼らを置いていったら、そのうち不慮の事故や急病で命を落とすのが目に見えている。だから俺が気に入ったということにして、無理やり連れ帰ることにしたわけだが――

『実際、こやつらどうするんじゃ』

そこなんだよなぁ。三馬鹿でさえ部屋の確保が難しいってのに、人族となると、扱いがさらに面倒なことになる。

「……わう？」

俺の足元でおすわりをしたリリアナが、こてんと可愛らしく首を傾《かし》げてこちらを見上げてきた。まさか、彼女みたいなペット扱いでそばに置くわけにもいかないし。

「ヴィロッサ、あの奴隷たちだが」

「はっ。ひとまず我らの監獄で預かることになるかと」

夜エルフの剣聖ことヴィロッサに声をかけると、心得ているとばかりに返答があった。

よりによってあの監獄か～～～まぁ確かに他にないけどさぁ……！

『拷問の悲鳴が途切れぬ楽しい職場じゃのぅ』

マジで精神衛生上よろしくねえ。

「大丈夫だろうか。その、なかなかに物々しい雰囲気の場所だが」

「確かに、ひ弱な人族の精神には堪《こた》えるものがあるかもしれませんね」

神妙に相槌《あいづち》を打つヴィロッサは、まさに家畜を見るような目を奴隷たちに向けている。

なんだァ？　テメェ……たった数週間の訓練を経て、魔王子にも臆さず立ち向かえるようになった勇士たちを愚弄するつもりか……？　お前たち夜エルフが俺を相手取って、どれだけ立派に戦えるってんだ？　ああ？

「……他に候補はあるだろうか」

内心、腸《はらわた》が煮えくり返る思いだったが、それをおくびにも出さず続ける。

「監獄以外となりますと、それこそ、治療用奴隷の収容所が適当かと」

しかしヴィロッサの進言で、俺は自制するまでもなく、冷水を浴びせられたように怒りが萎《しな》びていくのを感じた。

治療用奴隷。言うまでもない。すなわち【転置呪】で病気や怪我《けが》を押し付けるための、身代わりだ。俺がリリアナを迎え入れるまで、実戦形式の訓練で毎日のように使い潰してきた人々。

――改めて、生き延びた3名を見やる。

巨大な魔王城の衝撃も冷めやらぬ中、所在なさげに立ち尽くす元奴隷たち。これから何がどうなるのか、不安でならないだろう。

夜エルフ監獄も決して快適とはいえないが、だからといって……戦うことの意味を、抗うことの尊さを知った彼らを、これから転置呪の犠牲になるしかない、正真正銘の家畜として育てられた人々と同じ場所に閉じ込めるというのは……

あまりにも、あまりにも……

むごい。

『くふふ……』

禁忌の魔神が、密《ひそ》やかに嗤《わら》う。

『さぞかし苦痛であろうなぁ。助けたいと願っても、祈り届かず、力及ばず、救えぬ辛《つら》さはお主が誰よりもよくわかっておろう』

…………

『哀れな同盟軍の捕虜の悲鳴が響き渡る監獄か、死の訪れを待つばかりの家畜がひしめく収容所か。……どちらも地獄よの。そして自分たちは何ができるでもなく、無力感をただ嚙《か》み締めながら生きるのみ。魔王子に飼い殺される日々を過ごすうち、生き延びてしまったことを後悔するやもしれんのぅ？　こんな思いをするくらいなら、勇者とともに、仲間とともに、闇の輩《ともがら》との戦いに殉じたかった、と――』

悪辣なアンテの囁《ささや》きに、俺は、しかし何も言い返せなかった。

彼らを救ったことが、却《かえ》って彼らを苦しめる結果につながるかもしれない――

いや……

だけど……だけど！

それでも、彼らを放っておくわけにはいかなかったんだ。

彼らは成長を遂げて兵士と呼べる存在になったが、そうであると同時に。

勇者レオナルドが、その命に替えて救った、『無辜《むこ》の民』でもあるのだから……


ぎりぎりと噛み締めた奥歯が軋《きし》みを上げる。だが、そのおかげで我に返った。

無意識のうちに強張《こわば》っていた拳と肩から、意図的に力を抜く。レイラの腰に手を回し、リリアナの頭を撫《な》でながら、あくまで気楽な風を装った。

「……ふむ。いきなり収容所に異分子を放り込めば、混乱を招きかねんな。しばらく監獄で預かってもらうことにしようか」

「仰せのままに」

慇懃《いんぎん》に一礼するヴィロッサ。

皮肉なことに、魔王城にも直ちに確保できる『部屋』はあったらしい。もっとも、窓もなければ自由もなく、近隣住民の苦痛と怨嗟《えんさ》の声が鳴り響いてやまない、極めて悲惨な物件だが。三馬鹿にオススメしたらどんな顔をするかな。


そんなわけで、どうも、魔王子ジルバギアスです。

相も変わらずクソッタレな人類の敵をやってます。

1．懐かしの城

魔王城に着いた俺がまずやることといえば、帰還を報《しら》せる挨拶回りだ。

誠に遺憾なことだが、俺が魔王子として生を受けて5年、『顔見知り』と呼ぶべき存在が何名かできてしまっている。

荷運びなどは使用人に任せ――王族で良かったと思える瞬間――俺はひとまず、気は進まないが夜エルフ居住区へ向かった。


「おかえりなさいませ、殿下」

深々と一礼し愛想笑いで俺を出迎えたのは、いかにも胡散臭《うさんくさ》い夜エルフの男・シダールだ。俺とのコネと特別治療枠の采配で、今や夜エルフ社会の重鎮《フィクサー》の地位を確固たるものにしつつあるらしい。

コイツの存在感が増せば増すほど、俺の夜エルフ社会への影響力も高まるということなので、魔王子として考えれば悪くない関係だ。

勇者として考えたら？……やめておこう、腰に引っ提げたアダマスが休眠から目覚めて暴れ出しちまう。

「くぅん……」

久々に訪れた夜エルフの住処に、怯《おび》えたリリアナがひしっとしがみついてくる。深刻なトラウマを刻みつけられた場所なのに、ほとんど毎回連れてこなきゃいけないので本当に申し訳ない。

『なにせ、わんこから人に戻れなくなるほどじゃからのぅ』

許せねえよ夜エルフども……！　ただ、コイツらがリリアナを延々殺さずに拷問し続けていたからこそ、俺たちが再会できたって側面はあるんで……クソッ、ままならねえ。

「よしよし。大丈夫だからな」

俺が抱きかかえてわしゃわしゃと撫でてあげると、腕の中、リリアナの体の震えが少しだけ――ほんの少しだけマシになった。

「……変わらず仲睦《むつ》まじくされているようで、何よりにございます」

揉《も》み手《で》しながらシダールがいけしゃあしゃあと抜かすが、ナメクジにまとわりつかれている男を見るような目を隠しきれてないぜ。

「もちろんだとも。こうして全身全霊で可愛《かわい》がっている」

角が当たらないように気をつけながら俺がすりすりと頬ずりまですると、シダールだけでなく、周囲に控えていた鉄面皮の夜エルフたちまでも、微妙に引いている感じがして可《お》笑《か》しかった。

「さ、左様で……しかしこの頃は、ホワイトドラゴンの娘も可愛がられているとか」

「他の女の話とは感心しないな、シダール」

「これは大変失礼を」

あくまで慇懃に頭を下げるシダール。こちとら『ダイアギアスの再来』なんて呼ばれてるけどよォ、そこ突っつかれても嬉《うれ》しいわけじゃねえんだよ！

「それで、俺の留守中、何か変わったことはあったか？」

「特筆すべきことはございませんが、強いて申し上げるなら、デフテロス王国に聖教会の大規模な援軍が到着した模様です。しかしながら現在は各前線に大きな動きはなく、膠《こう》着《ちゃく》状態を維持しております」

今頃、同盟軍は僅かな糧食を食い潰しつつあるでしょう、とシダールは意地悪く笑う。最近はことに肌寒くなってきた。……冬ごもりが近づきつつある。

「そうか。それは重畳……」

ヴィーネが差し出してきたはちみつたっぷりのミルクティーを受け取りながら、俺はもっともらしくうなずいた。

「そういうわけにございまして、殿下のお手を煩わせるほどの重傷者は、今のところ出ておりません」

ちぇっ、それならリリアナをわざわざ連れてくる必要がなかったな。可哀想《かわいそう》なことをした……だがこれこそがリリアナの身柄の対価、俺個人の『特別治療枠』ってヤツだ。

リリアナの治癒の奇跡《ペロペロ》が前提にあるとはいえ、わざわざ自らに傷を移してまで、下等種を治療してやる奇特な魔族なんて俺以外にいない。

夜エルフは、本来なら見捨てるしかない重傷者を助けられて良し。

シダールは、特別治療枠を誰に割り当てるかで権勢を振るえて良し。

俺は、リリアナを救い出せて良し。

『皆が幸福になる理想的な共存共栄じゃの！』

そうだな！　死ぬほどヤバい傷や病を引き受ける俺の苦痛を度外視すればなァ！

ただ、ヴィロッサのように、俺が治療した者は数年から数十年の間、俺の私兵として働く契約になっている点も見逃せない。単純に魔王子としての手駒は多いに越したことはないし、現役の諜報員《ちょうほういん》たちから同盟圏にはびこる諜報網について聞き取れるのもデカい。勇者としての俺には万金に値する情報だ。

……おふくろの仇《かたき》である夜エルフを、しかも同盟に多大な被害をもたらす猟兵や諜報員を、何が悲しくて治療してやらなきゃならねえんだ、とは思うものの、裏を返せば俺の私兵である間は前線に出ないわけだしな……

「レイジュ領は、いかがでしたか。到着されて早々、すこぶるご活躍であったと聞いておりますが」

「流石《さすが》に耳が早いな」

シダールの含みがある言い方に、俺は苦笑した。歓迎の宴《うたげ》でゲルマディオスなる野郎と決闘騒ぎになり、角をちょっとだけ折ってしまったあの一件だろう。

「父上からは、『力を見せつけてやれ』『ただし角は折るな』と言い含められていたのだが、少し手加減に失敗してしまってな……」

「ははぁ……」

「ただ、角を折ったといっても先っちょが欠けただけだし……父上も責めまい」

俺の言葉に、シダールは曖昧な笑みを浮かべたまま、否定も肯定もしなかった。

ここで魔王の裁定に口を挟むような愚か者だったら、そもそも夜エルフ社会で成り上がれなかっただろう。反応としては面白くないが、態度としては正しい。

「レイジュ領といえば、ヴィロッサやヴィーネから説明があったかもしれないが――」

俺が話題を変えると、シダールが横目でちらとヴィーネを見やった。表情は変わらずとも『事前に何も聞かされていないが？？？』と目が口ほどに語っているし、ヴィーネは『あわわ』と鉄面皮の夜エルフにしてはやっちまった感満載の動揺を見せている。

帰還して早々自室にすら戻らず、真っ先に夜エルフ居住区に顔を出した理由がこれだ。おそらく説明なんてする暇はなかっただろうから、ヴィーネを責めるのも酷な話だが、変な条件をつけられる前に主導権を握らせてもらうぜ。

「――人族の高級技能奴隷を3名、手に入れた。しばらくこちらの監獄で世話をしてやってほしい」

「ほほう……高級技能奴隷にございますか。経緯を伺っても？」

「我が祖母の粋な計らいで、生け捕りにされた勇者と戦う機会があってな」

「おお！　いち早く聖属性を体験されたわけですか。このシダール、寡聞にしてそのような事例は存じ上げませんな」

実戦デビュー前に訓練でそんなことをやったのは、俺が魔王国史上初だろうよ。

「ただし、勇者ひとりでは今の俺には脅威足り得ん。そこでレイジュ領で廃棄予定だった奴隷たちが、勇者の訓練を受け民兵役をやることになってな――」

俺がかいつまんで事情を話すと、シダールは「……なんとも豪気な話にございますな」と呟《つぶや》いた。訓練で犠牲になった数十名の人族は、転置呪の身代わりにすれば、使い方次第で百をくだらない治癒の奇跡に匹敵する。

……極端な話、たとえば右腕が欠けた者、左腕が欠けた者、右足が欠けた者、左足が欠けた者の計4名がいたとして、それぞれの傷を身代わりひとりにまとめて押し付けてしまえば、4名が五体満足に戻るわけだ。

その上で、身代わりが失血死する前であれば、内臓や頭部はまだまだ治療に使える。

パズルのように、いかに最大効率でひとりに傷を押し付けられるか――それがレイジュ族による『治療』の腕の見せ所とされている。

『まこと、おぞましき闇の邪法よのぅ……ほっほっほ』

笑いごとじゃねえんだわ。

それで……その数十名の命を、俺はただ訓練のためだけに殺戮《さつりく》した。とんでもない人命の浪費だ、とシダールは考えているのだろう。全く同感だ。

『我はそうは思わん。魔族どもの治療に役立てられるくらいなら、お主の手で屠《ほふ》った方がよほど糧になるからのぅ』

それは確かにそうだが、そういう問題じゃねえ……ッッ！

……落ち着こう。ここで怒り狂っても何も解決しない。

「そんなわけで、生き延びた3名は俺が引き取ることにしたわけだ。一応、祖母が生存を保証したわけだからな……」

「なるほど。殿下が決断されたのであれば私《わたくし》どもに否やはございません。喜んでお受けいたしましょう。ただ、それは前提として、あくまで個人的な感想なのですが……祖母君が保証されたからには、責任も祖母君におありなのでは……？」

反論の余地がない。

「祖母ゴリラシアとは、今回の里帰りで初めて顔を合わせたんだが」

俺は渋い表情を隠さなかった。

「古き良き魔族、とでもいうべきか。犬猫すらまともに飼えるか怪しい」

「ははぁ……なるほど」

シダールは何とも曖昧な顔になった。最近、夜エルフとの付き合いが増えてわかってきたんだが、どうやらコレは夜エルフが密《ひそ》かにウケてるときにする顔のようだ。

「まあ……魔族の皆様方には、あまりペットを飼う風習がございませんからね」

貧しい【聖域】暮らし時代は、四足で動く生き物はなんでも食ってたらしいからな！

「そういうことだ。その点、俺はペットの扱いに関しては定評がある」

「くぅーん」

「かしこまりました。それでは、どのように扱いましょうか？　健康維持は最低条件かと思いますが」

ここで適当言ったら、マジで『ただ生きてるだけ』になりかねない。

「3名のうちひとりは演奏奴隷だ。なかなか気に入ったので腕前は維持させたいと考えている。他は、確か職人だったか。なあヴィーネ？」

俺は忘れたフリをしてヴィーネに問いかけた。魔王子の俺が、人族奴隷を事細かに把握していたらいかにも奇妙だからだ。しかし実際は、彼らの名は心に刻んでいる。演奏家のヴィーゴ、木工職人のディリロ、楽器職人のオルガノ。

「はい！　木工職人と楽器職人だったと思います。……たぶん」

小声で付け足すなよ。無表情で壁際に控えている他の夜エルフメイドたちも、心なしか呆《あき》れた様子だ。シダールはとてもニコニコしていて、ヴィーネは逆に震え上がっていた。

確かふたりは親戚なんだったか。

『にしても、よくこれで魔王子の側仕《そばづか》えになれたもんじゃな』

まあ……抜けてるところもあるけど、魔法と白兵戦じゃメイドの中で最強格らしいからな……どちらかというと俺の護衛の色が強いというか。

『そういえば、ファラヴギの竜の吐息《ブレス》もこやつが真っ先にお主を庇《かば》ったんじゃったか』

…………そういう意味では、周囲に信頼されているってこった。

『ほほう。お主も憎からず思っとるようじゃなぁ？』

うるせえやい。俺は夜エルフは嫌いなんだ……！

「演奏家と職人だから、まあ、出歩かせる必要まではないが、腕前が落ちない程度に自由にさせておけ。道具は自前のものがあるはずだ」

「職人も、にございますか……かしこまりました」

シダールが言いたいことはわかる。俺の地位なら、人族奴隷が作れる程度のものは何でも自由に手に入る。別に奴隷の腕前を維持する必要なんてない。

だが、こんな監獄に手持ち無沙汰のまま閉じ込められていたら、頭がどうかしちまうよ。打ち込める『何か』が必要だ。俺が馬車でボードゲームに興じたように。

「3名とのことでしたが、隔離いたしましょうか？　それとも、まとめて世話をいたしましょうか」

「任せる。お前たちの負担が少ない方で構わん。独房も数に限りがあろうからな」

「反乱防止の観点からは、隔離した方が管理が楽ではありますが……独房の埋まり具合で臨機応変に対応させていただきます」

「うむ。何なら、あの『貴賓室』を使っても構わんぞ」

――リリアナが長きに渡って囚《とら》われていた監獄の最深部だ。俺がリリアナとの『お楽しみ』に自由に使えるよう、いつでも開放されている……らしい。好き好んで近寄る場所じゃねえからな、今はどんな状態になっていることやら。立地はさておき、そこそこ広かったし、排水と換気もしっかりしてたし、3人部屋と考えると悪くないんじゃないかな。

「あれは、殿下が自由にお使い頂ける部屋ですので……」

シダール、にっこり。

いらね～～～本当に心底いらねえ、そんな部屋。

ともあれ、これで奴隷たちの処遇は、暫定的ではあるが決まった。監獄が住居だなんて(しかも魔王城の)、まるで罪人じゃないかとは思うものの、収容所とどっちがマシかと問われると、う～ん……

どうにかしたいが、今の俺には他に打てる手がない。彼ら3人には、本当に申し訳ないものの、しばらく耐えてもらうしか。

他に要治療者もいなかったので、茶をしばいてから早々に立ち去ることにする。

リリアナを抱きかかえて夜エルフ居住区を通り抜けると、すっかり顔が売れた俺に対し住民たちは恭しく頭を垂れるようになっていた。

そして敬意を見せながらも一定の距離を置く大人たちをよそに、好奇心旺盛な夜エルフの幼子が、俺とリリアナの後ろをちょこちょこと追いかけてくる。幼子といっても俺より歳上《としうえ》なんだが。たぶん10代かそこら。

「王子さまだー」

「ちりょうわくのヒトー」

「犬も連れてるー」

「こらっ、失礼があったらいけませんよ！」

ヴィーネがいっちょ前にお姉さん面して怒っているが。

「ふん、好きにさせておけ」

俺はチビたちにまとわりつかれたまま、鷹揚《おうよう》な態度で歩いていった。

日頃から、夜エルフなんて滅んでしまえとは思っているものの。

残虐な価値観に染まりきっていない幼子だけは……罪はないんじゃないかなとも感じている。

ただ、彼らに新しい価値観を叩《たた》き込む環境なんて、俺には用意できないし。

そっち方面で頑張る余裕もない。魔王を討ち果たし、魔王国を滅ぼすのが最優先だ。その最優先目標さえ、確実に成し遂げられる保証もないってのに。

何より、当の夜エルフも自らの価値観の変容を望まないだろう。森《フォレスト》エルフの絶滅こそを種族の悲願として掲げているんだから。

――思うに、他者の滅びを望む者は、自らが滅ぼされても文句は言えねえよなあ？

『そのまま、お主にも返ってくる言葉じゃがのぅ』

それこそ今更だろ。魔族が人類を滅ぼそうとしてなきゃ、俺だってこんなことになってねえんだよ。それにだからこそ――俺はお前と契約したんだ、アンテ。

俺は、誰がなんと言おうと、勇者だ。

たとえこの身が魔族に堕《お》ちようとも、人族のための勇者だ。

人類が滅びる前に、人類を滅ぼそうとする奴《やつ》らを、先に滅ぼすと決めたんだ。

もしも、このちびっこたちが真っ当な夜エルフに育ったら——

「…………」

俺は容赦しないだろう。リリアナの体温を抱きしめながら、氷のような心でそう思う。

『……では、魔王国を滅ぼした暁に、ちびっこがちびっこのまま、親の仇《かたき》を討たんとして立ち塞がったならば、何とする？』

…………受けて立つさ。少なくとも、向こうにも挑む権利はあるだろうから。

『くふふ』

魔神は、笑った。

『それでよかろうな。……今は』


夜エルフの居住区を訪ねて、楽しかったことなんて一度もない。

毎回、何かしらの形で、苦々しい思いを噛《か》みしめることになる。

今までもそうだったし、これからもきっとそうだろう。

この闇の輩《ともがら》の根城が、破壊し尽くされて、廃墟《はいきょ》となるその日まで。

†　†　†

リリアナを自室に送り届けてから、俺は魔王城の地下深くへと足を運んだ。

この死ぬほどダルい螺旋《らせん》階段、もうちょっと何とかならねえかな？

『お主にとっては死ぬほどダルくとも、既に死んどる奴は平気なんじゃろ』

そこなんだよな〜〜問題は。


「――ジルくぅぅぅぅんッッ!! 会いたかったよぉぉぉぉン!!」


奈落の宮殿。重々しい鉄の扉をくぐり抜けると、ズドドドと俺が思わず身を引く勢いで突撃――もとい出迎えてくる、ケレン味たっぷりなピンク色の服の、胡散臭《うさんくさ》さ全開の女・『死霊王《リッチ》』ことエンマ。

「お、おう……ただいま」

「おかえり！」

『とびっきりの笑顔』と題名をつけて、額縁にでも収めたくなるような表情を向けてくるエンマ。遅れて顔を出したクレアが呆れているあたり、たぶん、今日に備えて念入りに用意された特製の表情なんだろうな……

と、クレアもひらひらと手を振ってきた。

「やっほ。王子さま、おかえりなさい」

「ああ、ただいま」

俺も、あくまで軽い調子で答える。

——だが、何食わぬ顔を装いながら、胸が締め付けられるような感覚に襲われていた。

変わり果てた、と表現するにはあまりにも、『あの日』からそのまま成長したような姿の幼馴染《おさななじみ》。風化して消え去りつつある前世の故郷の記憶が、クレアに会うと、色鮮やかに蘇《よみがえ》ってくるような気がして、懐かしくて——

どうしようもない、今の現実との落差に、膝から崩れ落ちそうになる。

「こんなに1ヶ月が長く感じたのは、ボク初めてだったよ……！」

そんな俺をよそに、クネクネと身悶《みもだ》えするエンマ。その奇怪な動きのおかげで俺も我に返れた。

クレアが「はぁ」と溜息《ためいき》とも相槌《あいづち》ともつかぬ声を漏らす。

「カレンダーにバツ印つけながら、王子さまが帰ってくる日を指折り数えていたせいじゃないですかねーお師匠さま」

真顔を維持しているが、クレアの目は冷めたものだった。

「ついこの間まで、『永遠の命があると、時間感覚も曖昧になって1年なんてあっという間に経《た》っちゃうね〜！』とか言ってたくせに……」

「余計なことは言わなくてよろしーい」

目にも留まらぬ速さでクレアにデコピンを叩き込むエンマ、そして目にも留まらぬ速さでそれを回避するクレア。うおっコイツらの身体能力……侮れねえ……！

このふたりと最後に会ったのは、俺がレイジュ領に旅立つ少し前だった。前線で大量の死体を片付ける必要ができて、エンマたちが駆り出されたのだ。

……死体をアンデッド化して歩かせられるなら、確かにそれに勝る『死体処理法』はないだろうよ。それでもけっこうな時間がかかったらしく、エンマたちが魔王城に戻ってくる前に、俺が里帰りすることになったってわけだ。

「それで、どうだった？　レイジュ族の領地は」

「うーん……そうだなぁ……まあ色々あったが」

いつものように応接間に通され、断る暇もなく運ばれてきた茶に手を伸ばしながら、何を話したものか迷う。

「なんか角折ったらしいって話は小耳に挟んだけど」

「んッ」

ここでもその話になるとは思ってなかったな。ちょっと茶で咽《むせ》かけた。1ヶ月もあったんだから、そりゃあエンマも小耳には挟む……か？

「折ったというか、先っぽが少し欠けちゃった感じだな。どこまで聞いてる？」

「ぜーんぜん。ただ、『角折』の魔王子ジルバギアスが故郷でもやっ
た、って魔王城でも

話題になってるみたいだったからさ」

エンマは相変わらず貼り付けたような笑顔で答えた。

「ほう……」

そういう返しをしてくるか、なるほど。

「大したことじゃないんだがな。よりによって歓迎の宴《うたげ》で、俺のことを舐《な》め腐ってワインを顔面にぶち撒《ま》けてきたやつがいたんだ」

「うわ。王子さま相手によくやるなぁそんなこと」

ちょうど茶菓子を運んできたクレアが、びっくりした顔をしてから、しかめっ面に切り替えた。たぶん、この文脈でいい感じの、「うわ……」と引いているような表情は用意できてなかったんだと思う。

生者の姿に限りなく近いエンマ謹製のアンデッドボディだが、『人形作家』の二つ名が示す通り、どこか人形然とした人工物感は否めない。中でも、表情筋の制御にはまだ難があるらしく、事前にいくつも表情を用意しておき、必要に応じて切り替えることで自然に近いやり取りを実現しているそうだ。

裏を返せば、用意していない表情は咄嗟《とっさ》に出すことができない。

「そこまで侮られたら、そりゃあジルくんとしても黙ってはいられないよねぇ」

エンマは、何とも捉えどころのない笑みを浮かべている。

もうちょっとこう……神妙な表情とかないんですかね。

『仮にあったとしても、この笑みを浮かべてそうじゃよなこやつ』

　確かにな。

「周囲の目もあるし、俺自身、思ったよりムカついた。ただ、一族の連中が割と全体的に俺のことを舐めてるみたいでイライラしてたから、憂さ晴らしにはちょうどよかったな」

「ちなみに、お相手はどんなヒトだったの、ジルくん？」

「ゲルマディオス伯爵。80歳くらいのプライドだけ高そうなオッサンだった」

「………普通に上の爵位のヒトをぶっ飛ばしたんだね、王子さま」

「ぶっ飛ばされる方が悪い」

　俺は蛮族風を吹かしながら真面目くさって答えた。同盟圏だと、俺がいくら王族でも大騒ぎになっただろうが、爵位＝力の魔王国においては勝ち負けこそが全てだ。

　つまり、俺が子爵にあるまじき強さを誇るか、ゲルマディオスが伯爵とは思えないほど弱いか、そのどちらかとみなされる。さらに角まで折られたとなれば、な……

「ジルくん、めちゃくちゃ鍛えてるもんねぇ。魔王城に出入りする者なら、公爵級の大物でもない限り、今のジルくんを侮ろうとは思わないはずだけど」

　頬杖《ほおづえ》をついて、ガラス玉みたいな瞳でこちらを覗《のぞ》き込んでくるエンマ。……もしかして俺の魔力の成長具合でも測ってるのか？　油断できねえな。

「ほんと、不思議だよね。王子さまって毎日とんでもない鍛錬こなしてるし、そもそもドラゴン族の長に勝ったりもしてるのに、なんでみんな王子さまのこと舐めてたの？」

俺のカップにおかわりのお茶を注《つ》ぎ足《た》しながら、クレア。

「それがどうも、俺の話はかなり『盛られている』と思われてたらしくてな……」

「「あ～……」」

「ま、ゲルマディオスには感謝すべきかもな。あの一件以降は快適だったさ。代わりに、ちょっとビビられて部下になりたがる奴も減っちまったが」

「部下を探しに行ったのに？　本末転倒じゃないか」

エンマがころころと笑う。

「……で、そっちはどうだった？」

あまり聞きたくはなかったが、尋ねずにはいられない。前線での作業はどうだったか。

「ふふ……」

「あはは……」

途端にエンマもクレアも、スンッと無表情になってしまった。

「来る日も来る日も……日が沈んでる間は、馬車馬のように働かされたよ……」

「ほら、あたしたちって休む必要ないからさ……」

「霊魂を呼び出しては支配下においてアンデッド化、霊魂を呼び出しては支配下においてアンデッド化……これを延々と繰り返すんだ……」

「そして夜明けが来るまでにせっせと穴を掘らせて、中にアンデッドを整列させるだけの簡単なお仕事……」

「あとは日光が灰にしてくれます～ってね……」

冗談めかして呟《つぶや》いてはいるが、じわ……とエンマは闇の魔力を滲《にじ》ませていた。

日光を克服せんと日夜努力を重ね（そんな努力しなくていい）、人族総アンデッド化で死者の楽園を築くことを夢見ているのがエンマだ（そんな夢見なくていい）。そんな彼女が、アンデッド化した人々を、日光で焼き払う作業に従事させられている――なるほど、底が知れないエンマでも、流石《さすが》に心中穏やかではいられないか……

『ほうほう！　なるほどのぅ、アンデッドは日光を浴びれば灰になる。つまり火魔法やら燃料やらで焼却する必要すらないわけじゃな、便利じゃの～』

アンテがめっちゃ呑気《のんき》に感心している。いやまぁ……確かに、そうなんだけど。基礎的な知識ではあるが、死体処理のためだけに死霊術の運用なんてしたこともなかったから、言われなきゃ思いつかなかったな……

「お前ほどの超一流の術師でも大変だったのか」

「いや、数がね？　ひとりふたりならそりゃすぐに終わるけどさ、万単位になってくるといくらボクでも……ねえ？」

エンマは困ったように笑う。今回も万単位で……死者が、出たわけか……

「ジルくんも知っての通り、死霊術の基本は霊魂との対話さ。霊魂を呼び出して、交渉なり何なりで支配下において、ボディを与える――これの繰り返し。１００のアンデッドを生成するには、これを１００回やらなきゃいけない」

「一気に数十体とかはお前でも無理なのか？」

「皆が皆、クレアのように協力して仲間になってくれるわけじゃないからね」

エンマの言葉に、クレアもひょいと肩をすくめた。

ずきん、と胸が痛む。

何度聞いても受け入れがたく感じる。

クレアが、あの天真爛漫《てんしんらんまん》ないたずら少女が。

自ら望んで死者の軍勢に加わったという――その厳然たる事実を。

「仮に、日光に晒《さら》すためだけの、必要最低限の機能しかない下位アンデッドを生成するにしても、霊魂の『協力的じゃない部分』を削《そ》ぎ落とす必要があるわけじゃないか。激しく拒否してきたら、その感情の元となる部分をぐいーって抉《えぐ》ればいいんだけどさ」

まるで料理のコツでも話すかのように、エンマはおぞましい禁術の手管を語る。

「習熟すれば、それもかなりの速さでこなせるようになるとはいえ、ボクの意識はひとつしかないからねぇ。複数の霊魂を一度に捌《さば》こうとして、もしも手元が狂って魂の核を削ってしまったら、下位のアンデッドにすらできなくなっちゃう」

――霊魂が消滅してしまう。

「……だから、1体ずつやっていくしかない、というわけか」

「そうだね。もしくは、誰かに代わりにやってもらうか。そんなわけで、クレアたちも連れて行ったんだよ」

以前、エンマなら即興で死者の軍勢を生み出せるのではないか……と考えていたが、話を額面通りに受け取るなら、それも難しいわけだな。

『習熟すればかなりの速さでこなせるようになる、というのがどの程度かにも依《よ》るのぅ』

まさにその通り。毎秒10体とか生み出せるなら話が変わってくる。まあ、高度な命令も実行可能な上位アンデッドは、流石にそうもいかないだろうが。


……いや、クレアのような協力者が、仮に100人いるとすれば。


『誰かに代わりにやってもらう——そういうわけじゃな？』

ああ、そうだ。仲間を増やす、それこそがエンマの基本にして究極の戦術と考えるべきだ。そして「皆が皆、クレアのように協力して仲間になってくれるわけじゃない」という言葉も、裏を返せば——


協力して仲間になる者も、たまにはいる。


「なるほどな……単純作業の繰り返しだと、そりゃ嫌になるだろうさ。気持ちはわかる」

俺はスプーンで紅茶をかき混ぜながらうなずいた。ミルクが渦を巻いている。

「え、でも、王子さまって単純作業とかしたことあるの？」

おっと、思わぬ方向からクレアの突っ込み！　俺は一瞬言葉に詰まった。

「……文字の書き取りくらいか？　あれはうんざりした」

「うわ……」

「うわってなんだよ」

「すごい王子さまっぽい……むしろそれしかしたことないんだ……」

前世ならあるけど、それを言うわけにはいかねえからよ！

「まあまあ、やんごとなき御方《おかた》を煩わせるようなことじゃないからねぇ。でも、ボクたちも頑張ってるんだけど、もう働いて当然のように思われちゃってさぁ」

ずい、と身を寄せてきたエンマが、何やら顔の下に手を持ってきて、肩をすくめるような、縮こまるような、奇妙な動作を見せる。

……何だ？　この小刻みな動きは。手を交互に動かして……新手の祈禱《きとう》か？

『ぶ……ぶりっ子じゃろ……どう見ても……』

ぶりっ子？　こういうのが？　前世も含めてあんまり遭遇したことがないから、よくわからないんだが……それにしてもなぜ俺の前でぶりっ子の真似事《まねごと》を……？

「やっぱり、やりがいがなくってぇ……ボクも、誰かに褒めてもらいたいなぁ……？」

ああ、俺の同情を引こうとしていたわけか。やっぱりエンマ製のボディだと自然な感情表現が難しいから、こんな奇妙なことになるんだろうな。

「わかった。偉いぞエンマ。誰かが必ずやらなきゃいけない仕事だ。それを、時間をかけてでもしっかりとこなすお前は、やっぱり頼りになる存在だよ。尊敬する」

俺は努めて真面目に褒めた。

ちなみに、本心だ。過程はどうあれ、死体の山ができてしまった以上は誰かが片付けなければならない。腐敗が原因で病が流行《はや》り、魔王軍の連中がバタバタ倒れていっても俺は構わないんだが、風向き次第じゃ同盟軍にも被害が出るかもしれないからな。

また、エンマは魔王国伯爵という地位にありながら、クレアのような部下に投げっぱなしにするでもなく、自ら進んで職務をこなしている。その点は尊敬に値すると思う。

――ただ、それはそれとして『魂を加工する』なんて外道に手を染めているわけだし、人族を絶滅させようとしているわけだし、不倶戴天《ふぐたいてん》の敵であることに違いはない。隙あらば聖属性の魔力をブチ込んで浄化してやりたいが、エンマの死霊術の深奥を解明できていない以上、一撃で仕留めきれるかわからないので迂闊《うかつ》な真似はできない……

「ほほほっ」

ところで、俺にねぎらいを受けたエンマは、何やら痙攣《けいれん》していた。

「いい……報われる……天にも昇る心地さ……」

「そいつはよかった」

その調子でホントに昇天してくれないか？

「でも……言葉だけじゃちょっと物足りないかなぁ……？」

「ええ……」

「もっと、頭を撫《な》でたり……してくれてもいいんだけどなぁ……？」

いじいじと指先をいじりながら、ちらちら視線を向けてくるエンマ。

ほう。願ってもない話だ。エンマのボディに直接触れる機会を、向こうから提示してくれるとは――

「いいだろう。動くなよ」

この機を逃すまいと、俺は一気に間合いを詰める。

「ひぇっ」

ビクッと思わず身を引こうとするエンマ、だが残念だったな、背後は壁だ！　ドンッと至近距離まで詰め寄り、そっと頭に触れてみる――しなやかな髪の下には、頭蓋骨と自然な頭皮の感触。このあたりの再現度は流石『人形作家』と言わざるを得ない。

「あわわ……」

頭の中身はどうなってるんだろう？　俺はボディの具体的な作成法までは学んでいないから、詳しいことはわからない。ただ、今日の経験を後日分析することはできるかもしれないので、全身全霊で学び取らねば。生者よろしく頭部に脳みそが詰まっているとは考えにくいな、魂が思考の核となっている以上、脳は不要なはずだから。魔力の偏りからして魔力を溜《た》め込む宝石の類が入っているのかな……？　ボディの稼働時間を伸ばすならば、上質な宝石が多ければ多いほどいいはず。

「か……かお、顔……！」

エンマのガラス玉のような瞳が小刻みに揺れている。あ、そうだ、褒めなきゃいけないんだった。

「エンマ……よく頑張っているな……」

軽く頭を撫でながら、俺は声をかける。ほんっっっっとうに、無駄に頑張ってるよなお前は。魔王国への数々の貢献しかり、日光を克服せんとする研究しかり。

でも、もう頑張らなくていいから、サクッと滅んでくれないかな……？

「………」

エンマの頭を撫でながら、考える。ここまでコイツに肉薄したのは初めてだ。

——この瞬間、全力で聖属性を叩《たた》き込めば、仕留められないか？

そんな思いが脳裏をよぎる。気の迷いと言ってもいい。

仮に、この『エンマ』が遠隔操作されている分体に過ぎなかったとしても、意識を接続していることに違いはないから、ここまで接近して全力を叩き込めば本体にも相応のダメージが入るかもしれない……

だが仕留め損なってしまえば、俺はとてつもなくまずい状況に追い込まれるだろう。聖属性を見られたら言い訳できないし、クレアの目だってあるし……

『お主の幼馴染《おさななじみ》に関しては、同じく口封じすればいいだけじゃろ？』

……それは、そう、なんだが。

「う……あ……い、いやっ！」

と、いきなりエンマが俺をドンと突き飛ばしてきた。

まずい！　殺意を気取られたか!?

クソッ、こんなことならさっさと手を出しておけば——と背筋に冷たい汗が流れる。

「よ……良すぎる……！」

しかしエンマは、それ以上何をするでもなく、壁際でビクンビクンと痙攣していた。ボディの不調だろうか。

「ジルくんの顔がッ……良すぎる……ッッ！」

「……俺の顔の造形がどうしたって？」

「あ、いや、間近で見るとジルくんの顔立ちって整ってるなぁって改めて思ったというかやっぱり魔族って美形のヒト多いよね!?　それを改めて認識したというかそんな感じで決して変な意味があるわけでは」

「そうか」

どうやら俺の殺意を悟られたわけではないらしい……助かったぜ……

そのとき、ふと視線を感じて振り返ると、半眼になったクレアが、呆《あき》れたような、うんざりしたような、何とも渋い顔をしていた。こんな表情もあるんだ……

「どうしたクレア？」

「いや、別に……なんというか、平和だなって……」

平和？　どこがだよ。こちとら魔王子生命の終わりかと冷や汗ダラダラだったんだが。

「……クレアも、頑張ったな。お疲れ様」

「あー……うん。ありがとうございます」

クレアは愛想笑いを浮かべたが、これはつまり無表情に等しい。

まあ、そうだよな。戦争の後始末で散々こき使われたのに、元凶の魔族の王子になんか褒められても、嬉《うれ》しいわけがないよな……

『エンマは嬉しそうじゃが？』

コイツはどこかおかしいんじゃないか？

「それにしても、だいたい何人くらいが片付けに駆り出されたんだ？　まだクレア以外のエンマの仲間には、会ったことがないどころか、見かけたことすらないが」

席に戻りながら、俺はさり気なく話題を戻した。クレアの単純作業突っ込みから、変な流れになっちまった。ただエンマの手勢について探りを入れたかっただけなのに。

「各戦線で手分けしたからねぇ」

何事もなかったかのように、俺の隣に座り直しながらエンマ。

「東部戦線はボクとクレアと他ふたり。北部はあんまり死体がなかったからひとりで、南部は4、5人で片付けたみたいだよ」

「もっと大人数でやれば早く終わったんじゃないのか？」

「そうなんだけど、みんな各地で骸骨馬車のメンテナンスとか色々やってるからねぇ」

「なるほどな……骸骨馬車やアンデッド兵も、全部エンマが作ってるってわけじゃないんだろ？　エンマの仲間って今のところ何人くらいいるんだ？……その、下位アンデッドじゃなくて死霊王《リッチ》の、という意味でだが」

まどろっこしいので、努めて気負わないよう気をつけつつ、尋ねてみた。

「えーと、今は何人くらいいるんだっけ」

エンマは「んー」と指を折り曲げて数え始める。

「20人くらいかな。まだまだ人手不足だよ」

……想像以上に少ない。これが事実であるならば。

『少なすぎる。十中八九嘘《うそ》をついておるな』

アンテが即座に切り捨てた。

『考えてもみよ。お主の幼馴染さえ配下に加わっておるのだぞ？　お主の知るこの娘っ子は、喜んで魔王軍に加わるような人類の裏切り者であったか？』

断じてそんなことはない。

『つまり、そのような普通の田舎娘でさえ、エンマに見出《みいだ》されれば仲間になることを選ぶということよ。お主のような聖教会の人間であれば、断固として拒絶するかもしれん。魔王軍に敗れた同盟軍の兵士も、おそらく協力を拒むであろう。しかし――』

——それが、戦争に巻き込まれただけの一般人だったら？

『この世の全てを恨み、エンマの配下になってもおかしくはなかろう——魔王軍の侵略で犠牲になった者は、これまで延べ何人になる？　あとは確率の問題じゃぞ』

……何よりキナ臭いのは、なぜエンマは配下の数を過少に申告してきたか、だ。

「ジルくん、どうしたの？」

エンマが瞳をくりくりさせながら、あどけない顔で小首をかしげる。わざとらしいほどに無垢《むく》な表情——

「いや、思ったより少なくて驚いていた。エンマが魔王軍に加わったのが１００年くらい前だろ？　最低でも１００人は配下がいてもおかしくないと思ってたんだ」

「それくらい順調に増えてくれたらいいんだけどねぇ」

俺の探りに対し、しかしエンマは動揺するでもなく、ふぅと嘆息してみせた。

「前も話したけど、クレアが30年前くらいに加わった、比較的若手なんだよ。クレアの後輩はまだふたりしかいない。ほんとに10年にひとりかふたり、見込みのある人が見つかればいい方なんだ」

……こう言ってるが？

『怪しいのぅ……』

うーむ、と俺が唸《うな》っていると、さらにエンマが言葉を重ねる。

「正直言うとね、第一条件の『強固な自我の持ち主』や『激しい感情の持ち主』は、割と見つかるんだ。魂の芯が強ければ、修行次第でいくらでも優秀な術師になれる。でも強い信念を抱いている人って、同盟各国の要職についてたり、貴族や軍人だったり、忌まわしき聖教会の人間であることが多くてね。協力してくれないんだよ」

「なるほど」

それは納得がいく説明だ。あと、忌まわしいのはお前であって聖教会じゃねーよ。

「じゃあ、『激しい感情の持ち主』の方は？　こっちはもっといるだろう」

「そうなんだけど、今度は人格破綻者が多い」

お手上げのポーズを取るエンマを、二度見しそうになった。まさか、自分は人格破綻者ではないとお思いで……!?

「ボクの夢は、あくまで『平和な死者の楽園を作ること』であって、協調性がない人とか全方位に攻撃性が剝《む》き出しの人はちょっと……って感じなわけ。なにせ、永い付き合いになるから」

「確かに、そんなヤツを身内に引き込んだら、何かといざこざが起きそうだしな」

「そうそう。結局、人間関係がいちばん大切なのさ。反りが合わない人とは死んでも一緒に居たくないからねぇ」

なかなか痛烈な言い回しだ。

「ちなみに、『第一条件』って言ってたが、他にどんな条件があるんだ？」

「『極端な加害性を持たないこと』もそうだし、『一定以上の知性があること』『好奇心旺盛なこと』も大切かな。これは優れた術師になるのに必要は素質だね。『闇属性の魔力との相性』も見逃せないかな、光属性とか火属性の持ち主はアンデッド化してもまず本人が辛《つら》い思いをするからねえ。あとは単純に、『ボクの思想に共感してくれること』」

そして、クレアはその全ての条件に合致した——

「なるほどな」

俺は椅子の背もたれに身を預けながら、うんうんとうなずいた。

魂の強度、魔術的な相性に、人格まで考慮した上で、思想にも共感できないといけない。

そりゃあこれだけ要求が多ければ、適した人材も見つからないだろうなーうんうん。

んなわけねぇんだよなぁ。

『いくらなんでも20人は少なすぎじゃろ』

まあ……百歩譲って、エンマの相性判定がバカみたいに厳しいって可能性もあるけど。

あとは、俺にはまだ明かしていない激ヤバな思想があるとか？

それに色々言ってたが、要は「ボクが選《え》り好みしてます」って話だから、人格面の相性を度外視するなら、割と気軽に死霊術師を増やせるってことじゃねえか。

たとえ全方位に攻撃性がある野郎でも、方法論を教えてやれば使い捨ての兵器くらいにはなるだろう。そういうことだ。

今日の会合で、最大の収穫があるとすれば、『エンマは戦力を秘匿したがっている』とはっきりわかったことだな。

魔王子だったら頭を抱えていただろう。

だが——俺は勇者だ。魔王国でくすぶる火種は、俺にとっては、希望の灯火《ともしび》に等しい。

「なかなか……お前が目指す楽園の夢は、遠そうだなエンマ」

俺は敢《あ》えて露悪的に、皮肉な笑みを浮かべてそう言った。

「心底そう思うよ」

似たような笑みを浮かべて、エンマもひょいと肩をすくめる。

「幸いなことに、ボクには無限の時間があるからね。気長にやっていくさ」


——それからは、他愛ない世間話をした。

『最近、また研究が進展して日光に5秒くらい耐えられるようになったんだぁ』

いや、あまり他愛なくはなかったかもしれない。前より数秒伸びてやがる……！

死霊術の秘奥に関する話など、（討滅するために）興味深い話題は尽きなかったが、俺がお茶の飲み過ぎで水腹になってきたため暇乞《いとまご》いすることにした。

『前線でいい感じの死体はたくさん揃《そろ》ったからね！　あと、聖教会やら森エルフやらの我が強い魂もストックしておいたから、今度はそれを使って色々勉強しようねぇ！』

去り際に、次の死霊術講座の予定についても話し合った。

『今までは、比較的無害な魂を使ってアンデッド化を実践してたけど、これからは火属性や光属性持ちの、ボクたちにとって危険な魂の取り扱いも学んでいこう。……ホントは、ファラヴギの魂でこれをやるつもりだったんだけど。光や聖属性から効果的に霊魂を防御する魔法とかも教えないといけないねぇ』

霊魂を防御する魔法。思い出したように付け足された言葉に、慄然とする。

やはりいくら隙だらけに見えても、絶対に討滅できると確信するまで、迂闊《うかつ》に手を出すべき存在ではない……！

『ああ……次回が楽しみでならないよ』

約束を取り付けてから、俺は笑ってみせた。

――果たして皮肉は、『嘘』とみなされるのだろうか、などと思いながら。

†　†　†

思いの外、エンマの宮殿に長居してしまったが、最後にどデカい案件が残っている。

俺はタプタプの腹を抱えたまま、城の最上部、魔王の宮殿へと向かった。

『王への挨拶が一番最後とは、何とも不遜なことじゃの』

ここは魔王国だぜ？　細かいマナーなんて誰も気にしねえよ。

何なら本人もクソ忙しいから、俺が帰還したことにも気づいてねえだろ。

「――いらっしゃいませ、そしておかえりなさいませジルバギアス様」

宮殿に顔を出すと、いつものように山羊《やぎ》頭の悪魔執事――【渇望の悪魔】ステグノスが俺を出迎えた。

「久しいな、ステグノス。父上は？」

「政務につかれておいでですが、そろそろ休憩される頃合いかと」

「だと思ったんだ」

俺が真面目くさってうなずくと、ステグノスもまたおどけてニタリと笑う。

「ご案内いたします」

もう慣れたもので、俺はそのまま執務室まで通された。

「おお、戻ったかジルバギアス」

魔王ゴルドギアス＝オルギ。

たてがみのような金髪に立派なひげ、雄々しくも禍々《まがまが》しい2本の角。知性と野性が同居したような凛々《りり》しい顔つきの、歩く災害とでも言うべき大陸最強の魔族は――

執務机にぎっしりと並べられた書類の山に埋もれそうになりながら、ちまちまとミルクティーをキメて一息入れているところだった。

「お久しぶりです、父上」

1ヶ月ぶりだが、相変わらず元気そうだな。過労でぶっ倒れてくれねえかといつも願っているんだが、大陸最強の体力が政務にも遺憾なく発揮されてやがる……！

「角を折るのはやめておけ、と言ったはずだが？」

そして顔を合わせるなり先制攻撃を食らった。くいっと片眉を上げてみせる魔王。

「いや……あれは……向こうが悪いといいますか……」

しどろもどろになる俺を、真顔でジッと見つめてきた魔王だが、やがて破顔した。

「――冗談だ。プラティからの文で詳細は知らされておる。……まあ、不可抗力だった、ということにしておこう」

フッフッフ、と喉を鳴らす魔王に、「まあ座れ」と席を勧められる。

「お前も飲むか？」

ティーカップをちょいと掲げる魔王。

「いえ……その、ちょっと水腹気味でして」

「ふふん、行く先々で馳走《ちそう》になったと見えるな。毒には気をつけろよ」

「はい」

右手にはめた毒感知の魔法の指輪を撫《な》でながら、俺はうなずいた。

「それでどうだった？　プラティの故郷は」

「……一応念のため、防音の結界を張っても？」

「構わんぞ」

俺はぱんと手を叩《たた》いて、結界を展開した。これでよし。

「――思ったより文明的なところでしたね」

歯に衣着《きぬき》せぬ感想に、フハッと魔王が噴き出した。

俺は滔々《とうとう》と語る。レイジュ族が思っていたより大人しかったこと。代わりに祖母の一族が尋常じゃなかったこと。人間牧場なども視察したこと。家来を見つけ、様々な訓練を受けて経験を積んだこと、などなど……

魔王は相槌《あいづち》を打ちながら、椅子に深く腰掛け、ずいぶんリラックスしているようだった。

「なるほど。実りある里帰りとなったようだな」

「ええ。それはもう――」

『勇者部隊』の面々が脳裏に蘇《よみがえ》り、様々な想《おも》いが胸に去来した俺は、

「――色々とありました」

小さく溜息《ためいき》をついた。

そしてそんな俺を、魔王はどこか微笑《ほほえ》ましげに見守っている。……そんな顔で俺を見るんじゃねえよ。

「ところで、父上。折り入って相談というか、お願いがあるのですが」

そろそろ頃合いかと思い、俺は居住まいを正した。こちとら魔王と心温まる親子の交流

をしに来たわけじゃねえんだ。

「……ふむ。聞くだけ聞こうか」

雰囲気の変化を察し、魔王もまた威厳のある顔で座り直す。ぺろりと唇を舐《な》めてから、俺は話を切り出した。

「父上の直轄領の、どこか辺鄙《へんぴ》な場所を俺に貸していただけませんか？」

——できれば、ドラゴンでしか辿《たど》り着けないような、人里離れた場所を。

「……話が見えんな。どういうことだ？」

パパー土地を貸してー！　という子どもらしからぬおねだりに、首をかしげる魔王。

「魔王城の外に、死霊術の研究所を作りたいと考えています」

「ふむ？」

俺は今一度、防音の結界を確かめた。

「……ときに父上、エンマたちアンデッドは、魔族と活発に交流していますか？」

「いいや。我が知る限りでは、お前以外に親しい者はおらんはずだ」

首を振った魔王は、確認するように壁際の悪魔執事《ステグノス》を見やる。

「私めが把握している限りでも、おられませんな。魔族に限らず外部との交流は限定的なはずです」

同じく、首を振る山羊頭。

「そうですか。……しかし先ほどエンマに挨拶しに行ったら、連中、俺が同族の角を折ったことを小耳に挟んだらしいんですよ。なかなか侮れません」

魔王の眉がピクッと動く。

さっき、アレを聞いた瞬間に俺は思った――『誰から聞いたんだ？』と。

魔族は、基本的に知性あるアンデッドを蔑んでいる。俺以外に、エンマと親しくお茶をする奴《やつ》がいるとは思えない。

にもかかわらず、魔族の噂話《うわさばなし》までキャッチしていたということは――

「――城内に連中の耳がある、と。そしてお前はエンマ一派に悟られることなく、死霊術を研究したいわけだな。……しかし、そこまでして何を？」

さて、ここからが正念場だ。

俺には目的がある。聖属性の魔法や死霊術を研究できる空間が欲しい。

今の私室でも人払いすれば可能ではあるが――リリアナやレイラとの『秘事』ということにして――長時間は難しいし、側仕《そばづか》えや使用人に見られたらヤバいものも扱えない。急にプラティとかが訪ねてきても面倒なことになる。

また、エンマが俺に教えてくれるという、聖属性に対する有効な防御法とやらも、逆に突破する方法を研究する必要が出てきた。……当たり前だが、魔力を聖属性に染め上げて派手にぶっ放すような真似《まね》は、魔王城ではできないからな。

有り体に言えば、俺は俺だけの『城』が欲しいんだ。

そしてエンマの件を絡めれば、魔王を説得する材料は充分揃ったはず――

俺は神妙な顔で話を続けた。

「エンマは、惜しむことなく死霊術の知識を俺に教授してくれていますが――それはおそらく、奴の自信の裏返しでもあります。学べば学ぶほどに、アレがいかに強大で厄介な存在か見えてきました。何らかの原因でエンマが敵対した場合、俺にはどうやって討滅すればいいのかがわかりません」

ほぼ、偽らざる心情だ。

闇の輩《ともがら》としての手札だけ――つまり聖属性抜きだったら、どうすれば倒せるかがわからねえ。

「それほどの脅威か？　我は炎も扱えるが」

魔王はあごひげをしごきながら疑問を呈す。

「父上もお察しでしょうが、エンマはいくつも体を持っています。外を出歩いているように見えても、『それ』がエンマ本体であるかはわかりません」

「うむ」

だろうな、とばかりに重々しくうなずく魔王。

「おそらく本体は、地下の拠点で厳重に防御されています。俺も何度か訪問してますが、正確な居場所は未《いま》だ摑《つか》めないままです」

「……しかし、いかに分体とはいえ意識があることに変わりはない。呪詛《じゅそ》を打ち込めば効くであろう？」

「ところがどうやら、聖属性にさえ対抗可能な霊魂の防御法があるらしく」

「……ふむ」

「これまでエンマから学んだ知識を鑑みるに、この『防御法』とやらがハリボテの代物だとは思えません。場合によっては呪詛が効かない可能性もあります。父上の炎であれば、物理的な体は一瞬で消し飛び、あとには灰すら残らないでしょうが……魂まで焼き尽くせるかは未知数です」

　魔王のクソ火力はアンデッドに極めて有効な対策だろうが、エンマが身体《からだ》を捨てて離脱するには瞬きほどの時間があれば充分だ。

　その一瞬。ほんの一瞬の時間が稼げたなら。

「――奴は身体を乗り換えられます。キリがありませんよ」

「……なるほどな」

　魔王は一応うなずいたが、それでも、まだ大したことはないと考えているようだった。大方、俺がまだ魔王の本気を知らないだけだ、とでも思っているのだろう。

　まあ無理もない。魔王は文字通り大陸で最強だ。その魔力の強大さたるや、生物というより自然現象のそれに近い。いかにエンマが卓越した術師であっても、嵐の訪れを、火山の噴火を止められようか？――と、そういう感覚で話を聞いている。

だが、いいぜ。そっちがそういう態度なら——

「ところで父上、エンマが光への耐性も研究していることはご存じですよね」

「ああ、そういえばそんな話も聞いたな。確かお前が初めてエンマと出会ったのが、城の中庭での実験の最中だったとか」

よく憶《おぼ》えておいでで。

「俺も死霊術は実践したことがありましてね。初めて作ったのは虫けらのアンデッドだったんですが、陽《ひ》に当てたら飴《あめ》細工が溶けるように、一瞬で灰になってしまいました」

それが、普通のアンデッドだ。

「ところが初めて会ったときのエンマは、自ら日差しに突っ込んでいって……全身から煙を噴き出したかと思うと、あれよあれよと燃え始め、やはり灰に還《かえ》りました」

「くふふ……まったく、変わった奴であるな。それでも平気な顔で過ごしているあたり、大したものだが」

なんだ、言わなくてもわかってるじゃねえか魔王。

「ええ、そうです。それでも平気な顔で過ごしてるんですよ」

「…………」

呑気《のんき》に笑っていた魔王の顔から、すっと表情が抜け落ちていった。ここまで言われて、ようやく気づいたらしい。

——確かに、魔王の力は強大だ。

だが、あまねく大地を照らす太陽ほどではない。

そしてエンマは、その光に焼かれても平気な顔で復活している——

「今日、顔を出したらエンマが嬉《うれ》しそうに言ってきたんですが——5秒、耐えられるようになったらしいです」

陽光に。

「5秒です、父上。……ちなみに奴が体を乗り換えるのには、瞬きほどの時間があれば上等です」

……まあ厳密に言えば、呪詛の指向性とか追尾性の観点から、魔王の火と太陽光は同列に扱えないんだけどさ。

にしても、光の神々の象徴、神性そのものといっていい陽光にすら抗《あらが》わんとする化け物を、何の対策もなしに、ただ火で焼くだけで討滅できると考えるのは、いくら何でも楽観がすぎるんじゃねえか？

向こうはたぶんこっちの対策をしているのに。

「…………」

魔王の表情が険しくなった。どうやら認識を改めたようだ。

「あと、初めて俺が会ったときは、２秒と耐えられてなかったんですよね。ここ数ヶ月で数秒伸ばしてます」

わかるか？　魔王。この恐ろしさが。

俺はさっき聞いたとき、怖気《おぞけ》が走ったぞ。

エンマには寿命がないんだ。これからずっと成長し続ける。

今はたったの数秒かもしれない。だが10年後は？　20年後は？　１００年後は？

本当に完全な耐性を獲得する日が来ないと、誰が言い切れる？　俺が勇者じゃなく、正真正銘の魔王子だったとしても、この状況には危機感を抱くぞ。

元より制御不能だった化け物が。

さらに、そのたがを外そうとしている——

「……よくわかった」

瞑目《めいもく》した魔王が、椅子にもたれかかってフ——ッと長い溜息をついた。

「まさか……父上の、魔王の槍《やり》を受け継いでから、このような気持ちを味わうことになろうとはな」

傍らの槍掛け台に立てられた、黒曜石のようなぬらりとした質感の槍——【魔王の槍】

を見やりながら、独り言のように言う。

その一瞬の横顔は、大陸最強の魔王ではなく、ゴルドギアス＝オルギというひとりの魔族であるように見えた。

「知らず識《し》らずのうちに、我も思い上がっていたようだ。今となっては慢心こそが最大の敵であるというのに。お前に指摘されて初めて気づいたが、脅威度を判定するに足る情報は、全て眼《め》の前に転がっていたのだな。ジルバギアス、よくぞ提言してくれた」

「いえ……」

……俺としては、やっぱりお前の方がよほど恐ろしいよ。

末の息子の話を真面目に聞き、見落としを指摘されて激昂《げきこう》するでもなく、自らの過ちを認め、襟を正す。素直にこれができる一国の長が、どれだけいるだろう？

それも、誰であれ問答無用でなぎ倒せる、最強の魔力と腕力を備えながら。

そうやって己を律することができるほどに、魔王ゴルドギアスは思慮深いようだ。

魔王国にとっては幸いなことに。

勇者《おれ》にとっては不幸なことに。

……もっと増長してくれよ～～～！

調子に乗って足元をお留守にしてくれた方が掬《すく》いやすくて助かるんだよ～～～！

『お主がこう仕向けたんじゃろ』

今回の件に関しては、な……こっちの方が都合がいいから。

まあ、魔王がヒトの話を聞かない傲慢極まりない野郎だったら、今みたいな立ち回りもできないわけで、そう考えると痛《いた》し痒《かゆ》し……！

「色々と煽《あお》っておいてなんですが、取り越し苦労である可能性もあります」

それはそれとして、魔王がアンデッドを警戒しすぎて排斥し始めてもまずいので——火種にいつ燃料をブチ込むかは俺が決めたい——逆視点からの話もしておく。

「確かに太陽は……」

万人に照ると言いますが、と口に出しかけてやめる。このことわざは人族のもので、闇の輩は口にしない。あぶねえ。

「——陽光はまんべんなく降り注ぎますが、裏を返せば、特定個人に執着することもないわけです。対象を絞った呪詛の場合、父上の炎はエンマの防御をたやすく貫通し、肉体はおろか魂まで紙くずのように焼き尽くしてしまう、ということも当然考えられるかと」

「感覚としてはそうなりそうな気もするがな。しかし、この感覚こそが慢心かもしれん」

魔王、めっちゃ自省してる……

「合理的に考えると、現時点でエンマが反旗を翻す動機もないとは思います。ただまあ、何かの拍子に合理性を投げ捨てられたら、どうなるかわからないんですが」

「うむ。今でこそ魔王国はエンマと共存共栄の関係を築けているが……」

共存？　ホントか～？　魔王国の方が依存してるように見えるけどな～？

——国中に張り巡らされた骸骨馬車の輸送網。

——馬車に搭載された振動軽減装置のような、アンデッド技術を応用した便利道具。

——最近はコルヴト族を引っ張り出すほどでもない土木工事や、夜中の農作業にもアンデッドが労働力として投入されていると聞く。

——先ほどの戦場の死体処理についてもそうだ。あれをエンマ抜きでやろうと思ったら膨大な人手が必要になる。そしてその人手を食わすだけの物資が必要になり、さらにその物資を運ぶためにも膨大な人手が——


『どう考えても魔族側が依存しとるじゃろ』

うん、魔王国の繁栄をアンデッドが陰から支えている形だ。

それを「共存共栄」と言い切ってしまうあたり、やはり気をつけていても一朝一夕では慢心をなくせないらしいなぁ、魔王？　俺が真っ当な魔王子であれば、指摘してやるんだろうが——


このまま魔王国に弱点がある方が都合がいいので、言わない。


「正直なところ、今の段階ではそれほど心配してないんですよね、俺は」

そんな内心はおくびにも出さずに、俺は再び口を開いた。

「やはり父上の火魔法が強力な抑止力として働いてますから、エンマに何か思うところがあったとしても、問題は表面化しないでしょう。少なくとも父上の代では」

俺の含みのある言葉に、今度こそ魔王は苦虫を噛《か》み潰したような顔になった。

つまり、俺はこう言っている。

魔王国が続く限り、奴《やつ》との付き合いも続くことになる。たとえ今は良好な関係を築けていたとしても、そのうち破綻するかもしれないし、エンマが増長しだす可能性もある。

そんなときに、もしも火属性の魔力を持たない魔王が在位だったら――

アンデッドに有効な打撃を与えるすべを知らない者が魔王の槍を継承していたら――

エンマも、魔が差すかもしれない。

たとえば第1魔王子アイオギアスだ。次期魔王の筆頭候補と目されているが、氷魔法を得意とするヴェルナス族の出身で、もちろん火魔法は使えない。氷魔法は便利だし強力だが、アンデッドには効き目が薄く、氷漬けにして物理的な動きを止められたとしても霊魂を加害する術がない。

その点、アイオギアスと鎬《しのぎ》を削っている第2魔王子ルビーフィアは、火魔法を得意とするリバレル族出身で、ルビーフィアも『火砕流』の二つ名を持つ炎と破壊の申し子だ。

エンマへの抑止力としては、実はルビーフィアの方が魔王に向いているとさえ言えるかもしれない。……統治能力がどんなものかはわからないが。

「いずれにせよですね」

渋い表情でひげをしごく魔王に、俺は畳み掛ける。

「エンマと手を組むのはいいと思います。しかし、それはそれとして、奴の霊魂の防御を無効化する方法なり、新しい体に乗り移られる前に霊体そのものを滅ぼす手段なり、何らかの方法論は確立すべきだと感じました」


不死の化け物を利用するのはいい。

だが、そいつの殺し方は知っておくべきだ。

俺は静かに、そう主張した。……極めて魔族好みの理論を。


「――一理ある」

果たして魔王は、俺の思惑通りにうなずいた。

「お前の懸念の正しさと、研究の必要性を認めよう。そして目下のところ、我ら魔族で死霊術の第一人者が……お前、か。内容が内容なだけに、可能な限り秘密裏にことを進めるべきだな」

肘掛けに頬杖《ほおづえ》をついて、魔王は問う。

「辺鄙《へんぴ》な場所がいい、と言ったな。どのような立地を望む？」

――かかった。

小躍りでもしたい気分だ。顔がニヤけないようにするのには苦労した。

……俺だけの城だ！　プラティやお付きの者の目がない空間！　それはリリアナを国外脱出させる準備であったり、対魔王・対エンマ用の聖属性の研究のためであったり、個人的な魔法の品の隠し場所であったり……

とにかく、選択肢が劇的に増える！

「そうですね……まず、余人の立ち入りづらい場所がいいです」

逸《はや》る心を抑えつつ、俺は熟考するふうを見せながら口を開いた。

「移動にはドラゴンを使いますので、陸の孤島でも構いません。というか、そちらの方が望ましいです」

「ドラゴンか。信用できるのか？　連中がアンデッドを好むとも思えんが」

「ああ、それに関しては。その……手持ちのドラゴンを使いますので」

俺の言葉を、魔王は一瞬理解しかねたようだ。

「…………まさか、お前が仕留めた白竜の娘のことではあるまいな？」

「そのまさかです」

「!?」

何言ってんだお前!?　とばかりに唖然《あぜん》とする魔王。

「乗るつもりなのか!?　高空から落とされたら助からんぞ!?」

「その、実はもう何度か乗ってます。雲に手が届くくらいの高さまでは」

「!?」

嘘《うそ》だろ、と絶句する魔王。本人はドラゴン族の逆襲を防ぐため、即位してからは一度も飛竜に乗ってないって話だからな。驚きもひとしおだろう。

俺も、レイジュ領を馬車で行き来して改めて思ったけど、一度飛竜の快適さを知ってしまったら、乗り心地抜群の骸骨馬車ですらまどろっこしく感じちまうんだよな……魔王は政務にかかりきりで滅多に城からは出ないようだが、飛竜が使えず、遠出したら時間がかかるせいもあるんだろうな。

「……よくプラティが許したな」

ややあって、それでもなお信じられない様子で魔王が言葉を絞り出す。

「かなり強固に反対してましたが、ゴリ姐《ねえ》……祖母が敵意を見抜く血統魔法の使い手でして。件《くだん》の竜娘に敵意がないことを保証してくれました」

「なんと……そういえば【炯眼《エフスラ》】持ちだったか」

「はい。まあそれに、俺も彼女と――良好な関係を育んでおりますので」

その一言で魔王は察したようだ。俺を見る目に、呆《あき》れと、ある種の尊敬の念が宿った。

「……そうか。まあいい。それで?」

「話が逸《そ》れましたね。研究所についてですが、広さはそれほど重要ではありません。最悪掘っ建て小屋でも構わないほどです。ですが実験的にアンデッドを作成したり破壊したりするでしょうし、屋内空間が広ければ広いほど自由度は上がります。また諸々《もろもろ》の素材や、書物なんかも保管できる空間がほしいところです」

ふむ、と唸《うな》った魔王が、執務机の引き出しから地図を引っ張り出した。

「我の直轄領に、いくつか廃棄されたままの砦《とりで》がある。ほとんど破壊されて使い物にならんものばかりだが、これを我が個人的に改修した上で、お前に秘密裏に貸そう」

どれがいい？　と魔王城周辺の廃城を示して魔王。

即決即断、予算なんて関係なし、これぞ絶対王政のスピード感だな！　最高だぜ！

「もちろんだ」

「地図を見せてもらっても？」

執務机に広げられた地図にかじりつくようにして検討していると、そんな俺を見守っていた魔王が可笑《おか》しそうに笑い始める。

「？　いかがなさいました？」

「いや、なに。お前もなかなか隅に置けぬと思ったのだ」

「へえ？」

間抜けな声が出ちまった。何だよ？　俺はいったい何を悟られたんだ……？

「ふふふ。……お前に言われた通り、抑止力としての魔王というものを考えてみたのだ。

そこでふと思い至ってな――これは仮定の話だが、順調に死霊術の研究が進み、火属性に頼らぬアンデッドの討滅法が編み出されたとしよう。それを公開するか伏せたままにするかはさておき、いざというときの対策があれば、火属性を持たぬ者が即位したとしても、余計なことに思考を割かれず統治に専念できような」

「……？　はあ」

今度は俺が首をかしげる番だった。「いざというときの対策があれば安心だよね」ってそんなの当たり前のことじゃねえか。何が言いたい……？

「先見の明という言葉はあるが、お前ほど先を見据えている者もなかなか珍しかろう」

「それは……まぁ、国の行く末は考えてますが……？」

俺が困惑していると、魔王は、俺が困惑していることに困惑したようだった。

「……まさか、そういうつもりではなかったのか？」

「申し訳ございませんが、何を仰《おつしや》りたいのかよく……」

「ふっ。ははは っ」

なんだ、今度は笑い出したぞ？　怖いよ！　アンテ、何が起きてるんだ!?

『我もよくわからん……ん、いや……そうか。魔王から見ればそうなるか。ふっふっふ、はははははっ、確かにこれは笑えてくるのぅ』

わかったんならご説明願えますかー!?

「いや、ある意味で心強い。我は嬉《うれ》しく思うぞ、ジルバギアス」

と、アンテが話す前に、魔王はなぜか上機嫌で俺の肩をポンポンと叩《たた》いてくる。

「すいません、まだわかりません」

「謝るようなことではない。むしろ我の勘ぐりが過ぎたな。これは仮定の話だが、ジルバギアス。『もし純闇属性の、死霊術に精通した者が次期魔王となるならば、アンデッドの手綱も握れてさぞかし統治がしやすかろう』――と、そんなことを考えたのだ」

……あ～。ああー！

ようやくピンと来た。

魔王視点から見れば、『次期魔王になる気満々でエンマ問題に気づいた俺が、即位後の統治まで見据えて今からエンマ対策を練り始めた』ように見えたのか!!

現時点で俺は――というかレイジュ族は、第1魔王子派閥につくか、第2魔王子派閥につくか、第三極として立ち回るか旗色を明確にしていないので、内々の話し合いとはいえ魔王も明言を避ける配慮を見せたから、結果としてあんな回りくどい言い方に……！

いや知らねー！

ってか気が早いって！

そもそもクッソどうでもいい！

俺、魔王に即位する気なんてねえから！

何を悟られてしまったのか、必死に考えを巡らせただけに、脱力感もひとしおだった。

マジでどうでもいいわ……

「お前は純粋に、国のことを思ってくれていたのであろうなぁ」

そんな俺をよそに、魔王は何やらじーんと胸を打たれた様子でうなずいている。

「まあ……はい……確かに、魔王国のことは常日頃から考えてますし、熱量ならそんじょそこらの奴には負けないとも自負しております」

ただ、方向性がね……魔王が思っているものとはね……

『真逆なんじゃよなぁ』

滅ぼそうとしてるんで俺。

しかし本来の魔王子ジルバギアスとしての立ち回りを考えると、魔王の座に欠片《かけら》も興味がないのが露呈してしまったのは、決して褒められたことじゃないな。

プラティの方針で旗色は鮮明にしていないとはいえ、もうちょっと魔族らしいガツガツ感を出していかないと不自然かもしれない。

「次からは気をつけます」

「ははっ！　気をつけるようなことではないがな」

俺の言葉に、魔王は再び噴き出して、愉快そうに笑っていた――

そんな一幕もあったものの、俺は地図を精査した上で、魔王城から南へドラゴンを飛ばして20分ほどの、小さな砦を借り受けることにした。

と同時に、非公式ながら、魔王国立死霊術研究所の所長に就任した。

今日から俺は第7魔王子にして魔王国子爵兼、魔王国立死霊術研究所長ジルバギアス＝レイジュ（5）だ!!

†††

死霊術研究所という名の、俺の拠点――いわば秘密基地。

年甲斐《としがい》もなくワクワクしてきたぜ！

『あ～んなことやこ～んなこともヤり放題じゃのぅ！』

そうだな！　そ～んなことやど～んなこともな！

霊魂いじくり回すクソ外道に手を染めるのは確定なんで、今から気が重いけどなァ！

…………はぁ。俺は勇者。誰がなんと言おうと勇者なんだ……

たまに唱えておかないと、自分が何なのかわからなくなりそうだ。

それはさておき、件の砦。

今日明日からすぐに使えるワケじゃない。魔王がコルヴト族に改修を命じ、使用可能になるまで最低でも1週間はかかる見通しだ。そして修復されたあとで、俺が素知らぬ顔で出入りする形になる。

コルヴト族はルビーフィア派閥であるため、俺がそちらに接近したとの誤解を周囲に与えないようにするための措置だな。

といっても「なぜ陛下はわざわざ使いもしない砦を改修するんだ？」と話題にはなるだろうし、嗅ぎ回る者も出てくるかもしれない。それでも、俺が堂々とコルヴト族に発注するよりはよほどマシなはずだ。

『好奇心旺盛な輩《やから》が、様子見に来たらどうするつもりじゃ？』

アンテがいたずらっぽく問う。

そんなもん、決まってるだろ。国家機密を暴こうとした咎《とが》で死刑さ!!

……と、切り捨てられたら楽なんだが、実際には相手次第ってとこだな……

『なんじゃ、つまらんのぅ』

同感だ。実際に研究所の運用を始めたら、このあたりも魔王に根回しした方が良さそうだな……不逞《ふてい》の輩に荒らされる危険性も考慮すると、『本当にヤバいもの』も置いておけない。俺も慢心しないように気をつけよう。

まあ、細かいことは追々考えるとして。

魔王城に戻ったらやりたかったことのひとつに、レイラ用の馬具――ならぬ竜具の調達がある。

既存の飛竜用の鞍《くら》を流用してもいいんだが、革紐《かわひも》だ鐙《あぶみ》だ鞍だと全部セットにしたらとんでもなくかさばって不便なので、魔法で持ち運びに便利な、何かゴキゲンなものができると非常に助かる。

というわけで翌日、俺はレイラ・リリアナ・ガルーニャというういつものメンツを連れて久々にドワーフの工房を訪れた。

「お久しぶりです、王子殿下」

ドワーフ工房魔王城支部の工房長、フィセロが堅苦しく俺を出迎えた。彼はファラヴギの鱗《うろこ》を用いた鱗鎧《スケイルアーマー》【シンディカイオス】を創り出した腕利きの職人だ。

「久しいな。その後、腕の調子はどうだ」

「これ以上ないほど快調です」

いかにも気難しげな、ゴワゴワした白ひげに覆われた口元を、への字に曲げてフィセロは答える。かつて呪いに蝕《むしば》まれ切断されていた利き腕は、今や筋骨隆々ですっかり元通りになっており、失われていた時期があったとはとても信じられないほどだった。

「殿下におかれましても、お変わりありませんかな」

返す刀でフィセロが尋ねてきたが、もちろん俺の体調のことではないだろう。

「ああ。昨日まで母方一族の領地に里帰りしていたんだが、訓練でシンディカイオスを使い倒させてもらったぞ。散々殴られ斬られ突かれたが、鎧《よろい》そのものには傷ひとつついていなかった。これ以上ないと断言できる出来栄え、大変満足している」

俺の褒め殺しに動じることなく、フィセロは「当然だ」とばかりにうなずく。

「――来春には、俺も実戦に出ることになる。お前との盟約を忘れたことは片時たりともない。これからも固く、遵守されるだろう」

表情を改めて告げると、フィセロもまた険しい顔になり、重々しく一礼した。

フィセロとの契約により、シンディカイオスを身にまとう間は、ドワーフを傷つけないことを誓った。これで、戦場のドワーフたちは俺の魔の手にかからずに済むだろうが——

その代わりに俺の身は同盟軍の刃《やいば》から守られ、さらなる人死が出るはずだ。

虜囚の身ゆえ致し方ないとはいえ、同盟出身のドワーフ鍛冶としては、忸怩《じくじ》たる思いを拭えないだろう……

「それはそうと、今日はひとつ依頼したいものがあるんだ」

俺は意図的に、明るい調子で話を変えた。

「魔法の品だ。少々特殊な要望だが、ドワーフの職人ならばあるいは、と思ってな」

「伺いましょう」

フィセロも飄々《ひょうひょう》と、それでいて、職人としてのプライドをたたえた表情で応じる。

こういう言い方をされるとイヤとは言えないのがドワーフだ。周囲で鍛冶仕事に精を出している他ドワーフたちまでもが、手を止めることなくこちらに意識を向けているのがわかって、無性に可笑しかった。

俺は、レイラの腰に手を回して、抱き寄せる。

「この娘に乗るための、持ち運びに便利な魔法の鞍は作れるか？」

フィセロと、他ドワーフたちの視線を受けて、ちょっとはにかんだ様子のレイラ。

「こちらの方は……？」

訝《いぶか》しげにレイラの角――斜め後方へ真《ま》っ直《す》ぐ伸びるそれを見やるフィセロ。彼女が人化したドラゴン族であることは見当がついているだろうが――

「初めまして。ホワイトドラゴンのレイラです」

「ホワイト……」

途中までオウム返しにしたフィセロが、何かを察してギョッと仰《の》け反《ぞ》った。

「そう、ファラヴギの娘だ」

俺の補足に、轟々《ごうごう》と熱気に包まれていた鍛冶場が、一気に冷え切ったようだった。

冷えた、というか――戦々恐々というべきか。ハンマーを振るっていた鍛冶師たちが、思わず手を止めて振り返り、資材を運んでいた職人が手を滑らせて、ガランガランと鋼材が床にこぼれ落ちる。

ファラヴギの鱗を鎧に仕立て上げたのがフィセロなら。

かつてレイラにつけられていた首輪を造ったのも、魔王城のドワーフだ――

「なっ……、そっ……んな、……」

血の気を失い、言葉にならない呻《うめ》き声《ごえ》を上げ、思わず後ずさるフィセロ。ここまで動揺しているところは初めて見た。

『とんだドッキリじゃのう』

まあ、こうなるのは予想がついてたけど、レイラの採寸とかも必要になるだろうし、不可抗力なんだよなぁ。

挨拶が終わるまで外でレイラだけ待たせるのも、それはそれで悪いし……むしろ全部の事情を話した上で、満を持してレイラが入場してくる方が気まずくないか？

「彼女については心配しないでくれ。色々と思うところはあるだろうが……それは俺たちの問題だったから」

「その、あの……わたしが言うのもなんですけど、お気になさらず……」

レイラが俺との親密さをアピールするかのように、神妙な顔で寄り添ってきたが、途中で恥ずかしくなったらしく赤面している。

「…………。ああ、ええと。魔法の鞍とおっしゃいましたか」

しばし、放心状態にあったフィセロだが、職人の意地で冷静さを取り戻したようだ。滝のように流れていた額の汗を拭いながら、震える声で話を続ける。

「それは——そちらの娘さんの、ドラゴンの姿に乗る、ということでしょうか」

「？　それ以外に何があるんだ？」

「ああ、いえ、それはそうですが」

服の袖でさらに汗をフキフキしながらフィセロ。何かもの言いたげな顔で、俺とレイラを見比べ——

「……乗られるおつもりで？」

「というか、既に何度も乗せてもらったんだが、ほとんど素手でしがみつくような状態で落ち着かなくてな。きちんとした鞍がほしいと思った次第」

「す、既に……何度も…………？」

フィセロが唖然《あぜん》とするにとどまらず、耳をそばだてていた周囲のドワーフたちも、ざわ……と動揺している。

「オイオイどんだけ命知らずなんだあの王子……」

「可哀想《かわいそう》に。あの竜娘も、きっとハイエルフみたいに精神を……」

「シッ！　聞こえるぞ！」

聞こえてんだよなぁ。

「わふ！」

レイラばっかりずるいー、とばかりに俺の足にヒシッとしがみつくリリアナ。そういえばさっきから放置気味だった。ごめんごめん、と気持ちを込めて頭をナデナデ。

「…………」

フィセロは、まるでバケモンでも見るような目を俺に向けていた。

「……詳しくご要望をお伺いします」

それでも口調が変わらないのは、流石《さすが》というべきか、職人のプライドを感じさせた。

――俺がリクエストしたのは、竜の姿のレイラにフィットする魔法の鞍で、着脱しやすく、かつ人化した状態でも持ち運びに便利なもの。

「……どうしようか。金属だと難しいぞ」

「重くなっちまうからなぁ」

「竜なら平気だろうが、人の姿だと持ち運びに難が――」

フィセロを中心に、職人たちが集まって議論し始める。

「……竜の素材なら軽いは軽いが……」

「おい、バカ！　それはマズいって！」

「食い殺されるぞ！」

……ドワーフって内緒話に向いてねえよな。

『こやつら声がクソでかいんじゃが』

まあ鍛冶場がうるさいから仕方ないんだろうけどさ……

「やっぱり革しかないんじゃゃ……」

「着脱が容易で持ち運びも便利ってのが……」

「こんな複雑な機能……アイツくらいしか……」

やいのやいのと話し合うことしばし――

「殿下。ひとり、ご要望に応えられそうな職人がいるのですが……」

渋い顔で、フィセロが戻ってきた。

「おお、流石はドワーフだな」

しかしなんでそんな苦虫を噛《か》み潰したような表情を？

「その……我らドワーフにしては珍しく、金属加工より革細工を得意としておりまして、腕は確かなのですが……」

「何か問題が？」

「非常に変わり者なのです。よろしいでしょうか？」

「俺とて変わり者と呼ばれることは多々あるからな。腕が確かなら文句はないぞ」

俺の返答に、「それもそうか」と軽くうなずいて納得したフィセロが、そそくさと件《くだん》の職人とやらを呼びに行く。なんかこれはこれで腹立つな。

「王子殿下のお呼びと聞いて飛んで参りました――ッ！」

するとドワーフ工房には馴染《なじ》みがない、甲高い声。

短軀《たんく》の、ちょっと丸っこい少女がズドドドドと駆け寄ってくる。

「えっ、女!?」

俺はちょっと驚いた。ここにいるのは基本的に捕虜たち――つまり戦場で捕らえられた者が大多数。

まさかドワーフの女を捕虜収容所で見かけることになろうとは。

「はい！　ワタクシ、革細工職人の――クセモーヌと申します！」

ビシッとその場で敬礼した女職人、クセモーヌは、鼻息も荒くズイズイと距離を詰めてくる。

「――ピッチピチのドラゴン娘のレザーファッションをデザインできると聞きましたよぉぉそちらの娘さんですか!?　可愛《かわい》いですねぇぇ!!」

あ、こいつ変わり者だ。

俺は即座に確信した。

「——なるほど！　普段はかさばらず、飛びたいときにすぐ使える、魔法の鞍《くら》がお望みなわけですねぇぇ！　それは確かに、なかなか難しい注文です——」

俺の要望を改めて聞き、うんうんとうなずいたクセモーヌは、

「——が、ワタクシなら可能ですねぇぇ!!」

フフーンと得意げにふんぞり返りながら、断言した。俺よりちっこいので偉そうな感じは全くないが。

「それは何より。依頼した場合、対価はどうなる？」

ドワーフ職人は、正当な対価を受け取らないと他人のために作品を生み出さず、生み出せない。そういう魔法なのだ。

「2つ条件があります」

クセモーヌは、ビシッと指を2本、俺に突きつけた。

「1つは、ワタクシの甥《おい》が足の小指をなくしちゃってるんでぇ、それを治してあげてくださぁぁぁい！」

指1本か。それならお安い御用だな。

「もう1つは——ワタクシが何を作っても、決して！　文句は言わないでくださぁい！

「こちらは対価というより、事前にご了承願いますって話ですけどねぇぇ！」

はぁ？

俺は面食らった。ドワーフからそんなことを言われたのは初めてだ。見れば周囲の職人たちも、渋い顔をしている。


ドワーフで仕事を引き受けられるのは、皆に認められた一流の腕を持つ者だけだ。

つまり他種族からすれば超一流の職人。正当な対価を支払えば、依頼者の要望を完璧に反映するだけにとどまらず、想像を上回る出来栄えのものを仕上げてくる。聖剣アダマスも鱗鎧《スケイルアーマー》シンディカイオスも、文句のつけようがない素晴らしい逸品だった。

だからこそ、クセモーヌの「文句を言うな」という条件は予想外。

裏を返せば、俺が文句を言いかねないようなモノを作るぞ、と宣言しているに等しいからだ。

俺が「どういうことだ」とフィセロに訝しげな目を向けると、熟練鍛冶師にして工房長のドワーフは、身内の恥を晒《さら》したような忸怩たる思いを滲《にじ》ませていた。

「こやつは腕は確かなのです。……ただ、服飾に関して独特のセンスを持っており、デザインだけは自分の趣味を頑として譲らんのです……」

……趣味？

「ワタクシはぁ！　ただ、そのヒトの魅力を最大限に引き出せるモノを作りたいだけなんですよぉぉ！」

　手をワキワキさせながら、クセモーヌは苛立《いらだ》たしげに叫ぶ。

「だけど頭のかったい連中は、ワタクシの斬新さについてこれず、受け入れられないんですねぇぇ!!　ええ、確かにプロの職人としては、依頼人の好みを顧みず趣味に傾倒するのはよろしくないでしょう!!　ですが、ワタクシは職人であると同時に芸術家でもあるのですッ！　ワタクシは他ならぬワタクシのために作品を日々生み出し続ける……ッ！」

　短い手足を振り回し熱弁を振るうクセモーヌだったが、ふと我に返ったように、片目をつぶって、「てへっ☆」と舌を出した。

「──というわけでワタクシ、半分は自己満足のため仕事を引き受けてるんで、対価もお安めとなってるワケですねぇ！」

　なるほど……複雑な機能を持つ魔法の品の割に、やたら『安い』とは思ったがそういう事情だったのか。

「……ちなみに、どんなものを作るつもりなんだ……？」

　主にデザインが問題視されているようだが、参考にできるような作品例とかないんですかね……？

「それは、作業に取り掛かるまでわかりませんねぇ！　というか、どんなモノが仕上がるかはワタクシにもわかりません！　手が勝手に動くので!!」

　本当に大丈夫かよコイツ、と今一度フィセロを見やると。

「腕は確かです……」

溜息《ためいき》交じりにうなずくフィセロ。

「革細工と付与魔法だけなら、神がかりと言っていいです。殿下のご要望を全て満たせる者は、この工房にはこやつしかおりません。あとはドワーフ連合の聖匠《マエストロ》でも引っ張ってこないことには……」

聖匠《マエストロ》――ドワーフの中でもほんの一握りの、鍛冶を極めた名匠だけが冠する称号だ。一般的なドワーフが一生に一度だけ生み出せる、『真打ち』に匹敵する作品をホイホイ作り出してしまう生ける伝説たち。

そしてクセモーヌは、革細工だけなら聖匠と並び称される次元らしい。剣士でいうなら剣聖みたいなもんだ。常識の埒外《らちがい》の存在、俄然《がぜん》興味が湧いてきたな……！

「よし、その条件でいいだろう」

足の小指を生やすだけで、そのレベルの魔法の品が手に入るなら安いもんだ。フィセロが腕前に太鼓判を押しているあたり、性能面には問題ないんだろうし。その上でデザインが本当に気に食わなかったら使わないって手もある。クセモーヌには悪いけど。

……というわけで、サクッと対価の治療を済ませクセモーヌが製作に取り掛かった。

「おっほ❤　腰ほっそ！　脚なっがーい！」

レイラの肢体にぺたぺたと触れながら、舐《な》め回すような視線を向けるクセモーヌ。

「これは『映え』ますねぇぇぇ間違いない！　ほぉぉ滾《たぎ》ってきましたよぉぉ！」

黒っぽい目がギラギラと輝き、よだれまで垂らしそうになっていた。なんだろうホントに大丈夫かよコイツ……

「……腕は確かです」

おいフィセロ、それで何もかも許されると思うなよ！

「ふっひひ……それじゃお嬢ちゃん、採寸しましょうねぇぇ……！　さあ怖がらないで、こっちにおいで……！」

「は、はい……」

レイラはめちゃくちゃ心細そうにチラチラと俺を見ながら、手を引っ張られて個室に連れ込まれていった。

「……クセモーヌってアレ、何歳くらいなんだ？」

「まさか興味がおありで!?」

ギョッとしたように仰《の》け反《ぞ》るフィセロ。ちげーよ！

「ちゃんとした大人なのか知りたいだけだ！　レイラを預けていいのか、ちと不安に思えてきてな」

「あ、ああ……左様で……一応、魔王陛下からも、我らが従う限り手出し無用のお墨付きはいただいておりますので」

「だから手は出さないって。ダイア兄上じゃあるまいし、こちとらもう手一杯だわ」

女好き呼ばわりくらいなら甘んじて受けるが、魔王国に名を轟《とどろ》かせる色情狂と一緒にされちゃ敵《かな》わないぜ。俺はリリアナの頭を撫《な》でながら憤慨した。

ちなみにクセモーヌの年齢を尋ねたのは、ただの興味本位だ。俺から見るとただのちんちくりんな少女だが、ドワーフも長命種。３００年以上は余裕で生きて、老化も緩やかなのでパッと見じゃ歳《とし》がわからない。

男のドワーフも、ヒゲモジャの筋骨隆々なので老けているように見えるが、間近で観察するとお肌はつるつるだったりする。

そしてヒゲのない女ドワーフは、特に若く見えるというわけだ。

「クセモーヌは……１００歳は超えていたと思いますが、正確なところはわかりませんな」

何歳くらいだったっけ？　さあ１１０くらいじゃないか？　などと周囲のドワーフたちも言っている。

なるほど、１００は確実に超えてるわけか。それであの容姿……人族のちょっと丸っこい子どもにしか見えねえな……

ドワーフの男も髭《ひげ》を剃《そ》ったら意外と童顔なのかもなぁ、などと思いつつフィセロをジロジロ見ると、めちゃくちゃ嫌そうな顔をしてススッと距離を取られた。

そして待つこと、さらに数十分……

暇すぎるので剣槍《けんやり》の演武を披露してドワーフたちの創作意欲を刺激していると。

ズオオオッ、とレイラたちが引っ込んだ部屋で、思わず俺が仰け反るほどの強烈な魔力が渦巻いた。

「なんだ!?」

「わうっ!?」

驚く俺とリリアナをよそに、鍛冶場のドワーフたちが「ああ……」と呆《あき》れとも感嘆ともつかぬ声を漏らす。

扉が開き、クセモーヌがひょいと顔を覗《のぞ》かせた。

「できましたよぉぉ!」

…………

「え!? もう!?」

早くね!? 採寸だけじゃなかったのか!?

「ビビビっと来たのでそのままグワーッと作っちゃいましたぁぁぁ!」

「いや、でもお前、ドラゴンの姿の採寸は……?」

「サイズ調整の魔法はかかってるので、問題ありませぇぇん!」

グッと拳を握って、自信満々の表情を浮かべるクセモーヌ。

「ささ、殿下! どうぞご覧になってくださぁい! 彼女さんがお待ちかねですよぉぉ!」

ニヒヒヒヒ……と笑いながらクセモーヌがゆらゆらと手招きしてきた。

いったい何が仕上がったんだコレ……おっかなびっくり見に行く俺のあとに、興味津々なドワーフ職人たちもついてこようとしたが。

「あ、男連中はダメでーす!!」

クセモーヌが腕をクロスさせて制止する。

……えっ!? 他の男にお見せできないようなシロモノなの!?

大丈夫かよ……？

「レイラ、どんな感じだ……？」

恐る恐る、俺が部屋を覗き込むと――


「あっ……あのっ……コレッ、裸より恥ずかし……ッッ」

前かがみになって胸を手で隠す、ほぼ半裸のレイラがいた。


レイラの色白な肌とコントラストを描く、テカテカとした黒染の革。レザーベスト――いや、コルセットとでも呼ぶべきか？ 俺が知るどんな服装とも違っていて、全く言語化できない。

……というか大事なところが全然隠れてない！ 服っていうか、ほとんどベルトの集合体じゃねえか！ 胸部の膨らみは紐状《ひもじょう》のベルトに上下から挟まれて、まるで絞り出されるようで、……おい何だこれは!!

　何だこれは!!


『ほほぉ――これは卑猥《ひわい》じゃのぅ!』

　アンテが俺の中で興奮気味に叫ぶ。

「わぅ……」

「うにゃ……」

　遅れて入ってきたリリアナとガルーニャも絶句してるようだった。自分を犬だと思い込んでいるリリアナさえ言葉を失う衝撃のデザイン……!

「フフーン! 自信作です!!」

　そして、なに爽やかな顔で額の汗を拭ってんだテメーはァ!!

「見てください! 素晴らしいですねぇ! 華奢《きやしや》な肉体に食い込む革ベルト、絞り出される肉に、内面から引き出される羞恥!! たまりませんよぉぉぉ!」

　半ば血走った目で唾を飛ばしながら叫ぶクセモーヌ。

　――作ったモノに文句を言うな。

　その意味を、遅ればせながらも痛感する俺だった。

「さぁて、それじゃあ機能も紹介しましょうねぇぇぇ!」

……だけどなぁ、見た目はアレだけど……

確かにすげえ魔力が込められてることは伝わってくる……！

絶対、機能面はよく出来てるんだろうな――と察した俺は、諦めの境地でクセモーヌの解説を聞くことにした。

「さあさ、レイラちゃん！　おててで隠したりなんかせず、ステキな姿を彼に見せてあげましょうねぇぇぇ……！」

「う、ぅぅ……」

ハァハァと息を荒げたクセモーヌに促され、レイラがぷるぷるしながら胸を隠していた手を下ろす。

「……に……似合ってますか……？　変じゃないです……？」

顔はおろか、茹《ゆ》で上がったように全身を赤く染めたレイラ。その潤んだ金色の瞳が俺を見据える――

蜘蛛《くも》の糸に搦《から》め捕られたかのように、俺は動けなかった。

「に……似合ってる、よ……」

似合ってるか似合ってないかの二択なら、間違いなく似合ってる。目が離せなくなるような、とてつもない魅力と色気があった――それは認めよう。

だが嫁入り前の娘にさせる格好じゃねえぞコレ！

場末の酒場の踊り子でももうちょっと大人しい服着てるわ！

……というかコレ服と言えるのか……？　ほぼほぼ革紐では……？

「そ、その、苦しくはないのか？　嫌だったら脱いでいいんだぞ？」

「苦しくは……ないです。い、嫌、ってワケでも、ないんですけど……」

もじ、と身動《みじろ》ぎしたレイラが、はふぅ、と熱っぽい息を吐いた。

「どうです？　いいでしょう？　しっかり固定されてますけど、呼吸の妨げにはなりませんし、主な血管も圧迫しないようになってますよぉぉ！　それじゃあ機能面を説明しますねぇぇ！」

ウキウキとレイラの隣に立ったクセモーヌが「ちょっと腕を上げてねぇレイラちゃん！」と声をかける。

「は、はい……」

「そうそう、頭の後ろで腕を組んで……ハイ！　これでよく見えますねぇ！」

めちゃくちゃいい笑顔してやがる、クセモーヌ。

『ほほー眼福眼福。お主も果報者よのぅ』

う、うん……

「こちらの装備、銘打つこと【キズーナ】です！　殿下のご要望通り、普段着の下に着込めて持ち運びは便利、かつ極めて軽量なモノに仕上げました！」

そりゃあそんだけ面積が狭かったら軽いよなァ！

「ご覧の通り上半身でほぼ完結したデザインです。人化を解除すると尻尾や翼が生える都合上、それらの部位とは干渉しないようにしてありますよぉぉ！」

解説しながらレイラの胸部からウエストにかけてを、つつっと指でなぞるクセモーヌ。

「んんっ」とレイラがくすぐったそうな、悩ましげな声を上げた。——俺はこの場から走って逃げ出したくなった。

「激しい動きをしてもズレないよう、首、胸、ウエストを通る革紐と革帯がハーネスに変化し、鞍《くら》をしっかりと固定します。さ、後ろ向いてねぇ！」

くるっ、と指示通りに回転するレイラ。背中部分は大きく開いている。

「こちらの、首の後ろから付け根までを覆う部分が竜形態では鞍に変化します！　このリボンは鐙《あぶみ》に、チョーカーは手綱に変化しますよぉぉ！」

なるほど。その視点で見ると、よく考えられた設計だ。レイラの胸を上下から締め付ける革紐やウエストから伸びる革帯が、身体《からだ》の中心部に鞍を固定している。支点が多いから安定性は高そうだ。

「【キズーナ】のハーネスにはありったけの強靭性《きょうじんせい》を付与してあるので、滅多なことでは千切れません！　その上で、紐部分に攻撃が加えられた場合、装備者たるレイラちゃんがダメージを肩代わりする魔法をかけてあります!!」

何だと!?

「紐が斬られたら、レイラが代わりに斬撃を食らうってことか!?」

もはや呪いじゃねーか！　なんでそんな機能を!?

「殿下の安全のためです」

が、憤慨する俺に動じることなく、クセモーヌは真面目な顔で答えた。

「もちろん、レイラちゃんと相談の上で実装した機能ですよぉ」

「あの……わたしが、強くお願いしたんです」

レイラがチラッと振り返って言った。

「万が一にでも、空中で鞍が外れるようなことがないように、って……竜の姿なら、多少斬られたり射られたりしても、鱗《うろこ》が防いでくれますから。それより、あなたを支える紐が切れない方がいい、と思ったんです」

遠慮がちな言葉だったが、その瞳の光は強かった。

「一応、1本くらいなら千切れても、他部位で支えられるよう設計してありますけどねぇ！　そもそも、本装備の肩代わりの魔法を貫く威力の攻撃を受けたら、レイラちゃんが無事では済まされない可能性が高いです！　その場合は速やかに離脱、ないし着陸することをオススメしますよぉ！　製作者としては！」

「……しかし、人化した状態でも、その魔法は有効なんじゃないのか？」

「はい、そうですねぇ！　ですがこの装備は防具ではありませんっ！　もし人形態での防御力を高めたいなら、別途防具をご注文ください!!」

清々《すがすが》しいまでの開き直りっぷり……！

「ただし、人形態で頑丈な防具を着込んだら、人化の解除が阻害されるので本末転倒だとは思いますよぉぉ！」

「うーん………一理ある」

悔しいが、それは認めざるを得なかった。

レイラは格闘術よりも、受け身や回避に専念して初撃をいなし、即座にドラゴンの姿に戻る方向性で訓練してるって話だもんな……鞍としての機能や携帯性に加えて、人形態での防御力を追求するのは、ナンセンスか。

「そしてそして！　この【キズーナ】ですが、実はまだ『完成』されていません！」

手をワキワキさせながら、クセモーヌは言う。

「完成品とするには、殿下のご協力が必要です！」

「……協力、とは？」

「ふふひ、そんなに警戒されずともよろしいんですよぉぉ！　殿下の血を1滴、分けていただきたいのです！」

ビシッ！　とレイラの首元を示しながら、「ささ！　チョーカーに血を染み込ませてください！」とクセモーヌが言ってきた。

俺の血をもって完成する装備……もはや呪具の類では……？

まあ、製作者がそう言うのだから否やはない。俺はアダマスでちょこっと手に傷をつけて、血を滲《にじ》ませる。

「あっ……」

歩み寄る俺に、レイラがチョーカーを見せつけるように、くいっと顔を上げた。

革のベルトが食い込み、朱に染まった首元があらわになる――『もし俺が吸血鬼だったら、そのまま噛《か》みついていたかもしれない』なんて、俺らしくもなく、益体もない邪《よこしま》な考えが頭をよぎった。

「さあどうぞぉ！　ここにチョットつけるだけで完成ですよ！」

言われるままに、チョーカーに俺の血を――

染み込ませた。

どくん、とハーネスが赤いオーラを放ち、「あぅっ」とレイラが背筋を震わせた。

『――まるであなたに抱きしめられてるみたい――どきどきする――』

そして、俺の心に響く声。

……え、レイラ？

『――えっ、あなた？――』

俺たちは顔を見合わせて、ぱちぱちと目を瞬いた。

「おおっ、完成したようですねぇぇ！　これが魔法鞍【キズーナ】最大のウリにして最高の機能、【以心伝心《テレパスィア》】ですよぉぉ！」

クセモーヌが意気揚々と解説する。

「【キズーナ】にお互いが触れている間は、思念だけでコミュニケーションが取れますよぉぉ！　高空では風が吹き荒れて、会話に難ありと聞きますからねぇぇ！」

　え……じゃあ……お互いの心の声が……

『——筒抜けになっちゃうってコト——』

　しかも言葉だけじゃなく、あたたかな気持ちまでもが……

　互いが互いに向ける感情までもが、丸裸にされていた。

　俺たちは今一度、顔を見合わせて、同時にボッと赤面する。

「おっっほっほぉ」

　奇声を発したクセモーヌが、「ごちそうさまです」と俺たちを拝み倒している。遅ればせながら、俺はチョーカーから手を離した。

　マジかー……

　とんでもねぇ機能つけやがったなコイツ……

　いや、声を張り上げなくても意思疎通が図れるのはクッソ便利なんだけど……実際飛行中だと、風の音で聞こえづらいし……

　いやマジかー……

　……レイラの感情、めちゃくちゃ心地よかった……足がつかないほど深い、温泉みたいな、海みたいなものにとっぷりと浸《つ》かってるようで……

　逆に、俺はどうだったんだろう……それだけが心配になる……

「さ！　というわけで！　【キズーナ】を納品いたしますよぉぉぉ！　きっとご満足いただけると自負しておりましたが、いかがですかねぇぇぇ!?」

フフーンとふんぞり返りながら、クセモーヌが尋ねてくる。

「うん……素晴らしい出来だと思う……」

少なくとも機能面では、文句のつけようがない。

「ちなみに、欠点と申しますか、この作品を有効活用できるのは殿下とレイラちゃんのみです！　変形はレイラちゃんにしか対応せず、【以心伝心】をご利用いただけるのも殿下のみですので、悪《あ》しからず！」

お子さんが産まれても受け継ぐことはできませんので――と、クセモーヌはフヒヒと気持ち悪い笑みを浮かべながら付け足して、俺たちを再び赤面させた。

「その、一応、竜形態での出来栄えも確認したいんだが」

「どうぞどうぞぉ！　ワタクシたちはここから出られないので、ご一緒できないのが残念ですが、きっと上手《うま》く出来てると思いますよぉぉ！」

何か問題があったらご遠慮なくお申し付けくださいねぇぇ！　と叫ぶクセモーヌに見送られながら、俺たちはドワーフの工房を後にした。

練兵場まで歩く。レイラは、普段通りメイド服を着ているが、ギュッとスカートを握りしめて、うつむきがちに頬を染めていた。

「……大丈夫か？」

「は、はい……でも、なんだか……その、落ち着かなくて……」

気持ちは死ぬほどわかる。

普段通りのレイラなのに、メイド服の下に、あのとんでもないモノを身に着けていると考えると、俺までなんか暑くなってきた。冬なのに。

練兵場は——ごった返すというほどではないが、多くの獣人兵や魔族の戦士たちが鍛錬に汗を流していた。

「あぅ……」

メイド服を脱ごうとリボンに手をかけたレイラが、固まってしまう。やはりというか、当然だが、ヒト目が気になるらしい……

「……俺が盾になるから……」

こんなこともあろうかと、ドワーフ工房で借りてきたマントを掲げ、俺自身が衝立《ついたて》となった。やっぱダメじゃねえかなこの装備……とは思ったが……

しゅる、しゅるると背後から衣擦《きぬず》れの音。

「ぬ、脱いだので……ちょっと離れてください……」

——背後で、レイラの存在感が膨れ上がる。

「わぁ、すごい」

振り返ると、白銀の鱗を持つすらりとした竜の姿に、【キズーナ】はぴったりフィットしていた。腕から胸部にかけてと、肋骨《ろっこつ》の下あたりを締め付けるハーネスが、首根っこの鞍をしっかりと固定している。

「それじゃあ……その」

「はい、どうぞ……あなた」

上目遣いで俺を見つめながら、すっと身をかがめるレイラ。

俺は、ひらりと鞍に飛び乗った。

『──ああ──』

手綱を取るなり、レイラの恥じ入るような心の声と、弾むような気持ち、そして胸の高鳴りが伝わってくる。

『──恥ずかしいです──わたし、でも、やっぱり嬉《うれ》しくって──』

俺を乗せられることが。

俺とともに飛べることが。

そこまで想《おも》ってもらえることに、俺自身、嬉しくもあり──申し訳なくもあり。

『──いいんです。いいんですよ──』

気に病む必要はないんです、とレイラは振り返った。竜の姿でも、澄んだ金色の瞳は変わらない。

……行こうか。

『──はい、あなた──』

とんっ、とレイラが地を蹴り、翼を羽ばたかせる。

——その日、俺は竜にとって、『空を飛ぶこと』がどういうモノなのかを、初めて完全に理解した。

めっちゃ気持ちよかった。

†　†　†

「——というわけで、非公式ながら研究所長を任されました。またドワーフの装備によりレイラの感情と思考が読み取れるようになったので、彼女は完全に信頼できますよ」

「そうなの……」

その後、俺が諸々《もろもろ》を報告すると、プラティは頭痛を堪《こら》えるように眉間を押さえていた。

意気揚々と語る俺に、純粋に喜んでいいものか悩んでいるようだった。

「砦《とりで》……とはいえ貸与……所長……でも死霊術……」

うーんうーんと唸《うな》っていたプラティだが、

「まあ、陛下と意気投合して、良好な関係を築けているのは素晴らしいことね」

なんとか無理やり良いところを捻《ひね》り出してきたな。

「たとえ親子でも……無条件で気が合うとは限らないもの……」

そしてなんか遠い目をし始めた。今ごろゴリラシアがくしゃみでもしてんじゃねえか。

あと、俺も決して魔王と気が合うワケじゃないんで……あくまで調子合わせてるだけっていうか……

『そもそもお主、あやつに殺されとるしの』

そうなんだよな。向こうはなんか楽しそうにしてるけどよ。

「それにしても、【キズーナ】、ねえ。……私が確かめるわけにはいかないのよね？」

俺の背後で控えているメイド服姿のレイラの首元のチョーカーを見ながら、プラティが困り顔をする。

【キズーナ】の性能に関しては簡単なテスト――俺が部屋を退出している間にプラティがレイラに暗号を伝え、戻ってきた俺がそれを読み取る――で証明してみせたのだが、まだ不安なようだ。

「残念ながら、俺とレイラの間でしか機能しませんので……」

「それは本当に残念ね」

はぁ、と小さく溜息《ためいき》をついたプラティは、「まあ信じましょう」とレイラにぎこちなく微笑《ほほえ》みかけた。あまり疑いすぎて、レイラの機嫌を損ねる方が却《かえ》ってヤバいとでも思ったのかもしれない。

「それにしても、そんな腕利きの職人が魔王城にいたとは知らなかったわね。『聖匠に匹敵する』とドワーフが断言するなんて、余程のことよ？」

「まあ……その代わり、ちょっと性格に難ありと申しますか、職人というよりは芸術家のような気風でしたが」

なので工房長もこれまで表に出していなかったようです、と俺は肩をすくめる。クセモーヌが有名になったらそれはそれで困るからな。デザインセンスはさておきアイツの才能は本物だ。

今回は鞍《くら》を作ってもらったが、革製の防具とか作らせてもとんでもない性能のものを作り出しそうだ。……デザインがきっとヤバいことになるんだろうが。

『お主も注文したらどうじゃ？』

う〜〜〜〜〜ん……そうだなぁ……傾国《もくてき》を考えたらデザインだ何だと選《え》り好みできる立場じゃねえのは確かだ……

「ほう……問題ある人物でも、あなたに対しては出しても構わないと？」

「――能力的に、俺の要望に応えられる者が他にいなかった、ということです。実際、腕は確かなわけですから」

ドワーフども、うちの息子を舐《な》めとるんか？　と目を細めるプラティに、やんわりと宥《なだ》めるような口調で言い含める。

「ふむ。……ちなみにデザインセンスが独特って、いったいどんなものなの？」

「あー……それはですね……」

俺は困り顔で、背後に控えていたレイラを振り返った。

小さくうなずいたレイラは、しゅるりとリボンをほどき、頬を赤らめながらメイド服のボタンを外していって、上半身をはだけた。

「………」

プラティ、ただただ絶句。

「……斬新、ね。それは……服と呼べるの？」

「鞍です」

「そう……」

再び、頭痛をこらえるように眉間をもみほぐすプラティ。

まあそんなわけで――ゴリラシアが提案したように、俺たちがプラティの前で睦《むつ》み合って愛を証明する必要はなくなった。

これだけでも、クセモーヌに依頼した価値があるってもんだ。

『残念じゃのう。せっかくの合体の機会が……』

合体言うな。

「それにしても、城に戻ってきてまだ2日と経《た》っていないのに、あなたの行動の速さと成果には驚かされるわね……」

ソファの肘掛けに頬杖《ほおづえ》をついたプラティは、呆《あき》れたように、それでいてどこか誇らしげに俺を見つめた。

「――あなたのおかげで毎日が楽しいわ、ジルバギアス」

……それは。

「それは……何よりです、母上」

俺もまた、ぎこちなく微笑み返す。まるで水の中にでも沈められたかのように、やけに息苦しく感じた。

「それはそうと、そろそろ食事会の日ね」

……そうか、里帰りですっかり忘れてたけど、ぼちぼち月の日か。魔王と魔王子が一堂に会し、豪華ランチに舌鼓を打つ、家族ごっこの日。

「あなたは私の自慢の息子よ。他の王子たちとも親睦を深めてらっしゃいな」

慈母のようだったプラティの顔が一転、獰猛《どうもう》な笑みに彩られる。

——そうだ。そういう顔の方がいい。

「わかりました。兄姉たちも、俺がどちらの派閥に傾くか様子見していますからね」

俺は今度はなめらかに、プラティそっくりの笑顔で返してやった。

「せいぜい引っ掻《か》き回してやりますよ」

——こっちの方が、俺もやりやすい。

2．一族の交流

翌日。

いつものように夕方《あさがた》に起床。沈んでいく夕日を見送りながら、軽い鍛錬で体をほぐす。目覚めの食事は、夜食《ランチ》に備えて軽めにしておいた。食事会にはちゃんと空腹で挑まないと、シェフへの失礼にあたるからな……！

「ジルバ様。お食事会までは、いかがなさいますか」

「例の砦に持っていく物資でも検討しておくか。食事前にあまり汗をかいてもなんだし、のんびりするとしよう」

「かしこまりました」

ソフィアに頼んで、持ち出し可能な備品の目録を書いてもらう。ソフィアの頭の知識を魔力で紙に焼き付ける魔法だ。プラティがソフィアを重用するのもうなずける――やっぱ単純に便利なんだわ。

自室のソファに身を埋《うず》め、リリアナやレイラ、ガルーニャとその他（ヴィーネとか）とゆっくりしつつ、目録に目を通す。

……うん、非常食から作業工具、武具の手入れ用品、資材、医薬品、ちょっとした嗜好《しこう》品《ひん》まで、戦場でコレあったら便利だな～ってものが大概揃《そろ》ってるな。

「そちらに書いてあるものなら、自由に持ち出していただいて結構です。流石《さすが》に全部は要相談ですけど。もし他に必要なものがあったら、都度教えてください」

と、ソフィアが補足。

持ち出し自由と来たか、流石は王子様だ。豪気なことで……

前世の勇者時代、補給部隊が幾度となく妨害や破壊工作に遭い、物資不足に喘《あえ》いでいたのを思い出して遠い目になっちまった。やっぱ許せねえよ魔王軍……！

「ソフィア。実際に運ぶとなると、やはりレイラに持ってもらうことになるか？」

「それが無難かと。獣人なり私兵の夜エルフなりを動員して、陸路で運ばせるという手もありますが……」

余人が近づきがたい、陸の孤島みたいな砦を選んだからなぁ俺。そうでなくとも、

「研究所が無駄に目立つことになるのであまりオススメはしませんね」

「そうだな。それじゃあレイラ、今度お願いしていいか？」

「はい、がんばりますっ」

メイド服姿のレイラがふんすと張り切っている。

――正直、今となっては、レイラがメイドの格好をする必要はあまりないんだよな。

『我はけっこう気に入っておるがのぅ、今のこやつの姿』

お前の好みは聞いてねえよ、と言いたいところだけど、意外だ。もっと過激なやつが好きなのかと思ってた。

『この、いかにも大人しく貞淑な服の下に、とんでもない革紐《かわひも》をつけておるという事実が

たまらん！』

そっちかよ!!

まあそれはさておき、レイラが使用人みたいな立ち位置だったのは、彼女を迎え入れた直後の一時的な措置だったので、ドラゴンとしての才能を完全に開花させた今は、上流階級として自由に過ごしてもらって構わないんだが……

レイラいわく、「みんなと一緒の方が落ち着く」とのこと。

本人が満足しているなら、俺がとやかく言うことではないかな……などとつらつら考えつつ、必要な物資をリストアップしていく。

「レイラが運搬するのならば、飛竜便の超大型鞄《かばん》がありますので、そちらも併せて手配しましょう」

「助かる」

いやぁ、普通にこういう仕事させたらホントに優秀だなソフィアは！　食事会の時間になるまであれこれ検討してようと思ったのに、あっさりカタがついちまった。

「どうぞ、お茶です」

と、ガルーニャが湯気を立ててるティーカップを差し出してきた。

「ありがとう」

とっぷりと日も暮れ、魔王城が目覚めだす頃。窓の外には夜の闇が広がり、今日は曇りなのか星空は見えなかった。クリスタルガラスの窓越しにゴウゴウと風の音が聞こえる。

「今日はけっこう冷えるみたいだな」

「お外は寒そうですよね～」

　俺のつぶやきに、ガルーニャが相槌《あいづち》を打った。ガルーニャはレイジュ領に滞在している間に冬毛に生え換わったらしく、つややかな白い毛並みは夏よりもモコモコとしている。見た目的には暖かそうだが、それでもやっぱり寒いのは好きじゃないらしい。

　しかしここは王子様の部屋なので、造りはしっかりしており隙間風なんて入らない。壁も断熱性に優れた構造で、夏は涼しく冬は暖かいときた。全く贅沢《ぜいたく》なことだと我ながら思う……

「わふん」

　お茶を飲みながら窓の外を眺めていると、膝に温かな感触――ソファに寝転がったリリアナが俺の膝に頭を載せて、青い瞳をぱちくりさせてこちらを見上げてきていた。

「よしよし」

　ティーカップを傍らに置き、わしゃわしゃと撫《な》でてあげると、リリアナは「くーん」と喉を鳴らし、気持ちよさそうに目を細めた。この頃、何かと忙しくて、連れ回すだけ連れ回してゆっくりとした触れ合いの時間は取れていなかったもんな。この甘えっぷりからするに、ちょっと寂しい思いをしていたようだ。

　……寂しくて当たり前だよなぁ。今のリリアナにとって、俺の存在が世界の大半を占めているようなもんだし……

——と、そんなことを思いつつリリアナを撫でていると、視線を感じた。

ガルーニャだ。お気に入りの昼寝スポットを奪われてしまった猫のように、しょんぼりとした顔をしている。

触れ合い時間の減少と言うなら、一番割を食ってるのはガルーニャかもしれない。

リリアナは今みたいなノリで割と自由にじゃれついてくるし、レイラは飛行だなんだで一緒にいる時間が増えてきたし。

ふたりとも俺に対する貢献度も力量も段違いなので、ガルーニャはふたりを押しのけてまで割って入ることができないのだろう。

『主人との触れ合いの時間さえも力量で決まる——それが魔王国じゃな』

いや、まあ……力関係で優先度が決まるのは、だいたいどこも一緒じゃない？　魔王国ではそれが戦力に偏重してるってだけで……

「ガルーニャもおいで」

あまりにもしょぼくれているので、俺はちょいちょいと手招きした。

「あっ、はい！」

ぴこんと耳を立て、ぱっと明るい表情になったガルーニャが、そそくさとリリアナの反対側にやってくる。

「わふ」

しかたないわねー、とばかりにちょっと頭をズラして、ガルーニャのために俺の膝上のスペースを空けてあげるリリアナ。

のしんっ、と膝に頭を載せてきたガルーニャを、俺はわしゃわしゃと撫でた。

「にゃ〜〜〜ご……ゴロゴロゴロ……」

いやーこうなるとホントにデカい猫だぜ。虎だけど。ガルーニャの手触りは格別だな。このツヤツヤのもふもふな毛皮に、指の神経が喜んでいる。ガルーニャをナデナデするのもけっこう好きだ。前世でもこんなふうに猫か何かを撫でていた気がするけど……もう、あんまり、思い出せないな……

「きゅーんきゅーん」

「なぁ〜〜〜ん……ゴロゴロ……」

ワシワシしながら黄昏《たそが》れていると、そっと両肩に柔らかな感触があった。

振り返るまでもなく、レイラの手だとわかる。

「ふふ。……肩、凝ってないですか？　あなた」

レイラの吐息が耳元をくすぐる。そのましっとりとした手付きで、肩を揉《も》みほぐしてくれるレイラ――

【キズーナ】で気持ちが通じ合ってから――通じ合ってしまってから――なんというか、彼女の積極性が増してきたように思える。レイラとの心のつながりは、本当に心地よい。

ただ、良いことばかりではなく、あまりに繋《つな》がりすぎてしまうため、おそらくお互いに仄暗《ほのぐら》いところまで見えてしまっている。

　俺の醜い部分を見せつけてしまって申し訳ない反面、俺もまた知ってしまった。

　万事控えめに見えるレイラにも、ドラゴンらしく強欲な、独占欲に衝《つ》き動かされる一面があることを――

「今日も早くから鍛錬されてましたし、お食事までゆっくりされてくださいね……？」

「あ、ああ、……ありがとう……」

　右手にガルーニャ、左手にリリアナ。

　そして背後からはレイラが肩揉み。

　なんだろう……すごく平和だ。平和なはずなんだが、ドラゴンの牙が首に食い込んでいるような感覚もある……俺は今、レイラの顔が見えないことに、ちょっとだけホッとしている……！

『モテる男は辛《つら》いのぅ』

　アンテが揶揄《やゆ》するように言う。モテるというより共犯というか、死なば諸共《もろとも》というか、そんな感じなんだよなぁ……ガルーニャは違うけど。

　ちなみに部屋の反対側では、ヴィーネが「また始まったよ」とでも言いたげな目で俺を見ていた。ヴィーネは本当に感情が目に出やすいな……ソフィアも先ほどまでのキビキビ感はどこへやら、スンとした無表情になっていた。

……喉が渇いてきたな。俺はいったんナデナデを切り上げて、茶で口を潤す。

「『異種族の女の落とし方』って本でも書かれたらどうですかね」

ソフィアのボソッとした発言に、鼻から茶が吹き出そうになった。

「ガハッ、ケホッケホッ……何言ってんだお前！」

「いえ、真面目に。名著として語り継がれますよ」

「誰も読まねえだろそんなもん」

「読まれなくても語り継ぎます。私が」

やめてくれ。俺、そんな形で歴史に名を残したくない！

「真面目な話、ジルバ様には何か書いていただきたいんですよねぇ」

軽口の応酬が始まるのかと思いきや、ソフィアは何やら悩ましげに溜息《ためいき》をついた。

「どうした、急に」

「いえ、このままだと読む本がなくなっちゃいそうなんです」

ソフィアいわく、今のペースで本を読み進めていったら、あと数年で魔王城に存在する本を全て読破してしまう計算になるという。エンマの拠点にある資料室の蔵書も全て含めての話だそうだ。

「いくら占領地から本をかき集めているとはいえ、そろそろかぶりも多くなってきましたし、誰かが書かないと新しい本はできないんですよ……!!」

そして魔王国に作家は存在しない。筆を執ろうとした魔族は何人かいたが、稚拙極まりない文章しか書けなかった上、上達する前に晒《さら》し上げられて全員断筆してしまった。

現状、この大陸に溢《あふ》れている書物は、そのほとんどが森エルフか人族によって書かれたものだ。そして魔王国は文化人だろうが詩人だろうが、関係なく殺して回っている。

このままだと文化そのものが先細りしていくことは必至——本の供給が途絶える日が来てしまうかもしれない。前々から危機感をあらわにしていたが、その恐れがいよいよ現実味を帯び始めた。

「魔族の方々にもどうにか、創作や研究に開眼していただきたいんですが、身近なところではジルバ様くらいしかいませんからね」

奥方様も創作には興味なさそうですし……と唇を尖《とが》らせるソフィア。

「……死霊術についてなら、覚書くらいすることはあるかもしれないが。たとえばその程度でもお前が満足する『本』になるか？」

「ないよりは断ッッッ然マシですね。ただ、エンマの宮殿で関連書籍は全部読む予定ですし、もっと初見の知識を得られるものがあればいいんですが……私でも未知の分野と考えた場合、やはり異種族の女の落とし方——」

いや……『落とし方』とかそういうのじゃねえから！ってか本人たちの前でそんな話すんじゃねえ！

「……残念ながら期待に添えそうにない。方法論とかあるわけじゃないし……」

第一、文章になんて残せたもんじゃない。

・リリアナ
正体を明かして説得し、禁忌の魔法で記憶を封印して犬と思い込ませる。辛い記憶を思い出したくないからか、魔法が解けても犬のままでいることを選択。結果、懐いた。

・ガルーニャ
もともと忠誠心は高かったが、おそらく俺が前世で培ったと思われるナデナデ技術が活《い》かされて、身も心もメロメロに。結果、懐いた。

・レイラ
父親の仇《かたき》にして恩人という複雑な関係だったが、死霊術で父を呼び覚まし、なんやかんやあってわだかまりが解けた。正体も明かしたことで一蓮托生《いちれんたくしょう》の仲に。

……書けるわけがねえ。全てが終わったら自伝に記してもいいかもしれないけど。読んだところで誰が信じるってんだよ。

「ま、そういうアレコレは、俺じゃなくダイアギアス兄上に聞くことだな」
「あー、その手がありましたか」
いや冗談だよ⁉　ホントに聞きに行くなよ⁉　食われても知らねえぞ！

「それにしても不思議ですよねえ、定命の者って。教育係の私が教えていないのに、私が知らないような知識をいつの間にか得てるんですから……ねえ？」

「えっ、あ、はあ……」

突然ソフィアに同意を求められたヴィーネが、「なんでわたしに聞くのよ」とばかりに困惑した様子で相槌を打つ。俺もちょっとギクッとした。

「夜エルフには、誰かいないですか。本を書かれているような方は」

「……あまり。知り合いに毒物の研究が趣味の者がいて、色々と書き散らしているのを見たことはありますが……」

「ええっ!?　その方に！　お話って伺えますかね!?」

「あ、いや、でも一応は秘伝なので……」

「ぬぅぅ……ッ！　そこをどうにか……!!」

思わぬソフィアの食いつきにタジタジなヴィーネ。いやホントに必死だなソフィア、彼女には悪いが少し笑ってしまう。人間で言えば大飢饉《だいききん》を予測してるようなものだから笑いごとじゃないんだが……

『こやつこそ自分で人族を囲って書かせるべきじゃろ』

……本当にその通りだな。あるいは、戦場でどうしても生かしたい人族を見つけたらソフィアに預けるのも手なのかもしれない。

ふとした瞬間、そんな考えが頭をよぎる程度に、戦場の足音は迫りつつあった。

今一度、窓を見やる。びゅごうといかにも冷たそうな風の音。これから冬ごもりの季節だ。流石《さすが》に魔王軍は動かないが――春が来れば――

俺の出陣も、おそらく。

「ゴロゴロゴロ……」

一方、俺の手は無意識のうちにナデナデを再開していたらしく、ガルーニャは喉を鳴らしながら白目を剝《む》きかけているし、リリアナもうっとりと夢心地。

「……大丈夫ですか？」

レイラが俺の心境の変化を察したのか、優しく肩を撫《な》でてくれる。いや、いつの間にか緊張して肩に力が入っていたようだ。意図的に脱力して、俺はソファにもたれかかった。

「……うん」

この生ぬるい、平和なひとときがずっと続いてくれたらいいのに。

一瞬、そんな気の迷いじみたことを考えた。

しかしいくらここが平和でも、部屋の外で、無辜《むこ》の人々が殺され続けるならば。

魔王軍の侵攻が止まらないのであれば。

俺がこんなぬるま湯に浸《つ》かり続ける意味も、ない。

次なる戦いに備えるためにこそ、戦士は休息を許されるのだから――

『皮肉なものよのぅ』

アンテが、憐《あわ》れむような口調で言った。

『その次なる戦いが、守るべき人族とのものになろうとは』

……いったい、いつの日になったら俺は。

本当の意味で人類のために剣を振るえるんだろうな……

……やめよう。現時点でハッキリと結論が出ないことを、延々と思い悩めるほど俺には余裕がない。

それよりはまず、目の前のことを。

「食事会、か」

倒すべき魔王、そして魔王子たち。魔王はともかく兄姉どもも1ヶ月ぶりだな。俺の里帰り直前まで前線に出ていた緑野郎——第4魔王子エメルギアスとも、しばらくぶりに顔を合わせることになる。

しょうもない武勇伝とか聞かされそうで今から憂鬱だぜ……

せっかくの美食が不味《まず》くならなきゃいいんだが。

†††

時間になったので、魔王城の最上部、魔王の宮殿に参上する。

この宮殿、構造的に吹きさらしかと思いきや、大規模な結界により雨風も防がれて、存外快適な環境なんだよな。

思い出す。魔王城強襲作戦のときも、空から魔王の宮殿を直接襲撃する予定だったが、この結界に阻まれてもっと下の方に降りざるを得なかったんだ。

そのせいで部隊はバラバラになり、俺の組しか宮殿にまでたどり着けなかった。もしもあのとき、リリアナも込みで部隊が一丸となって魔王に挑めていたら――手傷のひとつやふたつは負わせられたのかなぁ……


――いつものように、宮殿の奥の食事会の部屋に通される。

すると、『色情狂』こと第3魔王子ダイアギアス、緑野郎こと第4魔王子エメルギアス、フードファイターこと第5魔王子スピネズィアの姿があった。

フードファイターが先んじてモリモリ食い始めてるのはいつものこととして、ギリギリに参上することが多いダイアギアスが既に顔を見せてるのは珍しいな。

「よぉ弟。オレ様は侯爵になったぜ」

そして緑野郎が、開口一番ドヤ顔で自慢してきやがった。

デフテロス王国で散々暴れてきたんだろうな……クソがよ。

「そーですか、めでたいっスね」

と褒めてやったら、何故《なぜ》か不機嫌そうな緑野郎。

ちょっとあまりにも素っ気なさすぎたか、と思い直し、「うわぁすごいなぁその若さで侯爵なんて、尊敬しちゃうなぁ！」とはしゃいでみせたら、ますます気分を害していた。

解せぬ。

それから残りの魔王一家も続々と姿を現し、定刻通りに食事会はスタート。第1魔王子アイオギアスと第2魔王子ルビーフィアとも、社交辞令的な挨拶を交わす。

「お久しぶりです、兄上、姉上」

「久しぶりだな。里帰りで良い経験を積んだと見える」

「伸び盛りね。やればやるだけ強くなれて、一番楽しい頃よね。懐かしいわ」

ふたりとも、俺の魔力の成長ぶりを見て薄く笑っていた。微笑《ほほえ》ましげに見守る、というより獲物を品定めする目だな。

まあ、好きにすればいい。どちらが獲物なのか、いずれわからせてやる……

ちなみに『眠り姫』こと第6魔王子トパーズィアは、相変わらずルビーフィアに担がれてやってきて、そのまま椅子に座らされて、食事が出てきてもほとんど眠りながら食べていた。器用なヤツだよな……

食事の内容については、詳しいことは割愛する。エメルギアスの野郎が前線での出来事を何かと話していて、あまりにも不愉快だったからだ。ホントは、食事に集中して舌鼓を打っていたかったんだが、俺の食い意地をもってしても、ヤツの話を全て聞き流すのは困難だった。

……剣聖や勇者を何人も仕留めたらしい。クソが……何が「ジルバギアス、お前のために何人かは残しておいてやったぜ」、だ。ふざけんじゃねえ……！

ってかコレ、『政治的な話題』に含まれないのかよ。叩《たた》き出そうぜコイツ。

しかしアイオギアスもルビーフィアも、案外楽しそうに聞いていた。本陣に殴り込んできた精鋭部隊を、串刺しにしてまとめて『帰して』やったくだりなんか、声を上げて笑っていたな。

ハハハ。テメーらもいつか同じ目に遭わせてやる。

一方で、ダイアギアスはあまり興味なさそうだったし、フードファイターはモリモリ食べることに集中していたし――その姿勢は見習いたい――トパーズィアはスプーンを口に突っ込んだまま寝ていた。

コイツらはギリ許せそうだ。あくまで相対的な評価だが。

それにしても、魔王。ガタイがでかいくせに、割と少食というか、本当にゆっくり食べるんだよなぁ。

「むぅ……美味《うま》いな」

今日のメインの子羊の骨付きローストも、ちまちまと器用に切り分けて、一口ごとに唸《うな》りながら味わっていた。俺たちの中で一番食べるのが遅い。

よっぽど味わうのが好きみたいだな……フードファイターもちょっとは見習えよ。

そしてデザートの、あっさりした甘さ控えめの生クリームをトッピングした、この世のものとは思えないほどなめらかなプリンを食べ終わり、食事会はいつもより和やかな雰囲気で終了した。俺を除いて。

「他に、何か用事がある者は？」

最後の魔王の問いかけに、全員が沈黙。

「よし。それでは解散」


——いつもなら、女たちを待たせているダイアギアスがダッシュで消え去るが——


「……!?」

俺たち全員が驚愕《きようがく》した。

今日に限って、ダイアギアスが食後の茶をちまちま飲みながら、のんびりと構えていたからだ。

「……なに？」

注目を浴びて、眉をひそめるダイアギアス。

「いや……女はいいのか」

アイオギアスが皆を代表して尋ねる。

「別に。こういう日もある」

「そ、そうか……」

「初日以来じゃない……？」

ルビーフィアも魔王と顔を見合わせていた。

「ま、まあいい。俺は失礼する」

アイオギアスが席を立った。ルビーフィアも興味を惹《ひ》かれた様子だったが、眠り姫を担ぎ上げて退出していく。

「……我に用事か？」

何か内密に話したいことでもあるのか、と魔王が尋ねるも。

「いや」

首を振ったダイアギアスが、不意に俺を見た。

「ちょっとジルバギアスに、個人的な用事が」

……えっ、俺に!?

「僕とお話《はなし》しよう、ジルバギアス」

なんで!?


俺、男だぞ!?


魔王一族に激震走る。

「ダイアギアス、いったいどうしたお前」

魔王が唖然《あぜん》とし。

「おいおい、ついに男に手ぇ出すのかよ!?」

緑野郎が素っ頓狂な声を上げ。

「嘘《うそ》でしょ……」

フードファイターが食べる手を止めた。

「ちょっと場所を変えようか」

俺の返事も待たずに、立ち上がってさっさと部屋を出ていくダイアギアス。意見を求めるように俺は思わず魔王を見たが、(我にもわからん) とばかりに肩をすくめられただけで終わった。

このあとは、魔王に研究所の警備について根回ししておくつもりだったんだがなぁ……

仕方がないので、俺もダイアギアスの後を追う。

「……来週、アイツが妹にされててもオレは驚かねえ」

扉が閉まる寸前、緑野郎の声が聞こえてきた。うるせえブチ殺すぞ。

†　†　†

——ダイアギアスとともに、魔王の宮殿を後にする。

宮殿に続く長い階段を下りた先、上位魔族の社交の場でもある『絢爛《けんらん》の間』にて、俺とダイアギアスという異色の組み合わせは注目を浴びた。

「あれは……第3魔王子と第7魔王子……!?」

「いったいなぜ……ついにレイジュ族が第2魔王子派に……?」

「いや、それならなぜ第2魔王子本人を差し置いて……さっき下りてきたばかり……」

すっっっっっげー悪目立ちしてる気がするぞ。

「こっちだ、ジルバギアス。もっと――静かなところに」

ダイアギアスがチラッと俺を見て、そそくさと歩き出す。

っていうかホントに何が目的なんだよ！　まさかここに来て、本気で俺の貞操の危機なのか……!?

一応、ソフィアがお付きの者として同行してくれているので心強いな。

いざというときはソフィアを差し出して逃げよう。そうしよう。

『薄情なやつじゃな』

ほら、ソフィアも未知のものを学びたいって言ってたし、ちょうどいいだろ……

しかし対するダイアギアスも、清楚《せいそ》美人な悪魔っ娘《こ》を連れている。流石《さすが》、お付きの悪魔も美人だな……しかもソフィアより明らかに格上だ。

弱った……たとえソフィアを差し出しても、すんなり逃げ切れるかわかんないぞ……

――などと考えているうちに、魔王城の一角、城下町を望む人気のないバルコニーに辿《たど》り着いた。

ベンチに向かい合って座る。

「話というのは、他でもない」

ダイアギアスは前のめりに、腰を下ろすなり口火を切った。

プラチナブロンドの魔族の貴公子が、真剣な目で俺を見つめる——

「ハイエルフとドラゴンの抱き心地ってどう?」

…………は?

「ハイエルフとドラゴンの抱き心地ってどう?」

はっきりと同じ質問を繰り返した。聞き間違いじゃなかったらしい。

「え……なんでまた急に」

「抱いたことないから、興味があって。森エルフならまだしも、ハイエルフは滅多に手に入るもんじゃないし……」

ジッとこちらを見据えるダイアギアス。

……大人しそうな顔して肉食獣の目をしてやがる!!

「渡しませんよ」

「わかってるよ」

思わず硬い声が出る俺に、こともなげにうなずくダイアギアス。

「僕だって自分の女に手を出されるのはゴメンだ。そんな真似《まね》したら戦争さ」

小さく溜息《ためいき》をついて、ベンチの背もたれに身を預ける。

「きみはまだ立場を表明してないし、勝手に敵対したらルビー姉に怒られる」

だから手は出さない、というダイアギアス。

逆に、敵対してたら奪うのもアリなのかよコイツ……

ってかルビーフィアの指示はちゃんと守るんだな。

「ルビー姉様にはきちんと従うんですね」

「そりゃまあ派閥のボスだしね。僕としても不満はないし」

「兄上は、なぜアイオ兄様ではなくルビー姉様の傘下に入ったんですか？　やっぱり美人だからですか？」

「そうだよ」

冗談めかして尋ねたら、まさかの真顔で肯定された。

「……まあもちろん、それ以外にもあるけどね、一族のアレコレとか。だけど一番の理由はそれだ」

めちゃくちゃ自分に正直だなコイツ……

「ま、まあ、ルビー姉様は美人ですからね……」

「うん。いつか組み敷きたい」

……ん？　なんか今、不穏な単語が聞こえたな？

「それは、武力で勝りたいって意味ですか？」

こう、格闘術というか、組打ち的な意味で。

「いや、抱きたいということ」

ベッドの上でかー。

「あの、でも、血つながってますよね」

「もちろん、腹違いの姉だからね」

ダイアギアスはごくごく自然にうなずいた。

…………俺が間違えてるのかな？　思わず隣で控えているソフィアの顔を見たが、ソフィアも「なにかがおかしい」という顔をしていた。

「……僕の祖父母はもともと兄妹だったらしい」

サラァッとキザな感じに髪をかき上げながら、ダイアギアスは言った。

「ちょくちょくそういうのがある家系なんだ」

「へ、へぇ……」

「ルビー姉は理想の姉だよ。凜々《りり》しくて、美しくて……我が強い」

そのライトブラウンの瞳に、熱情が宿る——

「是が非でも僕のものにしたい……その一心で、ルビー姉の傘下に入ってるよ」

「ええ……」

下心丸出しとかいうレベルじゃねえ……

「そんなこと、俺の前で言っていいんですか……？」

貴女《あなた》の貞操、狙われてますよ！って俺が告げ口したらどうすんだ。

「別に？　本人も知ってるし」

ウッソだろお前。

え？　ルビーフィア、これを承知の上で受け入れてんの？　どういう器だよ。

「何度かプロポーズしてるんだけど、断られているんだ」

当たり前だろ。

「『アンタがアタシより強くなったら考えてやってもいい』と言われてるから、僕も色々と頑張ってるよ」

……頭が痛くなってきた。

なに、この……何？

これって魔族では普通のことなのか？

思わず、傍らのソフィアを見やると、「なに言ってんだコイツ……？」という顔をしていたので、少なくとも俺の常識が魔族の非常識なわけではなさそうだ。

いやはや……口さがない奴《やつ》は、俺のこと「ダイアギアスの再来」とか言ってるらしいけどさ。

次元が違うわ次元が。

「そうですか……じゃ、まあそういうことで……」

俺はベンチから立ち上がり、そそくさとその場を去ろうとしたが。

「待ってくれ。まだこっちの質問に答えてないじゃないか」

シュバァッと雷光のごとき素早さで手を摑《つか》まれて、座り直させられた。

「それで話を戻すけど……ハイエルフとドラゴンの抱き心地ってどう?」

話、戻っちゃったか……。仕方がねえ、ちゃちゃっと答えておさらばしよう。

「イイですけど」

「そりゃあ、そうだろうね」

俺を心底羨ましそうに見ながら、うんうんとうなずくダイアギアス。

「ドラゴンとはどっちの姿でやってるんだい」

5歳児相手にグイグイ来るじゃん……まあ俺の自業自得なんだが……

「もちろん人の姿です」

「流石にか。ドラゴンだと、相手がデカすぎると思った。人化したドラゴンって、具合はどういう感じなんだい」

具合とか言ってんじゃねーよ!

「どうもこうも、人化してるので人族と同じではないかと……まあ人族との経験ないんで知りませんけど……」

「ああ、まあそうか。人族を抱く機会なんて滅多にないしね……」

不意に、遠い目をしたダイアギアスは。

「戦場に出たら、そういう機会もあるかもしれないけど」

…………ッ！

「個人的にはオススメはしない。やっぱり愛情が大切だからね」

……頭がさらに痛くなってきたぞ。

コイツは俺の情緒をどうしたいんだ？

「ただ……なんだろうな」

ふと、俺に視線を戻して、ダイアギアスがどこか怪訝《けげん》な顔をした。

「きみには、愛情はあるけど、色情が感じられないんだよなぁ」


ライトブラウンの瞳が。

俺を、見透かす。


「ホントに抱いてる？」

半ば確信に満ちた口調で。

「きみ、実は童貞じゃないか？」

どストレートに突っ込んでくる魔族の貴公子（？）。

「どっ――」

俺は咄嗟《とっさ》に、動揺を押し隠すことができなかった。

ヤバい。俺がこれまで頑張って積み上げてきた、建前という名の防壁が――『色情が感じられない』とかいうワケわからん理屈で、突き崩されようとしている！

『女好き』で誤魔化してきた、数々の強引な言動が疑われるのはヤバい！　ヤることヤッてないなら、部屋に引きこもってナニをしてたんだという話になってしまう！

しかも、今はソフィアが真横にいる!!　コイツがプラティに報告したら、今後にどんな支障をきたすか予想がつかない……!!

どうする。

どうする？

いや、こうなったら……

「何のことですかぁ？」

秘技！　すっとぼけ!!

「……あれ？　もしかして『抱く』ってのが、どういう意味かもわかってない？」

まじかよ、とばかりに眉をひそめたダイアギアスは。

「知ってるかな。男女の交わりというのは、男の股間の槍《やり》を女の――」

「いやわかってますよ！　知ってますよそれくらい!!」

ナニをイチから説明しようとしてんだよ!!

「要は交尾でしょ交尾！」

「そう。交尾だ。ジルバギアスは交尾したことある？」

前世含めて初めて聞かれたわそんなん。

しかし、屈辱だ……！

「あります」

こう答えざるを得ないとは……！

「うーん、やっぱり嘘《うそ》だな。色情を感じないんだもん。ねえ？」

ダイアギアスは傍らの清楚《せいそ》悪魔に同意を求める。「そうですねえ」と相槌《あいづち》を打つ悪魔っ娘《こ》――ん、コイツ、もしかして――

「あ、彼女は、僕が本契約してる【色欲の悪魔】リビディネだよ」

「はぁい♡　はじめまして、殿下♡　リビディネっていいます♡」

うふ♡と手を振りながら笑いかけてくる悪魔、リビディネ。露出も控えめなメイド服姿で清楚っぽい雰囲気なのに、色欲の悪魔……だと……

『悪魔なんて、だいたいそんなもんじゃ』

いや、そりゃあアンテも禁忌の魔神ってガラじゃねえけどよ……

「ソフィアちゃんも、お久しぶり♡」

愕然《がくぜん》とする俺をよそに、「はい、ご無沙汰です」などと、ウチの知識の悪魔も和やかに会釈している――

……知ってたなら事前に一言教えろォァァァ――ッ!!

『ちなみに我は知らんかったぞ!!』

お前には端《ハナ》から期待してねえよ。『なんじゃと!』 実際役に立ってねえだろ!

「色欲の悪魔の権能は、今さら説明するまでもないだろうけど」

ファサァ……ッと髪をかき上げながら、ダイアギアスが流し目で俺を見る。

「僕らには、わかっちゃうんだよね……そういう匂いが、さ」

「奥深く、透き通るような、ぽかぽかとした温かい愛情♡ それでいてほのかに香る罪悪感のアクセント♡ とっても味わい深いですね♡ でも、ハイエルフを肉人形として飼っていたり、竜娘を手籠《てご》めにしている割には、あまりにもギトギトさに欠けています♡ そういうヒトなら、もっとこってりねっとりした味わいのはず……♡」

頬に手を当てながら、何やら料理評論家のようなことを言い出す色欲《リビディネ》の悪魔。

「だから、僕らの前で嘘は通用しない。達人の前で素人が経験者ぶるようなものさ」

「うふふ♡ ダイア、『ようなもの』というより、それそのものですよ♡」

「ああ、確かに」

くすくすと可笑《おか》しそうに笑う、色狂いの王子と色欲の権化。

……ダメだこりゃ。

ダイアギアスも言っている通り、誤魔化しは通用しそうにない。しかし、だからといって、『嘘をついていた』と認めるわけにもいかない。

嘘吐《つ》きってのは、魔族的にはダメな性質だ。多少の誤魔化しや見栄《みえ》は許されるが、真っ赤な嘘はよくない。

プラティが、割と俺を自由にさせているのも、俺がどういう意図を持って行動しているか、何をしているか、（プラティが納得できる形で）正直に話しているからだ。

その上で、俺を嘘吐きだと認識したなら――プラティは失望し、俺の裁量を今より制限しようとするかもしれない。

せっかく行動の自由度が上がってきたのに、こんなところで振り出しに戻ってたまるか!!　どうにか――どうにか、誤魔化せないか――クソッ、なんでこんなこと考える羽目になってんだ俺は……!!

『5歳児とは思えん悩みじゃの……』

呑気《のんき》に構えてる場合かよ、割と大事だぞ――


――いや待て、それだ!!


俺は5歳児!　お子様だ!　真っ赤な嘘はダメだが、見栄なら許される……!

「……はぁ。参りました」

俺は観念したように、がっくりと肩を落としてみせた。

「俺は……その。兄上、実はですね……」

「やっぱ童貞だった？」

ちょっと面白がるように笑うダイアギアスだが――

「いえ。そういうわけじゃないんですが……」

俺は、必死で恥辱を堪《こら》えるような顔をしながら、渾身《こんしん》の言い訳を放つ。


「……俺、実はまだ精通してないんです……」


ダイアギアスがぴたりと動きを止めた。

「……ああ」

納得。察し。気まずそうな顔。「正直すまんかった」と言わんばかりの。

「あらぁ……♡」

対して、頬に手を当てたリビディネが、ぺろりと舌なめずりする。

……ゾクッと背筋に悪寒が走った。凶暴な肉食魔獣の前に、縛られて放り出されたような感覚。

「なるほど、そういうことか……まだ精を放てないのか……だからか……」

しみじみ言われると、クッソ恥ずかしいなコレ。

だが、辛うじて嘘は言っていない。俺はリリアナもレイラも抱いている。ふたりとも、ベッドで『ぎゅっ』としたことはある。一応のアリバイ作りとして。

その上で、俺の肉体がまだそうなっていないのもおそらく事実。

詭弁《きべん》もいいとこだが、見栄で済まされる範囲内だ……!!

「ごめんね、ジルバギアス。欲求があっても、出せないのは辛《つら》いだろうね……」

「うふふ♡　殿下、よろしければ私が一肌脱ぎますよ♡」

申し訳無さそうなダイアギアスをよそに、両手をわきわきさせながらリビディネがにじり寄ってくる。

「だいじょうぶ♡　怖くないですからね♡　まるで噴水みたいにいくらでも湧き出るようにして差し上げますから……!♡」

ヒエッ。

目は血走ってるし鼻息も荒い……ってかよく見たら瞳孔が山羊《やぎ》みたいに細長くて不気味!　誰だコイツが清楚系とか言ってた奴《やつ》は!!

「それはダメだ」

が、そんなリビディネの尻尾（よくみたら生えてた）を、ダイアギアスがギュッと引っ張った。

「ほぅん!♡」

「僕と契約したとき、約束しただろ。僕としか愛し合わないって……!」

うお……ダイアギアスが険しい表情してるの初めて見たかもしれない。

「そんなぁ♡　こんな美味《おい》しそうな獲物を前に、おあずけだなんて!♡」

獲物って言った！　コイツ、今、獲物って言いやがったぞ!!　『こやつは我のモノじゃあああ！』いやアンテお前まで何張り合ってんだ!?

「ダイアばっかりズルいです♡　自分は好きなだけ食い散らかしてるくせに♡」

「……そのぶん、きみを満足させるよう、最大限努力しているつもりだ」

唇を尖《とが》らせるリビディネを、キリッと見返すダイアギアス。

「それとも……不満、なのかな？」

「うふふ♡　さぁて……どうでしょう？♡」

尻尾をくねらせながら、リビディネが不敵に笑う。

……なんだかふたりの間で火花が飛び散っている。

まるで果たし合いに臨む剣豪たちのように……！


………俺はいったい何を見せられているんだ？


「――ジルバギアス」

と、ダイアギアスの決意に満ちた眼差《まなざ》しが、スッと俺に移った。

「僕はちょっと用事ができたみたいだ」

「は、はあ……」

「だけど僕からきみを誘っておいて、自分の都合で放り出すのも面目が立たない。というわけで、きみのお悩み解決に協力しよう」

やめてくれ。

「これをきみにあげる」

俺の願いをよそに、ダイアギアスの手元で強大な魔力が渦巻く。

まるで手品のように――

ピンク色の、魔力でできた一輪の薔薇《ばら》が現れた。

「……それは？」

「色欲の魔法を凝縮したモノ」

……あからさまにやベー雰囲気がビンビン伝わってくる!!

「リビディネの超強力な魅了《チャーム》が込められている。匂いをかげば、男も女もギンギンのグチョグチョねっとりになるシロモノさ」

なんてシロモノだよ!?――ってか具体的に悪魔の魔法を開示してきやがった!?

魔族社会では普通、何の悪魔と契約しているか、どのような魔法を使うかは公言しないものだ。いや、色欲の悪魔って時点でだいたいお察しではあったが……!!

「だから、きみもこれを使えば、きっと出るものが出るようになるよ」

はい、と飴玉《あめだま》くらいの軽いノリで、手渡してこようとするダイアギアス。


……俺はめちゃくちゃ迷った。

第3魔王子の魔法が知れた上、呪物を解析する機会まで与えられようとしている。

だがこれを受け取ってしまえば、俺は立場上、そして建前上も、悩みを解決するために使わざるを得ない。

……リリアナやレイラを、犠牲にしてしまう。

それはダメだ。

『いやいや、いい機会じゃし、もう禁忌を犯したらどうじゃ～～～？　色欲の魔法に溺れ獣のようにあやつらを貪れば……きっと大量の力を稼げるじゃろうなぁ……』

アンテがささやく。

……それは確かに、そうだが。

『お主の躊躇《ためら》いはよーくわかる。それがあるからこそ、禁忌は禁忌たり得ておるんじゃからのぅ。お主が躊躇いに躊躇いを重ねたおかげで、今や禁断の果実は腐り落ちんばかりに熟れておるぞ……？』

……ん、じゃあもうちょっと躊躇えば、さらに熟れるってことか？

『え？　あ。まあ、そうじゃが』

なら、今じゃなくていいや。死霊術で散々倫理と禁忌を踏みにじったおかげで、魔力もかなり育ってるはずだし……

この感情が、さらなる力を生み出すなら。もっとのっぴきならない状況になるまで取っておく。

現時点ではそれほど力に困ってないしな。

……ハッ、我ながら贅沢《ぜいたく》な物言いだ。

「お気持ちはありがたいですが、兄上」

さて、どうやって断れば角が立たないか。

少しばかり考えを巡らせ――

「……俺、もうちょっと頑張れば、イケそうな気がするんです！」

グッと力強く手を握りしめながら――俺はダイアギアスに負けじと、キリッとした顔で言い放った。

「今まではアレでしたけど、そんな感覚があるんです!! なんかこう……出そうな感じが！ なので、兄上の魔法には頼らず、自力で達せたらいいな、と！」


おれはいったい、なにをいってるんだろうな……


「そうか」

しかし、重々しくうなずいたダイアギアスは、それで納得して手を引っ込めた。

「元々、こちらが言い出したことだ。きみの想《おも》いを尊重しよう。男なら、自力で昇りつめたい――その気持ちはよくわかるぞ弟よ。……いや、」

フッ、と笑い。

「――同志よ」

なんか認められた……

「きみが一人前になる日が待ち遠しい。もし悩みがあったら、気軽に相談してくれ。いつでも僕の力になるから」

……ん？　聞き間違いかな？　僕が力になる、じゃなくて？

「他人の情事に干渉しても、力が得られるんです♡　私たち♡」

うふふ……♡と笑うリビディネ。

「もちろん、あなたの力にもなりますよ♡」

さっきからカジュアルに情報開示してくるな!?　何の意図が!?

『おそらく意識させるためじゃ。味方を巻き込んで力を得るなら、呪術的なつながりを認識させておいた方がやりやすい』

ちゃんとした意図が!?

もう何が何やらわからない俺をよそに、席を立ったダイアギアスが、色欲の薔薇を鼻に寄せて――

スゥ――――ッと思い切り、匂いを吸い込んだ。

……えっ、自分でキメるの!?

そしてドクンッと魔力の波動を放ったダイアギアスが、クワッと目を見開く。

「リビディネ、来い」

有無を言わせぬ口調。

「はぁい♡」

ぎらぎらと目を輝かせるリビディネが、ダイアギアスにしなだれかかる。

ある種の舞踏家のように魔法の薔薇を口に咥《くわ》えたダイアギアスが、お姫様抱っこの形でひょいとリビディネを抱きかかえた。

リビディネもそれに応えるように、ダイアギアスの首に腕を回し、尻尾を足に絡みつかせ――

「じゃ」

薔薇を咥えたまま短く告げたダイアギアスの姿が、かき消える。

まるで稲妻のように。

目にも留まらぬ速さで駆けていく。薄暗い魔王城の回廊に、奴の足跡をたどるように、バチバチッと紫電が弾《はじ》けていた。

は、……はええ。あれ雷属性の身体強化か……

アイツが実戦でほとんど負傷していない理由がわかった気がした。

超強力な魅了《チャーム》を撒《ま》き散らしながら、あんな速度で動かれて魔法や槍《やり》を繰り出されたら、そりゃ誰だって翻弄されるわ……

　忌々しいことに、タネが割れたところで対策らしい対策が取れねえ。息を止めて匂いを嗅がないようにするくらいか？　結局地力勝負じゃんそんなの……

　しかも、自分は匂いでパワーアップしてるっぽいし……

「…………」

　嵐が去って、代わりに静けさがやってきた。

　俺とソフィアが取り残されたバルコニー。

……この一連の流れで、ソフィアとどんな顔して話せばいいんだよ……

　意を決して、俺が顔を向けると、ソフィアはなんとも生暖かい目をしていた。

「……ジルバギアス様も、出せるようになるといいですね！　応援してます！」

　グッと手を握りしめながら、そんなこと言ってきやがった。

　そっちがその気なら、こっちにも考えがあるぞ……！

「……俺も、酒ってヤツを呑《の》んでみたい気分だ」

　そっぽを向きながらそう言うと、ソフィアが「ぐふっ」と呻《うめ》いた。

　醜態を晒《さら》した自覚、お前にもあるよなぁ……!?

「…………」

　先ほどまでとは、少し質の違う沈黙。

「……この話題はここで終わり。それでどうだ？」

「そうしましょう……」

遠い目で、ソフィアがうなずいた。

「……帰るか」

「はい」

そうして、俺たちもベンチから立ち上がった。

なんかどっと疲れた……もう色欲はコリゴリだよ。

†††

真っ昼間。

カーテンの隙間から差し込む陽光に目を覚ます。

「……んゎふ」

ベッドの上、リリアナはもぞもぞと寝返りを打った。

いつも、だいたいこのくらいの時間に目を覚ますのだ。

隣を見れば、『彼』はまだ寝息を立てている。

「………」

しばらく、その寝顔を見つめるリリアナ。

(――また　くるしそうな　おかおしてる)

起こさないようにそっと近づいて、ぺろぺろと『彼』の頬を舐《な》めた。

リリアナは、自分が舐めてあげれば、ヒトが元気になることを知っている。

「んん……」

くすぐったそうに顔を背けて、少し表情を和らげる若い魔族の少年。

「わふ」

満足気にうなずいたリリアナは、再びコテンとベッドに寝転んだ。

起きるにはまだ早い。いつものように、二度寝することにした。


――そして、夕方。

『彼』が起き出すのにあわせて、リリアナも起床する。

「おはよう、リリアナ」

「わん！」

朝起きて一番に、『彼』に撫《な》でてもらえるのはリリアナの特権だ。

『彼』は笑っているけど、いつも、ちょっと申し訳無さそうな雰囲気も漂わせているのがリリアナには不思議だった。

だけど、あまり細かいことは気にしない。犬なので。

ほっぺたをぐにぐにされて、頭頂部から後頭部、背中から腰、腹に至るまでをまんべんなくナデナデされる。

尻尾をぶんぶんと振っている――つもりだったが、実際には生えてないので、腰をフリフリするだけにとどまっている。

「わぅ！　わぉぅ！」

起床後の触れ合いが終わったら、『彼』と一緒に食事。

二度寝しているので、実はけっこう空腹だ。

（――ごはん　ごはん！）

リリアナは手足が短いので、『彼』の足元で、専用のお皿で食べる。自分にも長い手足があれば便利なのに、とは思うものの――もしも自分に長い手足があったら、きっとよくないことが起きる、という予感があった。

なので、現状にはそれほど不満を抱かない。

「待て」

「わん！」

「……よし！　いいぞ」

偉いリリアナは、ちゃんと待てができる。『彼』の許可が出るまでは、どんなに美味《おい》しそうなご飯でも我慢だ。

はむはむ。

（――おいし！）

口だけでも食べられる、温野菜の盛り合わせ。別の器からぺろぺろと水も飲むし、日によっては豆乳やスープがついてくることもある。

「くすくす……」

「相変わらずブザマね」

「あら、こっちを見たわ」

ささやくような声がする。

（――あおじろいひとたち）

見れば部屋の片隅で、こちらを見てほくそ笑んでいるヒトたちがいる。青白い肌に白っぽい髪、赤い瞳、長い耳――目が合うと、判で押したようにニチャリと笑った。

自分を見ながら何か話しているようだが、リリアナは理解しない。犬なので。

（――あのひとたち　こわい）

笑顔だけど、笑っていない。リリアナは、彼女らの姿を見ると、なんとなく身体《からだ》がすくんでしまう。

痛いことや嫌なことをしてくるんじゃないか、意地悪をしてくるんじゃないか、と――そんな気がしてならないのだ。

理由は、わからない。

考えたら、何か、思い出せそうな気もするけど。

（――まあ　いっか）

リリアナはそれ以上、考えない。犬なので。

それよりも目の前のごはんに集中する。

(──おいし！　しあわせ)

口いっぱいに、栄養たっぷりな温野菜をもしゃもしゃ頬張るのが至福だった。

そして何よりも楽しみなのは、食事の最後に、『彼』が手ずからデザートの果物を食べさせてくれること。

「わう、わう！」

「はい、あーん」

今日はりんごだった。一口サイズに切り分けられたものを、丁寧にひとつひとつ口元に運んでくれる。

しゃきしゃきとした歯応え、甘酸っぱさ、優しい眼差《まなざ》し、穏やかな微笑《ほほえ》み。

(──おいしー！　しあわせ　しあわせ)

食べ終わったら、『彼』が頭を撫でながら、ナプキンで口を拭いてくれる。自分はなんて恵まれてるんだろう、とリリアナは思った。

優しくて、ナデナデしてくれて、ごはんも食べさせてくれて、絶対にイヤなことも痛いこともしない。自分を守ってくれる『彼』が愛《いと》しくて愛しくて、リリアナはお返しのように、全力で顔をペロペロするのだった。

ごはんのあとは、静かに過ごすことが多い。

『彼』が真剣な顔で机に向かい、何か書いていたり、読んでいたりするのを、リリアナはソファに寝転がって眺めている。

ホントはいつでもナデナデしてほしいし、四六時中くっついていたいけど。

今の『彼』は邪魔しちゃいけない、と、賢いリリアナはわかっているのだ。

仮に自分に構ってくれなくても、そばにいてくれるだけでいい。

(――あんしん　しあわせ)

ぽかぽかと温かい気持ち。こうしてただ自由に息をしていられるだけでも、幸せな気分だ。何にも怯《おび》えずに安心していられるので、だんだんと眠くなってきて、うつらうつらし始める。

「ご主人さま、リリアナをお風呂に連れて行こうかと」

「おう、頼むよ」

と、聞き慣れた高めな声に、パッと意識が覚醒した。

(――おふろ！)

見れば白いモフモフなヒトが、手招きしていた。

「リリアナー、行くにゃー」

「うわん！」

ソファから飛び降りて、『彼』に「ちょっといってくるね！」という顔を向けてから、リリアナは白いモフモフなヒトについていく。

(――がるーにゃ　すき！)

リリアナの好きなガルーニャだ。いつもしっかりしていて、とても優しく、まるで姉のような存在に感じている。

「あっ、裾を引きずってるにゃ、ちょっと待つにゃ」

かがみ込んで、リリアナが身にまとう衣服《ぬのきれ》を結んでくれるガルーニャ。

リリアナは大人しく、じっとして待つ。賢いので。

「よし！　行くにゃー」

「わう！」

ガルーニャの後ろに、トコトコとついていく。

リリアナはお風呂が好きだ。温かくてポカポカして気持ちいいから。

ただ、今日はいつものように大浴場には直行せず、少し寄り道をした。

「レイラー、そろそろ休み時間にゃ？」

「あ、うん。今ちょうど終わったところだよ」

『彼』が暮らしているところより、ちょっと奥まった、ごちゃごちゃした空間。

メイド服を着た細身の少女が、アイロンを脇に置いて、「ふぅ」と額を拭っていた。

（れいら！　すき）

こちらもリリアナの好きなヒトだ。……たぶん、ヒトだ。時々すっごく大きくなる不思議なヒトでもある。

優しくて穏やかだけど、どこか危なっかしいところもあって、放っておけない感じがするのでリリアナは妹のように思っている。

「リリアナをお風呂に入れに行くにゃ。一緒にどうかにゃ？」

「行くー。ちょっと待っててね」

洗濯カゴを抱えて、さらに部屋の奥に運んでいってから、レイラも合流した。

大浴場へ向かう――

「レイラ、もう飛べるようになったし、読み書きだって上達してるし、ご主人さまとの仲も奥方様公認なんだし……もうアイロンがけはしなくていいと思うんだけどにゃ」

「う、うーん。でもせっかくの得意分野だし……。周りのみんなが何かしてるのに、自分だけしてないのって、落ち着かなくて」

「リリアナを見習うにゃ。いつも食っちゃ寝してるにゃ」

「リリアナはちょっと特殊というか……」

脱衣場で脱ぎながら、ふたりがそんな会話をしているが、リリアナは理解しない。犬なので。自分の名前が出て「わう？」と首をかしげるくらいのものだ。

（――おふろ！　おふろ！）

そして入浴。

「リリアナ、じっとするにゃ！」

「わうー！　くぅーん！」

お風呂は好きだが、リリアナはシャンプーが嫌いだ。目に入ると痛いので。

早く湯船に浸《つ》かりたいこともあり、隙あらば逃げようとするがガルーニャはものすごく力が強く、リリアナは文字通り手も足も出ない。いつもいいように洗われてしまう。

ただ、それさえ乗り越えてしまえば天国だ。

「わふぅ……」

「にゃー……」

湯船にぷかぷか浮かぶのは気持ちいい。ガルーニャもリリアナと同じく、大の字になって浮かぶのが好きなようだ。レイラは、ちょっと端っこの方で、肩の力を抜いて顔半分までぶくぶく沈むのがお気に入りらしい。

しっかりと温まって上がり、ガルーニャとレイラに髪や身体を拭いてもらって。

部屋に戻ると夜食の時間。

また温野菜の盛り合わせをお腹《なか》いっぱい食べて、果物を『彼』に食べさせてもらって、ソファに寝転がってウトウトして――

（――しあわせ……）


ただ、ここからあとは、リリアナの嫌いな時間だった。


「さて」

『彼』が険しい顔で剣を帯び、骨を棒状に伸ばすのが合図。

リリアナはその顔を見るたびに、悲しく、胸が張り裂けそうな気分になる——練兵場。

「さあ、今日も気合充分ね」

動きやすい衣に身を包んだ、角を生やした美しいヒトが、槍《やり》を構える。

(——あのひと　きらい　こわい)

『彼』そっくりの顔をしているのに、表情や雰囲気は似ても似つかない。『彼』をいつも痛めつけるヒト。リリアナが恐れるヒト。

プラティフィアという名前らしいが、リリアナはよく覚えていない。長いし、好きでもないので。

一度、『彼』を守るために吠《ほ》えかかったこともあるが、ひと睨《にら》みで格の違いを理解させられて以来、リリアナはずっと苦手意識を抱いていた。

「今日こそは母上を地面に沈めて差し上げますよ」

「あら、言うようになったじゃない。楽しみね」

獰猛《どうもう》な笑みを浮かべ、『彼』と激しく槍を打ち合わせ始める。

『彼』がどんどん傷ついていく。プラティフィアも傷ついていくが、『彼』が何かをするたびに傷ひとつなくなって、『彼』がもっとボロボロになる。

なぜなのかは理解できないし、しない。犬なので。

だけど、『彼』が酷《ひど》い目に遭うのは、プラティフィアのせいであることだけは、犬でもわかった。

「うぅー……」

リリアナが飛び出さないよう、ガルーニャが抱きかかえている。歯を食いしばって見守るガルーニャもまた、どこか辛《つら》そうなことに、リリアナは気づいていた。

一歩下がって見守るレイラもそうだ。みんな辛そうなのにどうして止めないんだろう。

それだけが悲しくてたまらない――

「ぐ、ぅ……」

そして、『彼』がとうとう限界に達して膝を突いたところで、ガルーニャはリリアナを解放する。

「ぅわん、うわん!!」

リリアナは全力で『彼』のもとに駆けつけた。

とにかく、『彼』の傷ついているところを一生懸命ペロペロする。そうすれば『彼』が元気になることを知っているから。

「はは……いつもありがとな、リリアナ」

そう言って――まるで、いつもみたいに微笑む『彼』。

(――なんで　わらえるの)

どうしてそんな顔ができるの。

つらくないの？　くるしくないの――？

「くぅーん……」

リリアナは情けない声で鳴くことしかできない。犬なので。

そうしているうちにまた引き離されて、また『彼』がズタボロにされていく。

毎日、しあわせに過ごしているリリアナだけど、この時間だけは本当に嫌いだ。


永遠にも思える、辛い時間がようやく過ぎ去って。


また軽くひと風呂あびて、ごはんを食べて、部屋でのんびりして。

空が白み始めるころ、ベッドに潜り込んで、眠る時間がやってくる。

「ご主人さま、おやすみなさい」

「ああ、おやすみ」

お付きの者たちがぞろぞろと退出していって。

リリアナと『彼』が部屋に残される。

「あー……ふぅー。今日もくたびれたな」

肩の力を完全に抜いて、首をコキコキ鳴らした『彼』がリリアナを優しく抱きかかえた。

「さて、寝るかぁ」

「わふ」

ぴったりと『彼』にくっついて、頬を擦り寄せて。

（——しあわせ）

『彼』の腕に包まれるこのときが、リリアナは一番幸せかもしれない。

「おやすみ、リリアナ」

「わう」

寝る前の読書では、もう船を漕《こ》いでいた。体力の限界、疲れ果てていたのだろう。

『彼』はリリアナを抱きしめたまま、すぐに眠りに落ちる。

「………」

対するリリアナは、起きたあともソファでうつらうつらしていたこともあり、あんまり眠くない。

なので、じっくりと至近距離で、『彼』の寝顔を思うままに眺めている。

「ん……ぐ……」

しかし最初は穏やかだった『彼』の寝顔は、だんだんと苦しげに歪《ゆが》んでいく。

（——また　くるしそうな　おかお）

リリアナは、ぺろっと『彼』の頬を舐《な》めた。

「んん……ア、……クレ……ァ……」

ギュッ、とリリアナを抱きしめる腕に、痛いほどの力が込められる。

（——くるしそう　なかないで）

リリアナもまた悲しげに、顔を歪めて。

そっと――『彼』の唇に、口を這《は》わせて。

自分が持っている、温かい何かを分け与えて。

「――――」

「…………んぅ……」

穏やかな寝顔。

(――よかった)

リリアナはホッとして、微笑《ほほえ》んだ。

(――すき　だいすきよ)

『彼』に頬を擦り寄せる。

(――だいすき　あれく)

リリアナもまた、温《ぬく》もりに包まれて、夢の世界にいざなわれていく。

大好きなヒトの腕の中で。

大好きな人の、夢を見る。

†††

「——んがッ」

自分のいびきで目を覚ます。

なんか夢を見ていた気がしたが、起きた瞬間に忘れた。よくあるよな。

そういやアンテ、俺が夢見てるときって、お前にも情景見えてんの？

『場合によるのぅ。支離滅裂なイメージやお主の感情だけが伝わってくることもあれば、お主の見聞きしている光景がはっきりと見えることもある。ちなみに起きる直前は、お主が馬糞《ばふん》まみれになっとる夢じゃったぞ』

うあー言われて思い出したぞソレ、クレアにやられた馬糞落とし穴だ……！　あれに関しては流石《さすが》に俺もブチギレたんだよな……今となっては、ハハッ、懐かしいな……

それにしても、カーテンの外がまだ明るい。

「……わぅ？」

チラッと横を見れば、リリアナが「おきたの？」とばかりに俺の顔を覗《のぞ》き込んでいた。

「起こしちゃったか。悪いな」

リリアナのほっぺたを撫《な》でると、目を細めて自分からすりすりと擦り寄せてきた。可愛《かわい》いぜ。……ハイエルフの美女が半裸で真横に寝転がってるのに、もうすっかりペット感覚で『可愛い』とか思っちゃうあたり、俺も末期的だな……

やっぱり心は人族でも、身体《からだ》は魔族なのか？　肉体に精神が影響されている……？

『人族を善良に評価しすぎではないか？　何にでも慣れるのが人族じゃぞ』

そんなもんか。にしても、ずいぶんと中途半端な時間に目が覚めたもんだ。

昨日は鍛錬でヘトヘトになっちゃったから、いつもより早く寝たんだよな。リリアナのおかげで体力は回復してたから、早めに目が覚めたらしい。

プラティも久々の魔王城に戻っての鍛錬だからって、気合が入りまくりだった。でも、とうとう魔法ありの訓練でノしてやったぜ。プラティの三槍流《さんそうりゅう》にも苦痛の呪いにも、その他の呪詛《じゅそ》にも【虚無槍《レピダ・スキアス》】にも、いい加減に慣れてきたからな。

俺は俺で、死霊術と骨を操る魔法を組み合わせた上に、年嵩《としかさ》の兵士の魂の協力もあって高度な物理防御力を身に着けつつある。

全ての攻撃をかいくぐった俺に、角へのクリーンヒットを叩《たた》き込まれ、思わずフラついてしまったときのプラティのめちゃくちゃ悔しそうな顔が印象的だった。

『腕を……上げたわね。恐ろしいほどに、短時間で……‼』

まあ何十年、ひょっとすると3桁に近い年数鍛錬を積んできた魔族が、我が子とはいえ5歳児に負けたらそりゃ悔しいわな。

だけど、それでいて、どこか誇らしげな顔でもあった――

……ただ、俺がプラティと互角にやり合えるようになったのは、プラティの手札を知り尽くしていることも大きい。

仮にプラティと同じ力量の大公級魔族と戦うことになったら、相手がどんな魔法を使ってくるか全くわからないだけに、めちゃくちゃ気を遣って戦わなきゃいけない。そして気を遣うってのは、それだけ気が散ってるってことでもある。

最大で血統魔法がふたつ、そして悪魔の権能にまつわる魔法が最低でもひとつ、契約している悪魔が多ければさらにいくつか――魔族の引き出し多すぎ問題。

『お主は、血統魔法といい【制約】といい、種が割れたところで対策しづらい能力じゃからな。お主を倒せるか否かは敵の地力にかかってくるじゃろう。まあお主が本気を出せば【制約】が【禁忌】に変わり、死霊術に聖属性まで加わるわけじゃが』

引き出しという点ではお主も大概じゃのう、とアンテは笑った。

『現状、あの女《プラティ》との槍勝負での敗因も、骨の装甲による防御が甘くなった部分を突かれ、あとはずるずると体力を削られ……というパターンが多い。なまじ魔力の一点集中などという器用なことができるぶん、ここぞというところで攻撃に意識を割きすぎ、そこを上手《うま》く手玉に取られておる印象じゃ。敵もお主も魔力を細かく知覚できるんじゃから、人族のときのように雑に魔力を扱ってはいかん。もう少し細やかな運用を心がけるがよい』

簡単に言ってくれるぜ……ただまあ、その指摘は正しいな。気をつけるよ。

『魔神からの助言ぞ？　ありがたがるがよい！』

フフ――――ンとアンテがふんぞり返るイメージが伝わってきた。

と、そのとき、きゅるると可愛らしい音が響いた。

「くぅーん」

リリアナが情けない顔をしている。……お腹《なか》が空《す》いたのかな？　そういえば昨日の就寝前の食事は、俺の意識も限界ギリギリだったから、リリアナにデザートを食べさせてあげた記憶がない。ちょっと足りなかったのかも。

「ご飯にしようか」

「わん！」

今日は早起きしてのんびり過ごそう。久々に日向《ひなた》ぼっこでもするかな。

「おはようございます、あなた♪」

使用人の小悪魔《インプ》に軽食を所望したら、照れ顔のレイラが食事を運んできた。

「おはよう、レイラ。もう起きてて大丈夫なのか？」

なんかレイジュ領でも魔王城でも、俺が目を覚ます頃にはいっつも起きてる印象があるんだけど、睡眠足りてる？　魔王子心配しちゃうよ……

「はい。このくらいに起きた方が、体調がいいみたいなので」

元気アピールするように、ぐっと両手を握りしめながら、レイラ。

彼女はホワイトドラゴンなので、基本的には日光を浴びた方が調子がいいらしい。なのでこの頃は超早起き（魔族基準）で、昼に活動開始しているそうだ。

闇竜王《オルフェン》に献上されてウチに来た直後は、目の下のクマも酷《ひど》くて、いかにも寝不足な印象だったが……

「今では静かにぐっすりと眠れますから……」

そう言って儚《はかな》く微笑むレイラは、血色もよく、あのときの面影はない。……ドラゴンの洞窟では、寝ていたらわざと大きな音を立てられたり、小突かれて起こされたりと、陰湿な嫌がらせをされてたらしいからなぁ。

よくそんな環境で精神を病まずにいられたものだ……レイラが、俺の下でという制約はあるものの、今は心穏やかに過ごしていてくれるなら、それに勝る喜びはない。

というわけで昼食。うん、文字通りの昼食《ランチ》だ。

「わふ、わふ！」

リリアナも、口の周りを果汁でベタベタにしながら、果物の盛り合わせを頬張って嬉《うれ》しそうにしている。夜エルフの使用人は皆お休み中なので、心なしかリリアナもいつもよりのびのびとした雰囲気だ……

リリアナもハイエルフだから、日差しを浴びた方がホントはいいんだよなぁ。昔はこんがりと日焼けしていたのに、今じゃすっかり色白になっちゃって……

「ちょっと散歩にでも行こうかな。レイラも来るか？」

「はい、喜んで」

「わぅん！　わんわん！」

さんぽ、という言葉に喜んで、リリアナがはしゃいで飛び跳ねている。

レイラも一緒に、のんびりと静かな昼下がりの魔王城を歩く。

……回廊から城下町を眺めていて、レイジュ領を連想して思い出したけど、三馬鹿たちって今頃どうしてるんだろうな。結局アイツらの住むところはどうなったんだ？　あとでソフィアにでも聞くか。

「……城下町って、上から見るか通り過ぎるかで、まともに行ったことがないな」

「一度も、ないんですか？」

俺の呟《つぶや》きにレイラが小首をかしげる。うなずいた俺はそっとレイラの首に手を伸ばし、【キズーナ】のチョーカーに触れた。

——やっぱり俺、根本的に『魔族の街』に興味がないみたいだ。

転生したばかりの頃とは違って、今は情報の大切さはよくわかってるつもりだけど……そもそもあんまり興味がないから、今の今まで、行って自分の目で見てみようって気持ちにさえならなかった。

『——それは、今までは忙しかったこともあるんじゃないでしょうか？——』

レイラもまた心の声で答える。

【キズーナ】ほど密談に向いた魔法具もない。防音の結界でもいいが、結界を張ることで『ヒトに聞かせられない話をしている』ことはバレるし、【キズーナ】での会話は移動しながらでもできるのが大きい。

あと、レイラの首に触れるくらいなら、第三者からはイチャついてるようにしか見えないので偽装にもぴったりだ。……ただ、首根っこを摑《つか》んだままなのはおかしいので、俺はそっとレイラの頰にも手を添えた。

レイラも微笑んで、俺の手に自らの手を重ねて、握りしめてくる。

――確かに、忙しかったのもあるかもしれない。角が生えてある程度の自由行動が許されてからも、やれ勉学だ、やれ鍛錬だで暇なんてなかったもんなぁ……

日々、目の前のことをやりすごすのに、ただただ必死だったよ。

『――不思議な気持ちになります。あなたがこの魔王城に生まれてから数年間――』

レイラも感慨深そうに、城下町に視線を転じた。

『――わたしは、あなたのことを知らずに、同じ場所で生きていたなんて――』

その言葉の裏に、暗い暗い竜の洞窟のイメージがちらついている。

……俺だって想像もしなかったよ。まさか魔王城で……こんなに、心の底を曝《さら》け出せる相手に出会えるだなんて、想像もしなかった。

ひとりで全部、なんとかしなきゃいけないって思ってたから……

『――わたしにできることなら――』

レイラの目には、強い光。

『――なんでもお手伝いしますからね――』

……ありがとう。

『我もおるがな！！！』

アンテのクソデカ心の声で、俺とレイラはビクッとした。

【キズーナ】の副次効果。俺とレイラの魂がつながるので、俺の魂の中に居候してるぐうたら魔神も、もちろん会話に加われるわけだ。

『ぐうたらしておるのではない、魔力を節約しておるだけじゃ！』

その割にはめっちゃ寝転がって頬杖《ほおづえ》ついてるイメージが伝わってくるんですがね!?

『ふん。それにこやつの魂は我だけのモノじゃったというのに！　まったく！』

『――えへへ――』

ぷんすかするアンテにレイラが申し訳無さそうに笑うが、その実、全く悪びれていないというか、遠慮する気がないのが伝わってきて俺は笑いそうになってしまった。

「くぅん」

と、足元でおすわりしていたリリアナが、俺を見上げてくる。

「おっと。ごめんごめん」

この方式だと、リリアナだけ仲間外れになっちゃうんだよな。お詫《わ》びとばかりに、俺はリリアナの体を抱きかかえる。

「……今度、城下町でも見てみるか」

「さんば――アルバーさんたちの様子を見にですか？」

普段、俺が三馬鹿と言いまくってるので、うっかり口に出しそうになるレイラだった。

「それもあるけど、見て回るのも悪くないかなと思ったのさ」

『敵国』の首都がどういう構造をしているのか、調べておいて損はないだろう。強襲作戦のときは不可能だったからやらなかったけど、今の俺には可能なわけだし。

「また、食べ歩きでもしようか」

「……はい。喜んで」

レイジュ領都をふたりで散策したときのことを思い出したのだろう。レイラもニコニコしている。

『くふふ……』

ん、どうしたアンテ。

『いや、なに。楽しめるといいの』


魔王城の回廊をてくてくと歩いていく。

初冬らしい澄んだ冷たい空気。しかし日が照っているのであまり肌寒さは感じない。やっぱりおひさまが一番だよ。城内ですれ違うのもほとんどが獣人の使用人で、闇の輩《ともがら》は寝静まっているようだ。

俺の傍らには人の姿のレイラと、はしゃぐリリアナと。……リリアナの四肢が欠けていること、そして俺が魔王子であることに目を瞑《つぶ》れば、まるで魔王城じゃないみたいだ。

のんびり歩くうちに、俺のお決まりの休憩スポットである、中庭に着いた。

「わんわん！」

おひさまを浴びてはしゃぐリリアナが、芝生の上で走り回っている。俺はレイラと一緒にベンチに腰掛けて、それを見守っていた。

「…………」

こてん、とレイラが俺の肩に頭を載せてきた。温かい。本当に……魔王城で、こんなに心穏やかに過ごせる日が来るなんて、昔は思いもしなかった。

今、この瞬間、いろんなことから目を背けている自覚はある。

しかしこういう時間は必要だ。復讐《ふくしゅう》の火に焼《く》べる、俺自身という燃料を回復させる時間が。昔——それこそ前世の勇者時代は、何も考えないようにして飯を食うか、ひたすら寝るしかなかったけど。

今は、心から休めている。

おかげでまだまだ戦える。

……静かなもんだ。今日は誰もいないかな？　トパーズィアとか昼寝してないよな？　目を凝らすが妙な魔力の空白はない。【隠蔽の魔法】で爆睡中の眠り姫はおらず、と。

はるか上空を、ドラゴンの編隊が飛んでいったくらいのものか。

視線を戻すと、芝生に寝転がったリリアナが、寒さで枯れかけた草花をじっと見つめていた。中庭の植物園も、流石《さすが》にこの季節になると少し物寂しいな。

しかしリリアナが鼻先でちょんと触れると、萎《しな》びていた草にみるみる生気が戻っていく。

ただ、そこにいるだけで小さな奇跡を起こす――聖女の呼び名に相応《ふさわ》しい。

でも大丈夫かな……あれ、確か毒草だけど……リリアナなら平気かな……

「………」

隣のレイラは半分目を閉じて、口の端に微笑《ほほえ》みを浮かべている。

「……眠かったら、寝ていいよ」

「あ、大丈夫です。眠いわけじゃなくって」

パッと目を開けたレイラは、ちょっと恥ずかしそうに笑う。

「睡眠時間は足りてるんだよな？　無理はしなくていいからね」

「はい。ありがとうございます」

「なんだったら、夜も早めに上がっていいから」

「それは……」

ちょっと、眉を困ったようにハの字にして。

「……だけ……がいいです」

「うん？」

「……できるだけ、一緒の方がいい、です……」

………

レイラが頬を染めているが、俺も負けず劣らず顔が熱くなってきた。

なんてことを……なんてことを言ってくれるんだこの娘は……!!

『かーッ！　なんじゃその顔は！　そんなんじゃから童貞がバレるんじゃ！』

うっせー！　それは関係ねえだろうがよ!!

だがアンテの茶々のおかげで、どうにか我に返れたぜ。

「そ、そか……」

とはいえ、そう言ってうなずくのが精一杯だったが――


ザッ、と。

背後で足音がした。


「これハ、これは」

どこか――金属が軋《きし》むような声。

「ジルバギアス殿下ではございませんか」

振り返れば、回廊の日陰から滲《にじ》み出るように、全身を漆黒のローブで覆った偉丈夫。

氷のように冷たい青い瞳が、俺を見つめている――

「お久しぶりですナ。ご機嫌麗しゅウ」

闇竜王オルフェンが、そこに立っていた。

†　†　†

レイラがジルバギアスに向ける感情は、一言では言い表せない。

感謝と、尊敬と、同情と、憐憫《れんびん》と、悔恨と――正と負の感情が入り混じり、複雑な模様を描いている。

そしてそれらがないまぜになって、どろどろに溶け合って。

今では彼への思慕を形作っている。

ある種の依存かもしれない。あるいは秘密を共有しているという高揚感によるものかもしれない。何がきっかけなのかはレイラにもわからなかったが。

レイラは彼を慕っている。

きっと――彼は、レイラの希望になったのだろう。

いつか父が助けに来てくれるという希望を粉々に打ち砕かれて、レイラの胸にぽっかりと空いた穴を、代わりに満たしてくれたのだ――

今やレイラが、ジルバギアスのことを想《おも》わない日はない。起きている間は常に彼のことを考えている。どうやったら彼の支えになれるか、彼の助けになれるか、彼をいたわりその労苦を軽減してあげられるか。

いや。

もはや寝ている間も、夢の中でさえも。

ジルバギアスが出てくることが多い。かつてレイラを苦しめていた悪夢――父の生首と対面させる魔王子の夢は、父の魂と別れを告げてからぱったりと見なくなった。

代わりに、なぜか人化した父や母と一緒に、ジルバギアスとお出かけしたり、ジルバギアスを背に乗せて飛んだり、ただのんびりと日向《ひなた》ぼっこをしたり――そんな平和な夢を見るようになった。

悪夢にうなされなくなったから、安心して、ぐっすりと眠れるようになった。

そして、先日【キズーナ】で心が通じ合って。

彼の魂に直《じか》に触れて、もうレイラは、己を止めることができなくなってしまった。


――あまりにもボロボロだったのだ。


ジルバギアス――いやアレクの魂は。

触れた瞬間にレイラが思い浮かべたのは、ひび割れた大地で炎に焼かれながら、剣を杖《つえ》代わりに、かろうじて、しかし毅然《きぜん》と立つ男の姿だった。

衝撃を受けた。それまで彼のことを、勇者に相応しい『強い人』だと思っていた。

燃えるように熱い魂と、とてつもなく強靱《きょうじん》な芯と、確固たる意志の持ち主なのだと。

……皮肉なことに、想像そのものは外れていなかった。

復讐の炎に焦がされ続ける魂と、鈍ることがない破魔の剣と、どんな苦痛に苛《さいな》まれようとも屈することはない意志の持ち主だった。

だがそれは、いつ何の拍子にバラバラになってもおかしくないほど、歪《いびつ》で、儚《はかな》くて、つぎはぎだらけで――

彼は超然たる魔王子でも、勇猛果敢な救世主でもなく、ただ、大切なものを奪われた怒りと悲しみを原動力に、必死に己を鼓舞し続けていただけの人だった。本当は、いつも周りを気遣い、愛する人のためならば命を投げ出すことだって厭《いと》わない、優しい人――

なのに。今は冷酷な魔王子として振る舞うことを余儀なくされている。

放っておけない。

強くそう思った。

自分は彼に救われた。であれば今度は彼の魂を救いたい。もちろんいくら魂がボロボロでも、彼は歴戦の戦士。自分ごときが『救う』などとおこがましいが、それでも彼の悲願の一助になりたい。

そして願わくは、いつの日か、戦いから離れて、穏やかに暮らしてもらいたい――

その一心だった。


――だから、レイラは今日という日に、この瞬間に感謝していた。

レイジュ領で心をすり減らし、魔王城に戻ってからは魔王子としてそつなく振る舞い、それでいて傾国への布石のため各所を奔走し、いつにも増して苛烈な鍛錬で体を酷使し、その合間に来たる戦争や連れ帰った人族奴隷たちの扱いで思い悩み、そうしているうちに疲れ切って気絶するように眠り――

そんな、見ていられないような日々を過ごしていたジルバギアスが、今は何をするでもなく、のんびりと空を見上げている。

ベンチで寄り添って、彼の規則正しい心音を感じているだけで、レイラの胸もぽかぽかと温かくなるようだった。レイラ自身、こんなに穏やかな気持ちで陽《ひ》だまりの中で過ごせるようになるなんて、少し前までの自分が聞いても決して信じなかっただろう――

あなたを愛しています。お慕いしています、と。

【キズーナ】を介さずとも、そう思うだけで、レイラは幸せな気持ちでいられた。

「――お久しぶりですナ。ご機嫌麗しゅウ」

……そう。その耳障りな声が聞こえるまでは。

冷水を浴びせられた気分だった。かつて自分を苦しめ、いじめ抜いた存在の声が、なぜここで聞こえるのか。

振り返るまでもなくわかった。あの禍々《まがまが》しい存在感が、背後にある――

「ほう、奇遇だなオルフェン」

一瞬で、傲慢な王子の仮面をかぶったジルバギアスが不遜な態度で答えた。

「何の用事だ？」

「これといってはございませんが、たまたまお見かけしたので、御挨拶に伺った次第にございまス」

ぺたぺたと足音が近づいてくる。裸足《はだし》。人化したドラゴンにありがちだ。靴を履くのが当たり前なレイラからすると、少々滑稽にも思える――

果たして視界に、ぬらりと闇色の大男が現れた。

「…………」

オルフェンが見下ろし、レイラはおずおずと見返す。

仲睦《むつ》まじく寄り添うジルバギアスとレイラを、オルフェンはどこか呆然《ぼうぜん》と、目の当たりにしてもなお信じがたいといった様子で眺めている。

それに対し、レイラは――

（……こんなもの、だったっけ？）

どこか、肩透かしに近い感覚を味わっていた。

昔は。

オルフェンの存在をそびえ立つ岩山のように、空を覆い隠す暗雲のように感じていた。

しかし今、こうして向き合ってみると、力強さこそ伝わってくれど、それほど絶望的なまでの差は、ない。

自分を軽く捻《ひね》り潰せるような巨人ではなく、図体《ずうたい》がデカいだけの男。

そんな印象だった。

ただそう思えるのは、隣のジルバギアスの温《ぬく》もりのお陰もあるかもしれない。強張《こわば》っていたレイラの身体《からだ》から、力が抜けていく。

(こんなもの、だったんだ)

父から受け継いだ魔法と知識。ジルバギアスへの愛情。そして何より、自らの翼で飛べるという自負。

それらを胸に秘めるレイラにとって、オルフェンはもはや理不尽な災厄などではなく、対処可能な脅威としか認識されなくなっていた。

——魔力の強い存在の言葉は、呪詛《じゅそ》にも祝福にもなる。

かつて、闇竜たちがレイラに浴びせていた、役立たずだとか、薄汚い裏切り者だとか、レイラの自尊心を傷つける呪いの言葉は。

ジルバギアスが、綺麗《きれい》に払い落としてくれていたのだ。

彼は言ってくれた。レイラは立派なドラゴンだ、すごい存在なのだ、と。

それらは『自信』という言葉だけでは片付けられない力となり、レイラの、ホワイトドラゴンとしてのあり方を確立させている——

「…………」

しかしレイラは、敢《あ》えてうつむき、オルフェンから目を逸《そ》らした。

もはや、怯《おび》えて媚《こ》びを売ることしかできなかったかつてのレイラとは違うのだが、それをあからさまに表に出すより、今は大人しくしておいた方が賢明だ、と判断したからだ。

「……そうか。殊勝な心がけだな」

ただ挨拶に来ただけ、というオルフェンの言葉に、少しばかりつまらなそうな雰囲気を滲ませながら、ジルバギアスはあくまで傲慢に応じる。

楽しい時間に水を差されて不満だったのは、彼も一緒だったのだろう――と、レイラとしては思いたい。

「我らが贈り物ハ、お気に召したようデ。何よりにございますナ」

ねっとりとした視線をレイラに注ぎながら、オルフェンはどこか慎重に言った。

「ああ。とても満足しているぞ」

ジルバギアスは軽い調子で、ぐいとさらにレイラを抱き寄せる。のみならず、頬に手を添えてレイラの顔を強引に自分の方へと向けた。

「あっ――」

目の前でジルバギアスの真紅の瞳が揺れている――見惚《みと》れる間もなく、そっとレイラの頬に唇が寄せられた。

「……っっ！」

思わず、レイラの顔が熱くなる。その白磁のような肌がひと目で見て取れるほど真っ赤に染まる――

「ご覧の通りだ。毎日のように可愛《かわい》がっているぞ」

「は、はァ……」

オルフェンは半ば呆然と相槌《あいづち》を打った。まるで星の海にでも放り出されてしまったかのように、何が起きているのかさっぱり理解できないという顔。


まあ、それも無理はない。

魔王子のご機嫌取りのためレイラを投げ渡した闇竜たちは、当初、あのファラヴギの娘がさらに惨めに、酷《ひど》く扱われることを期待していたのだ。

『ジルバギアスは成人前のくせに異種族の女好きらしい』

『なんでも夜エルフからハイエルフを奪い取り、自我を破壊してペットにしたとか』

『しかも四肢をもいで犬扱いしているらしいからな、相当な変態だぞ』

あの時点では、外道の中の外道と有名だった。きっとレイラも自分たちでは思いつかないような、惨《むご》たらしい目に遭わされるに違いないとワクワクしていたのだが――

蓋を開けてみれば、レイラは父の代わりに厳しく罰せられるどころか、重用されて飛行訓練まで始めてしまった。

『馬鹿め、あの出来損ないが使い物になるものか』

『幼い頃より【翼萎え】を受けていたのだ、まともに羽ばたけるかすら怪しい』

『無能で何の役にも立たないとわかれば、扱いもまた変わるだろうな』

とはいえドラゴン族の協力抜きに、レイラがまともな戦力になるとは思えなかった。せいぜいあがいて恥を晒《さら》せばいい、と闇竜たちは無駄に努力するレイラとジルバギアスをせせら笑っていた。

事実、最初は『飛行訓練』とは名ばかりで、レイラはどたどたと不格好に助走し、滑空することしかできていなかったのだ。闇竜たちも魔王城上空の哨戒《しょうかい》任務のついでに、高高度から見下ろしてはバカにしていたものだ。

が。

ある日を境に、レイラの飛行は急激に上達。あれよあれよという間に、ベテラン飛竜もかくやという飛び方をするようになった。

『いったいどのような手品を……？』

オルフェンは信じられなかった。飛行のコツはどうやって摑《つか》んだ？　幼い頃からずっと人化を強いられていたのに、なぜ竜の体を問題なく動かせる？

『ありえない……！』

同じ境遇に置かれて、自力で飛べるようになるドラゴンが果たして何頭いるだろう？元白竜派のドラゴンを疑ったが、調べてもレイラを密《ひそ》かに鍛えた者はいないようだった。

そうこうしている間に、ジルバギアスが里帰りし、レイラもそれに同行して――

つい先日のことだ。レイジュ領への飛竜便を担当するドラゴンから、『レイラがジルバギアスを乗せて飛んだらしい』という報《しら》せが飛び込んできた。

『バカな！　いったい何を考えている!?』

最初はオルフェンも信じなかったが、事実であることを証明するかのように複数の報告が寄せられてからは、ただただ愕然《がくぜん》とした。

何を考えている、とはもちろんジルバギアスに向けた言葉だ。

——親を殺した仇《かたき》の分際で、なぜ乗ろうなどと思った!?　まさか高空から落とされても、自分は大丈夫とでも思っているのか!?　そこまで愚かなのか……!?


そしてオルフェンは、自分が非常にまずい状況に追い込まれていることに気づいた。


当初の目論見《もくろみ》と違い、レイラはいじめられるでもなく、愛人のような扱いを受けるようになった。それでもレイラがただの無能の役立たずであれば何の問題もなかったのだが、空まで飛べるようになってしまった。

『これは、非常にまずい』

オルフェンは闇竜だ。一度受けた屈辱や恨みは、報復を完遂するまで決して忘れない。自分がそうだから、他者もそうであると信じている。そしてオルフェンは、レイラから恨まれている自覚が充分過ぎるほどある……！

『もしもレイラが……牙を隠してジルバギアスに取り入ったのなら……！』

最悪のケースはどのようなものが考えられる？

『決まっている！　私であれば、ここぞというときにジルバギアスを振り落として殺し、オルフェン様の言いつけ通り殺しましたよ！　とこれみよがしに宣言してから、同盟圏に離脱する……!!』

たとえオルフェンが濡《ぬ》れ衣《ぎぬ》を主張しても、魔族との関係悪化は避けられないだろう。レイラに騙《だま》されたジルバギアスの自業自得、と抗弁することも可能だが、それが通るとは限らない。『本当は誰が悪いか』ではなく『誰が隙を見せたか』が重要なのだ。

自分が魔族なら、嬉々《きき》としてドラゴン族の過失を責め立てるだろう。最近は魔王城も手狭になってきて、魔族の間で『もっと空間を有効活用できないか』などと白々しい議論が交わされることもあるという。

もちろん、魔王城内部の空間の大部分を占めているのは竜の洞窟だ……！

今が好機とばかりにドラゴン族の取り分を削りに来るに違いない！　口実なぞいくらでも思いつく！

『オルフェンはレイラを洗脳し魔王子ジルバギアスの暗殺を企てた』

『あるいは、危険分子であるレイラを無能と偽って送り込んだ』

『そうでないなら、レイラが虎視眈々《こしたんたん》と復讐《ふくしゅう》の機会を窺《うかが》っていたことに、まるで気づかなかった間抜け』

どう好意的に解釈しても、闇竜王としての権威の失墜は避けられない。

それでも、ジルバギアスが噂《うわさ》ほどにはレイラに入れ込んでいない可能性もある。本人が警戒心を少しでも維持しているならば、最悪の事態は避けられるかもしれない——まずは自分の目で確かめなければ、と。

たまたま上空から中庭のジルバギアスを見かけたオルフェンは、わざわざ人化して様子を窺いに来たわけなのだが——

(ダメだ……これは……)

中庭のベンチで肩を寄せ合い、まるで本物の恋人のようにイチャイチャする魔王子を見て、オルフェンは頭を抱えたくなった。

(バカなのか!? お前は親の仇なのだぞ!? レイラが、憎くてたまらないお前なんかに恋するわけがないだろう!)

相手が魔王子でさえなければ怒鳴りつけてやりたいところだった。

——なお当然ながら、ジルバギアスもレイラも【キズーナ】の機能については公言していないので、オルフェンはふたりの心が通じ合っていることを知らない。

(なぜ周囲もジルバギアスを止めんのだ……バカしかおらんのか!?)

などと考えている始末だった。

ゆえに、観察すればするほどふたりの様子が不可解に思えた。

ジルバギアスは、本当に気さくな人物のように振る舞っているし。

その肩に頭を寄りかからせたレイラは頬を染めて、恋する乙女のように見えたし。

何よりも違和感を覚えたのは、オルフェンが姿を現したときのレイラの反応だった。

(怯えて、いない……？)

こちらの姿を認めるなり、静かに俯《うつむ》いて目も合わせないレイラ。竜の洞窟にいたときと変わらない軟弱さに見えるが——負の感情に敏感なオルフェンは感じ取っていた。レイラが全くといっていいほど怯えていないことに。

(魔王子の威を借りて増長しているわけでもない……)

それならばもっと小生意気な態度でこちらを見てくるはずだ。だがレイラは、何もしない。ただ存在感を消そうとしている。自分がここで出しゃばるのはよくない、とわきまえているかのように。

少し前までは、すくみ上がって媚びを売ることしかできなかった小娘が。

冷静に状況を判断し、態度を一貫させている——


——もはや自分の知る『レイラ』ではない。


それをはっきりと認識し、オルフェンは嫌な予感が膨れ上がっていくのを感じた。

「用事はそれだけか」

と、不機嫌さを隠しもしないジルバギアスの声に、ハッと我に返る。

「見ての通り俺は忙しいのだが？」

レイラの肩をこれみよがしに抱き寄せるジルバギアス。

（何が忙しいだ!!）

こちらは曲がりなりにもお前の命を心配してやっているのだぞ、と怒鳴りたくなるオルフェン。なお、実際に心配しているのは己の立場であって、ジルバギアスではない。

「いえ、これは失礼ヲ……少し見ぬ間に、見違えるほど成長したレイラに、流石《さすが》の私も驚いておりましタ」

「フフ、ここまで育て上げるのには苦労したぞ。お前が献上してきたときは、翼は使えんわ文字は読めんわ仕事はできんわで、それはもう酷い状態だったからな」

レイラの首筋を撫《な》でながら、ジルバギアスは吐き捨てるように言う。

「しかし今のレイラには大変に満足している。あらゆる意味でな。もしも伸び悩んでいる若者が他にもお前のところにいるなら、俺が預かってやろうか？　俺なら有効活用してやれるかもしれんぞ、クク……」

……なるほど、とオルフェンはある意味で納得した。

レイラが増長せず大人しくしていると思ったら、こういうことか。

（この青臭い魔王子がどうしようもなく増長しているがゆえに、わざわざレイラが威を借るまでもなく周囲を威圧できるのだな……！）

そして顰蹙《ひんしゅく》は漏れなくジルバギアスが買ってくれるので、なるほど、それなら目立たないように黙っている方が賢い。

（的確な判断だ……！）

そういった立ち回りができるようになっている時点で、やはり昔のレイラとは違うので警戒が必要だろう。と同時に、

（竜を育て上げるだと?!　地虫の分際で思い上がりよって……！）

それはそれとして、このジルバギアスの傲慢さには我慢がならない!!

「いやはヤ、殿下にはいつも驚かされますナ。もしも才能の芽が出ず、苦しむ者がいましたら、そのときはお願いさせていただきましょウ……」

心にもないことを言いながら、どうにか愛想笑いを維持するオルフェン。

「しかし、レイラにはいったいどのようナ『教育』を施されたのデ？　後学のため、ぜひともお伺いしたク」

レイラにまともな飛行を仕込んだ手品は、オルフェンとしても興味のあるところ。

「ふん、口で説明できるようなことでもないがな。翼に関連する魔力の扱いについて、気になるところを都度指摘しただけだ。……ただ、それでも俺も翼を持たぬ身。見ただけで全てを理解できるならば苦労せん。そういう意味では、ドラゴンのことを一番よく知るのはドラゴン、と言ったところか」

「……それハ」

まさか、ドラゴン族の何某《なにがし》かがコツを伝授したということか!?

「おっと、今のは口が滑ったな。聞かなかったことにしてくれ」

傲慢な調子を少しばかり引っ込めて、飄々《ひょうひょう》とした態度で言うジルバギアス。

(……怪しい。これは演技か？　それとも本当に調子が悪くなっただけか……？)

明らかに、ドラゴン族の何者かによる手引きを示唆していた。元白竜派の連中はかなり厳しく取り調べたが、ジルバギアスと接触した様子はなく、証拠も見つからなかった。

であれば、消去法的にオルフェンの身内——闇竜派の誰かが裏切っていたということになるが。

(そんな者がいるはずがない！)

ホワイトドラゴンの得になるようなことを、誰が好き好んでするものか！……いや、しかし闇竜派でも、傘下のグリーンドラゴンやレッドドラゴンなら？　ドラゴン族の中でも特に強欲な連中ならば、金品に釣られてもおかしくはない——

——と、オルフェンに疑心暗鬼を植え付けようと、ジルバギアスが根も葉もないことを言っている可能性も捨てきれない。

(だが、そこまでするか？　この私に？)

オルフェンは内心ジルバギアスにムカついているが、逆にジルバギアスが自分と明確に敵対したがる理由には心当たりがなかった。普段話すときは低頭平身を心がけているし、機嫌取りにレイラだって献上したし、何の不満がある？

(ファラヴギの件で我ら全体を嫌っているのならもう話にならんが)

であればレイラを寵愛《ちょうあい》する意味がよくわからないし――

（！　まさか、レイラから悪口を吹き込まれたか……!?）

閨《ねや》で愛《いと》しの彼女に泣きつかれ、恨みつらみを語られ、義憤に駆られて『いいところ』を見せようとしているのであれば……？　自分と敵対するに足る理由になってしまう！

（最悪だ……！　なんと忌々しい！）

仮にそうだとしてもレイラを冷遇していた自業自得からなのだが、自分の行いは棚に上げて憤るオルフェン。

「…………」

ジルバギアスの顔を改めて見つめる。先ほどまでと違い、どことなく表情が硬い。

（……まさか、本当に口を滑らせただけなのか……？）

わからない。自分に揺さぶりをかけているのか、うっかり喋《しゃべ》ってしまっただけなのか、絶妙に判断がつかない……！

「お互い、あまり会話を楽しめてはいないようだな、オルフェン」

と、口の端に冷たい笑みを浮かべたジルバギアスが脚を組み直す。明らかに話を切り上げようとしている。

「いえいえ、とんでもなイ。殿下とお話しできる光栄に浴しておりますレば」

オルフェンの竜生でも、最大限に朗らかさを意識しながら、ゆるゆると首を振る。

『もしもドラゴンに手ほどきを頼んだのなら、誰に聞いた』

この一点は白黒つけておきたかったが、詳しく突っ込むことはできなかった。『レイラにドラゴン族の知識を渡すな、と厳命していたのに、裏切った者がいる。特定したいから教えろ』などと言っては、それこそ魔王子に喧嘩《けんか》を売っているようなものだ。

「……聞けバ、殿下は最近レイラによく乗られているとカ」

裏切り者については棚上げだ、最後に本題にだけ入らせてもらおう。

「レイラはまだ経験豊富とは言えませんガ……乗り心地はいかがですかナ？」

飛ぶのがもっと上手《うま》い竜なら他にいるので、そっちを使ったらどうか？　という方向に誘導していく……！

「乗り心地、か？」

ジルバギアスは、ニタリといかにも下卑た笑みを浮かべた。レイラが首輪のようにつけさせられているチョーカーのあたりを、ねっとりと撫で回しながら――

「乗り心地はとても良い。あらゆる意味で大変に満足している、と言ったはずだ」

――これには流石のオルフェンも閉口した。そういうコトじゃない、こっちは真面目な話をしているんだ！　と。

（このクソガキは本当に骨抜きにされているようだな――）

話にならん、と思いつつチラとその隣のレイラを見たオルフェンは。

（……いったい何なのだ、これは!?）

もはや恐怖すら感じた。

――レイラが、まるで初心《うぶ》な乙女のように赤面している！

疑《うたぐ》り深《ぶか》いオルフェンから見ても、それは演技には見えなかった。本当に、心の底から、照れているように見える！

（バカな……この娘は、こんな演技ができるような器ではなかったはず……！）

そもそもこうやって男に取り入る才能があったなら、竜の洞窟でももう少しまともな立ち回りができただろう。

（まさか……もう、自我が……？）

ふと中庭に目を向ければ、おすわりの姿勢でじっとこちらの様子を窺《うかが》うハイエルフと目が合った。

「わう……」

あからさまに警戒した様子で、トコトコと四足で走り、草陰に隠れるハイエルフ。

「うぅ～……」

微妙に唸《うな》りながら、ちょこんと顔を出してこちらを見てくる姿は、人としての尊厳も、理性の欠片《かけら》すらもなく、まさに犬としか言いようがない。

（……ハイエルフの聖女に、アレができるのだ）

ドラゴンの小娘の情緒をいじって、自らを愛させることなど容易《たやす》いというわけか……？

（なんという……恐ろしい洗脳能力）

オルフェンは戦慄した。ここまで心胆を寒からしめられたのは久しくないことだった。何のことはない、だからジルバギアスはレイラを乗り回していたのだ。おそらくもう、裏切りの余地など欠片も残されていないのだろう……！

――そして先ほどの、『伸び悩んでいるドラゴンがいたら自分に預けろ、有効活用してやる』という発言も、洗脳能力を前提にすると全く違った色合いを帯びてくる。

文字通り、都合のいい『手駒』にしてやるという意味だったのか！　臆面もなく、堂々とそれを言い放った……！

（なんとおぞましい……！）

闇竜をして、ここまで嫌悪の情を抱かせるとは。しかもこの、オルフェンよりも遥《はる》かに若い小童《こわっぱ》ごときが……確か5歳の……5歳!?　これで!?　ありえない!!

（やはり魔族は）

オルフェンは、ぎりっと手を握りしめた。

（化け物の集まりだ……！）

これ以上、この魔王子と関わり合いになっても、ロクなことがなさそうだ。知らぬうちに自分まで洗脳されたら何とする！

（待て、まさかレイラの教育も、闇竜派の誰かを洗脳して――いや、あとだ！）

さっさと立ち去ろう。オルフェンは慇懃《いんぎん》に、ジルバギアスに一礼する。

「いずれにせヨ、レイラがお役に立っているようで何よりでしタ。それが確認できただけでモ、ご挨拶に伺った甲斐《かい》があるというモノ……」

「ふん、それは何よりだ」

やっと話は終わりか、とばかりにベンチにもたれかかるジルバギアス。本当に、こうしているとただの思い上がったガキにしか見えないのだが……増長した王子に洗脳能力、考えうる限り最悪の組み合わせだ。まかり間違ってこれが次期魔王にでもなった日には……

「………」

ふと、立ち去り際に、レイラとも目が合ってしまった。

「……レイラも、よかったではないカ。主人に恵まれたナ」

思わず、そんな皮肉が口を衝《つ》いて出てしまった。


「――はい」


それに対し、レイラは、臆することなく微笑《ほほえ》んでうなずいた。

（……救いがたいヒト）

レイラはレイラで、オルフェンの意図が完全に理解できなくとも、何らかの理由で自分とジルバギアスの仲を邪魔しに来ていたことは何となく察していた。

呆《あき》れの気持ちが強かった。

もう自分のことなんか放っておけばいいのに、と。

レイラはオルフェンのことを、そこまで憎んでいない。少なくともジルバギアスが魔族や夜エルフを憎むほどの熱量はなく、絶滅させてやろうとまでは思っていない。


——強いて言うなら、どうでもいい。


今のレイラにとって何よりも大事なのは、ジルバギアス、彼の存在なのだ。

ジルバギアスの野望は知っている。その計画の中で、闇竜たちは魔族と衝突するように仕向けられるだろう。その過程でどれだけ同胞たるドラゴンたちが苦しみ、どれだけ血を流すことになるか——

ああ。

レイラの、知ったことではない。

ことさらにオルフェンたちを痛めつけようとも、憎しみの炎を燃やして復讐《ふくしゅう》に走ろうとも思わないが。

逆に、オルフェンたちがどれだけ苦しめられようとも——レイラは全く、気にしない。

本当に、心底、どうでもいい。明日の天気の方がよほど気になるくらいだ。

「……ふふ」

思わず、笑いが溢《あふ》れる。オルフェンがたじろいだように身じろぎするのがわかった。

先ほどジルバギアスがわざとらしいくらい下衆《げす》に振る舞っていたときも、【キズーナ】越しに『ごめん、本当にごめん！』と謝り倒されていて、レイラは笑いを我慢するので精一杯だったのだ。


『――よかったではないカ。主人に恵まれたナ』

全く、その通りだと思った。


「……あなたのおかげです」

まっすぐに、オルフェンの氷のように冷たい瞳を見据えながら、レイラは言った。

「――ありがとうございます」

今ならこう言える。

辛酸を嘗《な》めさせられた。母を殺され、父の死の遠因となった。憎しみを抱かないと言いつつも、それに対して、仄暗《ほのぐら》い想《おも》いが全くないとは言い切れない。

――だが、闇竜たちのなした非道が、レイラがジルバギアスと出会うきっかけとなったのも、また事実。

この『ありがとう』は、そういう意味だ。

「――運命のヒトに、巡り会えました」

ジルバギアスに寄り添いながら、レイラはそう言う。


ひとつだけ確かなことがある。


これからジルバギアスが何をしようと、何を企《たくら》もうと、いかなる苦難を闇竜たちにもたらそうと――

レイラはそれを、全力で支え続けるだろうということ。

どうしようもない自分を救ってくれた。人族の勇者の矜持《きょうじ》を胸に、孤立無援の状況で、それでも歯を食いしばり、血の滲《にじ》むような思いで進み続ける彼を――

そんな彼の支えになれたら、どれだけ幸せだろう。

レイラは半ば恍惚《こうこつ》としながら、思い描く。

全てを失ったレイラにとって、今や、ジルバギアスそのものが希望――

彼にならば、この命を捧《ささ》げてもいい。

……いや、既に、捧げられていたか。

他でもない、闇竜たちの手によって。

レイラは、『献上』されていたのだ――

「……ふふふ」

それが、心の底から、可笑《おか》しくて可笑しくてたまらなくて。

レイラはくすくすと声に出して笑った。

「……っ」

その、底なし沼のような瞳に、真正面から見据えられた闇竜王オルフェンは。

足元が崩れ落ちるような不吉な予感と、得体のしれない不気味さに。

たじろぎ、気圧《けお》され、後退《あとずさ》り——


そのまま逃げるようにして、去っていった。

†　†　†

俺は悠然とベンチに腰掛けたまま、オルフェンの背中を見送る。

最後の方、なんか急にビビりだしたけど、どうしたんだろうな？

『——さあ？——』

レイラも首を傾《かし》げている。……っていうかそもそも何しに来たんだアイツ。

『——わたしが酷《ひど》い目に遭わされてるかどうか、自分で確かめに来たとか……？——』

やっぱり闇竜としては、俺の下でレイラが惨めな日々を送っていることを期待していたのかもしれないが。

厚遇されているだけならまだしも、レイラと俺の関係がとても良好なことは、どうやら想定外だったようだな……

「ふふふ」

俺の肩に頭を載せたまま、レイラが声に出して笑った。

「……びっくりしてましたね」

レイラがお礼を言いだしたときの、アイツの顔は確かに見ものだったな……

でも、俺もびっくりしたよ。

オルフェンの登場にビクッとしたのは最初だけで、レイラはそのあと全然動揺していなかった。

『すっかり自信をつけたようじゃのぅ』

アンテが俺にしか聞こえないように、ボソッと言う。

本当に。俺んトコに来たときとは大違いだ。トラウマが払拭できたなら何より……

「くぅーん……」

と、草陰に隠れていたリリアナがひょっこりと顔を出した。オルフェンが怖くて身を潜めていたらしい。

トコトコと俺の隣にやってきて、ひょいとベンチに飛び乗り、寝転がるリリアナ。だけど石のベンチなので寝心地は悪そうだ……

「厄介者も去ったことだし、」

やおら立ち上がり、俺はリリアナを抱え上げた。

「俺も童心に返って、寝転がってみるかな」

中庭の真ん中へ。

『名目上5歳児がなんか言うとるの』

ぼくむずかしいことわかんない。

芝生の上、手足を投げ出して寝転がる。うーん、やっぱりおひさまは暖かいや。心なしか冷たい風さえも、いいアクセントのように感じる。

……つくづく、日光が平気な種族でよかったー。夜エルフに転生してたら、俺、流石《さすが》に耐えられなかったかも。

同じく寝転がったリリアナは、俺の腹に顎を載せてご満悦。すっかり安心しきっているのか、すぴすぴと寝息を立て始める。森エルフもおひさま大好きだもんな。

レイラもまた、俺のすぐ近くに腰を下ろした。

「お膝をどうぞ、あなた♪」

メイド服のスカートを撫《な》で付けながら、レイラがはにかんで笑う。

「お……、ありがとう」

ちょっと躊躇《ためら》ったが、断るのも失礼だと思い、もぞもぞと体を動かす。

レイラの膝枕に、そっと頭を載せた。……適度な太ももの弾力と人肌の温かさが、無性にくすぐったい感じがして、心地よい。

なんて……なんて枕だ。

クソッ、角さえなければ……横向きで堪能したかった……！

人化すりゃいけるけど、こんな場所で弱体化するのはリスクがデカすぎる……！

……部屋に帰ったらやらせてもらおうかな？

「どう、ですか？」

「最高」

語彙力を失った俺が答えると、レイラは「えへへ……」と照れたように笑う。その手が、俺の髪をくすぐるようにして撫でた。

「今度はわたしがナデナデしちゃいます」

おぉ……いつも俺がする側だから、新鮮だな……

レイラの白魚のような指が頭皮を優しく撫でる。他人に撫でてもらうのってこんなに気持ちいいのか……そりゃみんなハマるはずだよ……

眩《まぶ》しすぎず、それでいて暖かなおひさま。最高の膝枕に、頭のマッサージ……

楽園はここにあったのか……

「ふふふ……」

慈愛に満ちた深い色をたたえた眼差《まなざ》しで、レイラが微笑む。

「…………」

その純真な笑顔を見ていると、ふと、申し訳無さが湧いて出た。

「ごめんな。さっきは手荒なことしちゃって」

「全然。それにもう……」

何度も謝ってたじゃないですか、とばかりに微笑《ほほえ》むレイラ。

「でも……その、顔をグイッてやったりとか」

強引に口づけたりだとか。

ああいうわかりやすい形で仲睦《むつ》まじさというか、俺の所有欲みたいなのをアピールすれば、今後も闇竜たちへの『魔除《まよ》け』になると考えたんだ。

「ああ……あれですか」

俺の言う『手荒なこと』を察して、レイラがちょっと怒ったような顔をする。

「ひどいです。びっくりしちゃいました」

「……すまない」

いくらレイラを守る意図があったとはいえ、俺が勝手にやったことだ。突然あんな真似《まね》をされたら、不快な思いも——

「——だから」

と、レイラの手が、不意に俺の両頬に添えられた。

視界に、はにかむような笑みをたたえたレイラの顔が、大写しになって——

そっと——額に、柔らかな感触。

「……仕返しです」

唇を離したレイラはキリッとした顔で言い切ろうとして、失敗して、ふにゃふにゃと相好を崩しながら、頬を赤く染めて目を逸《そ》らした。

「……っっ」

魔法でもかけられたみたいに、俺もまた全身が熱くなるのを感じた。……いや、レイラの膝も熱っ！

ど……どうしたらいいんだ！

俺はどう反応したらいいんだよ！　アンテ！　教えてくれ！

『我が知るかァ――ッッ!!』

おぇッぷ俺の中で暴れるのはやめろォ――！

――メキョッ

不意に、その場に相応《ふさわ》しくない破砕音が響いた。

「……？」

怪訝《けげん》そうに顔を上げたレイラが、緊張に身体《からだ》を強張《こわば》らせるのがわかった。

「なんだ……？」

俺も軽く身を起こして、レイラの視線の先をたどって――

「……あ」

ガラス玉のような瞳と目が合った。

「ジールーくん♪」

燦々《さんさん》と日光を浴びる俺たちから、距離を取って。

回廊の日陰から、作り物めいた笑顔でこちらを覗《のぞ》いていたのは――

「こんにちは。奇遇だねえ……！」

――石柱に指をめり込ませた死霊王《リッチ》・エンマだった。

「おお、エンマ」

また中庭で会うことになるとはな。……コイツもしかして俺の居場所を常に把握したりしてねえだろうな？

いや～、よりによってレイラとイチャついて、完全に油断し切っているところを見られてしまうとは――これは流石に恥ずかしい。

「ふ、……ふふ、ふ……」

ほら、エンマも押し殺すように笑っている。せっかくいつもクールにキメていたのに、俺の魔王子なイメージが崩れてしまったかもな……

『お、お主……』

何やらアンテが恐れ慄《おのの》くように呟《つぶや》いた。どうした？

『い、いや……なんでもない……気づいとらんなら、別にいいんじゃゃ……』

なんかお前、エンマが近くにいるとき妙に歯切れが悪くならねえか？　まさかアイツの魔力の悪影響受けてたりしない？

「ジルくんは……何をしているのかな……？　おふたりとも、仲がよさそうだねぇ？」

壊れかけのカラクリ人形みたいなぎこちない動きで、カタカタと小首を傾げてみせながらエンマは言う。

「俺は日向《ひなた》ぼっこしてただけだよ。そして、ああ、ふたりと言わず3人とも仲良しだ」

お昼寝から目覚めていたリリアナを、ひょいと膝の上で抱きかかえながら俺は答えた。なぜか腕の中のリリアナが「マジか」みたいな感じで俺を見上げてくる。どうした？

「ふ、ふ、ふ……そうなんだぁ……」

メキョ……とさらに音を立てて、エンマの指が石柱にめり込んでいく。すごい握力だな。しかしあれを俺に見せつけることに何の意味が……？

もしかして素体の性能が向上して、はしゃいで自慢しに来たとか？　確かに白兵戦であの腕力で摑《つか》みかかられたら脅威だよなぁ。

「くぅーん……」

異様な空気に、情けない声で鳴いたリリアナがぷるぷる震えながら俺に引っ付いてくる。

レイラもなぜか顔を青褪《あおざ》めさせていた。

「あれ、ふたりともエンマは初めてじゃないよな？　いや、リリアナはお初か？」

「わ、わたしは、初めて、じゃ、ありません、けど……」

レイラが俺に縋《すが》るような目を向けながら、嚙《か》み嚙《か》みで答える。

……ああ、まあいきなり死霊王《リッチ》が握力自慢しだしたらビビるか。リリアナに至っては、ビビるの通り越して怯《おび》えちゃってるし。まあわんこからしたら意味不明な威嚇行為にしか見えないよな。

「リリアナ、そんなに怖がらなくていいんだぞ。彼女はエンマ、元人族の死霊王《リッチ》だ」

俺はリリアナを安心させるように優しく揺らしながら、エンマを示した。

「アンデッドだけど素晴らしく知性的で、ユーモアのセンスもあって、とてもお洒落《しゃれ》な淑女なんだ。時々、今みたいに突飛なこともしでかすけど、一緒にいると退屈とは無縁でいられる、素敵なヒトだぞ」

リリアナの緊張をほぐすために、多分にリップサービスを込めながら言う。嘘《うそ》は言ってない。一緒にいると退屈とは無縁な、素で敵なヒトだ。

「くぅん……」

ホント？　と言わんばかりに、困ったような顔でエンマを見やるリリアナ。

エンマはエンマで、何やらポカンと口を開けて、とぼけたツラを晒《さら》している。

「おーいエンマ、うちのわんこが怖がってるんだ。握力自慢はよそでやってくれ」

「……え？　あっ、おおっと！」

そして俺の呼びかけに、初めて石柱の惨状に気づいたかのようにパッと手を離す。白々しい奴《やつ》め……あの石柱、あとでコルヴト族の誰かが修復するんだろうなぁ。

「あっ、あはは、ちょっと……えっと、取り乱しちゃって、はは……」

手をにぎにぎしながら、焦り顔、真顔、笑顔、困り顔、と目まぐるしく表情を切り替えて、百面相を披露するエンマ。

「え、えと……ジルくん！」

「なんだ？」

「さ、さっきのって、ホントなのかなぁ？」

「さっきのとは？」

「ぼっ、ボクが……素敵な、ヒトっていうの……」

指をいじいじしながら、上目遣いで尋ねてくるエンマ。

「ああ、もちろんホントに決まってる」

俺は、最高の笑顔で答えた。

「俺にとって――この地上に、お前ほど素敵なヒトはいないよ」

お前ほど素で敵なヒトはな!!

「ジルくん……ッ!!　はっ、はぉぅ……ッ！」

妙な声を上げて、胸を押さえるエンマ。

「はっ、ハァッ……危うく心臓が止まるかと思った……！」

「もう止まってんだろアンデッドがよ」

「いや？　この体では動かしてるよ。もっとも流れてるのは血じゃないけどね」

え。そ、そうなんだ……興味深いな。それがエンマ製ボディの秘密なのか？

「面白いやつだ……やっぱりお前からは目が離せない」

技術的な面もさることながら、人格面でも油断も隙もありゃしねえからな。

「ジ、ジルくん……！　そんな、照れちゃうな……」

頰に手を当てて、いやんいやんとわざとらしい反応を示すエンマ。

「お前のことを、もっと知りたいと会うたびに思わせられるんだよ」

ボディの構造とかやっぱり詳しく教えてもらいたいよなぁ……

「なっ……なんて大胆なっ！　で、でも他ならぬジルくんの頼みとあらば、ボク……！」

極めて異様なテンポで眼球を左右に交互移動させながら、動作の正確性を誇示するように指先をひらひらさせたエンマは、意を決したようにうなずいたかと思うと、

「えい！」

バサッ！　とローブを脱ぎ捨てた。えっ全裸――!?　かと思ったが、初めて出会ったときのような性的特徴のない汎用ボディのようだった。

そしてぐっとその足腰に力が入り――まずい！

「リリアナ、どいて！」

「ジルくうううぅぅぅ――――――んッッ！」

うおおおお全力疾走！

日差しの中に、一切の躊躇《ちゅうちょ》なくエンマが突っ込んでくる！

リリアナを脇にどかし、咄嗟《とっさ》に立ち上がってエンマを押し戻そうとしたが、その動きが想定外に速かった上に力も強かったせいで、抱きしめるような形になってしまった。

「ああああジルくぅぅぅぅん!!」

死体とは思えないほど柔らかな――しかし冷たい感触。

抱きついて離れねえ！ってか無駄にいい香水つけてやがんな!!

そして案の定、チリチリと煙を上げたかと思えば、太陽に灼《や》かれてボッ！　と着火した。

「うわああああ！」

俺に抱きついたエンマが火だるまになって、思わず情けない悲鳴を上げてしまう。

熱《あ》っつ、熱《あ》っつ――ッく、ない？　あ、俺は平気なんだこの炎……

「あああぁぁああ……やっぱりジルくん最高だよ……また今度、講義でたっぷりと、体のことも教えてあげるからねぇ……」

スンッと真顔になる俺に対し、ふにゃふにゃと幸せそうな笑みを浮かべたエンマは――

そのまま、ザラァッと灰になって崩れ落ちていった。

「ええ……」

「くぅーん……」

レイラとリリアナ、呆然《ぼうぜん》。

「……あ、あの！……そのっ、はっ、灰が……！」

レイラが、芝生の上の灰の小山を指差してあわあわしている。

「こんな感じに、日光に耐える実験をしてるみたいなんだ。いつものことだよ」

「ええ……」

死霊王《リッチ》の生態（死態？）に絶句しているレイラ。

リリアナが恐る恐る灰の匂いを嗅ごうとして、「へぶゅっ！」と盛大にくしゃみをした。

エンマの焼けカスがもうもうと舞い散る――やめなさい！　体に良くない！　ハイエルフだからどうせ平気だろうけど！　倫理的にも良くない！

それにしても、エンマの動きは俺が想像していたより3倍は速かった。いくら油断していたとはいえ、アイツの突進をもろに受けてしまったからな。これが戦場だったら組み付かれて、俺もアンデッドの仲間入りしてたぞ……

『お主……あやつに関しては、ホントに思考が物騒じゃの……』

？　物騒も何も――それ以外にどういう思考しろってんだ？

「……その、あなた」

と、不意に、改まった態度でレイラが俺を呼んだ。

「うん？」

「……さっき、あのヒトに言っていた──『素敵だ』って台詞《せりふ》」

拗《す》ねたように唇を尖《とが》らせる。

「……あなたにとって、この地上に、彼女ほど素敵なヒトはいないって。

「……そうなんですか？」

彼女のちょっと白々しい言葉に、俺は苦笑するしかなかった。

「ああ。紛れもない本心さ」

こともなげに言い切ってみせると、レイラは「そうですか……」とうつむく。

「……この地上では、ね」

しかし、俺の続く言葉に、きょとんと目を瞬かせて。

「きみは空を飛べるだろう」

俺はしゃがみこんで、レイラに微笑《ほほえ》みかける。

「この天空《そら》では、レイラが一番すてきだよ」

それが俺の紛れもない本心だ。白銀の鱗《うろこ》を煌《きら》めかせて飛ぶレイラが、一番綺麗《きれい》だ。

「……もう、あなたったら」

自分で始めた茶番なのに、レイラは顔を赤くして、俺の胸板をぽこぽこと叩《たた》いた。

はっはっは。ホントに可愛《かわい》いな。

それから何をするでもなく、見つめ合って──手を握ったり、指を絡ませたり──

「あーっ！　イチャイチャしてるーっ!!」

が、またまた聞き覚えのある声が中庭に響いた。

振り返れば、回廊の日陰で、フードを目深にかぶった少女が「きゃーっ」と両手で顔を覆い、指の間からバッチリとこちらを覗《のぞ》き見ていた。


「今度はクレアか……」

「『今度は』とは何よ、『今度は』とは！」

うんざりしたような俺の言葉に、プンスカするクレアだったが、ハッと口元を押さえて周囲を窺《うかが》った。爵位持ちのエンマと違って、気軽にはしゃげない身分だからな。

「オホン。我が主《あるじ》、エンマ伯爵より伝言です……『さっきはちょっと取り乱しちゃった、ごめんね。明日あたり、死霊術の講義でもどうかな』とのこと」

「ああ……構わないぞ。その、両方ともに対してな」

「わかりました。……いやーお師匠さまもね、前線でこき使われてやっぱりイライラが溜《た》まっちゃったみたいで、最近暴走しがちでさ」

てへへ、とちょっと渋い顔で笑うクレア。なるほど。つまり魔王経由で過負荷を強いてストレスをかけていけば、暴発させられるということだな。やはり肉体的疲労とは無縁でも、精神的な耐久力には限度があるらしい……！

上位アンデッドたる死霊王《リッチ》は、魂を削って調整していないからこそ、感情面が脆弱性《ぜいじゃくせい》となる。良い情報だ。

「そうか……大変だったな」

とはいえ表面上は、俺も同情を示しておこう。

「まあでも、王子さまが帰ってきてくれたから、あたしとしても助かります！　王子さまが帰ってくる日を指折り数えるお師匠さま、すごい面倒くさかったから……」

お前も大変だったんだなクレア……四六時中エンマの相手とか、俺は絶対嫌だもん。

「そんなわけで、明日、お待ちしてまーす。今回は期待していいですよー」

去り際にニヒヒッと――まるでいたずら少女のように笑ったクレアは。

「勇者に神官、導師に剣聖と、いろんな魂が揃《そろ》い踏《ぶ》みですからね！」

珍しい『教材』を――まるで食事のメニューでも告げるような気さくさで。

……ああ、わかっていたさ。

ここが平和な人族の国じゃなくて、クソッタレな魔王国の中枢だってことはよ。

花崗岩《かこうがん》をくり抜いただけのその空間は、まさしく霊安室のようだった。無造作に並べられた人族と獣人族の死体。無骨で、無機質で、冷たくて、濃厚な死の臭いと、ツンと鼻を突く防腐剤の香りで満たされている。
だが霊安室と呼ぶには――あまりにも――

『――があああ……ッアァァァ……アアアアアァァァァッ!!』

そこは、安らぎとは無縁だった。


俺の眼前、霊魂が絶叫を振り絞っている。無理やり呼び起こされた剣聖の魂。

そこへ、どろどろとした邪悪な呪法が、まるで巨大な丸鋸《まるのこ》のように恐ろしい唸《うな》りを上げて迫り、霊魂を押し潰し削り取り、その『肉』を引き剝がしていく。

「苦しいのは最初だけだからねえ」

隣ではエンマが、指揮者のように闇の魔力を操っていた。

『アアアアァッッやめッ　やめでえええぇ――!』

最初は毅然《きぜん》と、エンマ、ひいては魔王軍への協力を拒否した剣聖の霊も、今では恥も外聞もなく泣き喚《わめ》いている。

その頬が鼻が耳が引き千切られていき、霊的な瞳は破裂して空洞と化し、やがて声さえも奪われて、カタカタと歯を鳴らすことしかできなくなっていく。

人体標本のような姿に作り変えられる。生前の姿を表す特徴が、人格が尊厳が削《そ》ぎ落とされていく——

「どんな美女も醜《ぶ》男《おとこ》も、ひと皮剝《む》けばただの肉」

エンマは作り物じみた微笑みを浮かべながら、歌うようにして言った。無論、闇の魔力を繰る手は止めない——

「肉の塊になってしまえば、王も奴隷もみな一緒。さらに骨だけにしてしまえば、人であったという事実だけが残る。——さて、どうかな？　剣聖くん」

文字通り霊魂の骨組みだけ残して、全てを剝ぎ取られてしまった剣聖に、改めてエンマが話しかける。

「ボクたちに協力、してくれるかな？」

カタカタカタ、と歯を鳴らして、霊魂はうなずいた。——悪趣味な人形劇でも見せられているみたいだった。

「素晴らしい。ようこそ苦痛のない世界へ！」

足元の死体にエンマが闇の魔力を注ぎ込んだ。それに誘われるようにして、もはや生前の面影など欠片《かけら》もない霊魂も、吸い込まれていく。

——剣聖の死体が、ピクッと動いた。

カクン、カクンとぎこちなく、両脇に置かれていた傷だらけの曲刀と円盾を拾いながら死体が立ち上がる。

今の俺の——魔族の王子ジルバギアスの知覚では、ハッキリと感じ取れる。

闇の魔力が染み込んで、無理やり骨を稼働させている状態。戦場で散々相手にし、蹴散らしてきた下位アンデッド。外見上、肉は残されているが、実質的には骨人形《スケルトン》だ。

「…………」

パクパクと口を動かし、何も見えていない虚《うつ》ろな瞳で、ふらふらと直立不動の姿勢を取る元剣聖の死体。

「剣を振ってみて」

エンマが命令すると、途端にぶんぶんと曲刀を振り回した。

技量もクソもない、ただ力任せな動き。

生前の洗練された剣技とは程遠い、見るも無惨な姿——

「見ての通りさ、ジルくん」

ニンマリと作り物じみた笑みを浮かべながら、エンマは言った。

「剣聖を無理やりアンデッドにしても、生前の絶技は発揮されない。どころかロクに剣術さえも扱えない有様さ」

「……まあ、それは当然だろうな」

吐き気を無理やり抑え込みながら、俺は何食わぬ顔で答えた。

「人格がほとんど剝ぎ取られたということは、生前の知識も失われてるんだろう？　剣を握って振り回せること自体、驚きだ」

「最低限の人格、というか、人としての核みたいなものは残してあるからね。基本的な動作ならできるのさ」

エンマが「やめ！」と言うと、剣を振り上げたままぴたりと動きを止める元剣聖。

「その場足踏み始め」

訓練に放り込まれたばかりの新兵のように、ドタドタとぎこちなく足踏みする。

一瞬で間合いを超越し、異次元の加速で稲妻のように駆けることができたであろう剣聖が……こうも無惨に、滑稽に……いいように操られて……

『力を抜け、アレク。気取られるぞ』

アンテが警告を発した。

「――っ」

俺は意識して呼吸を制御し、脱力した。いつの間にか拳を握りしめすぎていて、手のひらから血が滲《にじ》みそうになっていた――

「ボクも色々試したんだけどねえ。剣聖も、拳聖も、――いわゆる武聖を戦力化できたら凄《すご》いからさ」

そんな俺に気づく様子はなく、エンマはわざとらしく嘆息する。

「呼び出し直後に意識を封じて、認識をいじって、ボクを味方と誤認させて演武という形で技を披露させてみたり。生前の人格のうち、敵対的な部分だけを、手間暇かけて丁寧に削ぎ落としてみたり。……でも、駄目だった」

残念そうに、肩をすくめる。

「武術家としての『誇り』っていうのかな？　矜持《きょうじ》に結びついているのか。それとも魔力で稼働する死体には、もう物の理《ことわり》は微笑まないのか……」

「……そう、かもしれないな」

相槌《あいづち》を打ちながら、俺はぐらぐらと腸《はらわた》が煮えくり返る気分だった。

エンマ、死者を弄んでいるだけのオマエにはわからねえだろうよ……！

剣聖たちがどれほどの情熱を、執念を、覚悟を、剣の道に注いできたか……！

彼らの剣、ひと振りひと振りに、魂が宿ってるんだ。だからこそ物の理を超越できる。

だからこそ人知を超えた一撃を放てる……！

彼らの魂こそが、すなわち絶技の真髄だ！

それを薄汚い闇の邪法で、できの悪い工作みたいにいじくり回して……！

まがい物から神業が生まれるはずがないだろう！　思い上がりも甚だしい……！

『ヴィロッサの例があるからの』

怒りを必死に堪《こら》える俺をよそに、アンテが冷徹な声で言った。

『魔力を帯びた存在でも、場合によっては絶技は使える。……お主が言う通り、魂こそが技の真髄ならば……無加工の霊魂ならば、あるいは……』

……そう、なんだよな。

俺がこんなにも腹が立って仕方がないのは。

彼らを……見殺しにしかできないからだ……!!

ここは死霊王《リッチ》の本拠地。周囲はアンデッドだらけ。エンマ本体の居場所は特定できていないし、『魂を防御する魔法』もさっき基礎を教わっただけで理解しきれていない。

ここで俺が暴れ回ったところで、剣聖たちを救うことはできない……!

「……王子さまー、どしたの？」

と、ポンと背後から肩を叩《たた》かれた。

ぬっ、と俺の顔の横に、いたずらっぽい笑みが出現する。

「なんだか顔色が悪いよ？」

……クレア。

「いや、俺も戦士の端くれだ。こいつらの姿には思うところがあってな」

俺はわざとらしく嘆いてみせた。

「どれほど鍛錬を積んだか知らないが……その末路がこれかと思うと、何やら虚《むな》しい気持ちが湧き上がってきた」

「ジルくんは優しいねえ。魔族なのに」

そんなところがいいんだけどさ、とエンマがくすくすと笑う。

「……その笑顔、初めて見るな」

笑顔のバリエーションを増やしたのか？

「さっすがジルくん。気づいてくれて、こちらとしてもやりがいがあるよ♪」

エンマが（以前見たことのある）ニコニコ笑顔ではしゃいでみせる。

「お師匠さま、今日はずっとその表情の練習してましたもんね」

「そういうことは言わないでよろしい！」

「おっとと」

相変わらず恐ろしい速さのツッコミ、それに対してクレアもなかなかの反応速度だ……

こういう細かなところで性能アピールをしてくる。迂闊《うかつ》な真似《まね》はできない。

「まあでも実際、普段から練習しておかないと、いざってときに思ったような表情が出せませんもんね～」

そう言いながら、クレアも真顔・怒り顔・笑顔・困り顔と目まぐるしく切り替えて、最後に生前そのもののいたずらっぽい笑みを浮かべていた。

クレア自身が作り出した、彼女の思う、自分らしい表情――

「……ちょっと喉が渇いたな。何かないか？」

俺はえぐみのあるつばを飲み込んで、エンマに尋ねた。

「アッ！　あるよ。とっておきのお茶が。せっかくだから、今日はボクが手ずから淹《い》れてあげよう！」

「お師匠さま、それもかなり念入りに練習してましたもんね」

「だから言わなくてよろしい。……その間、ジルくんも好きに練習しててよ。そのへんの森エルフとかどうだい、損傷が酷《ひど》いから下位アンデッドにしかならないだろうけど」

そう言い残して、エンマはウキウキとした足取りで部屋を去っていった。


……練習、か。


「さあさ、王子さまのお手並み拝見！」

フフン、と笑いながらクレアが見守っている。

俺は、無意識のうちに腰の聖剣《アダマス》の柄《つか》に触れていた。

今日に始まった話ではないが、幼馴染《おさななじみ》のクレアが、当然のように邪法を操り、平気な顔を――少なくとも表面的には――しているという現実が、耐え難かった。

何もかもを灰燼《かいじん》に帰してしまいたくなる。

クソッ。

わかってるよ、『今』じゃねえってことは。

死体の山に向き直る。

俺は自分に言い聞かせるように、散歩に出かけるような軽い口調で——

「じゃあ、やってみるか」

これらは、エンマがわざわざ俺の教材とするために『保管』していたものだそうだ。

「……とりあえず無加工の魂をボディにブチ込んでおいて、休眠状態にすれば、お手軽に魂の劣化を防ぐことができる、か」

俺は先ほどのエンマの講義を思い出しながら、小さく息を吐いた。

「そそ。死後、霊界に飛んでいった魂は、時間経過でどんどん劣化しちゃうからねえ。魔力強者ならともかく、フツーの人族とか獣人族とかは、数日もすれば魂の輪郭がどろどろになっちゃうし……」

クレアがうなずく。

アンデッドは、一度動き出せば魔力の供給が続く限り不滅だ。裏を返せば、アンデッドの核となる魂も劣化しないことを意味する。

つまり、最低限のアンデッドとしての体裁を整えてやれば、物理的なボディは『魂の保管庫』としても機能するってわけだ。

『お主が遺骨でやっておることと同じじゃな』

そう、俺はこれを習う前に、たまたま同じことをやっていた。常に持ち歩いている遺骨の中には、俺が転生して初めて殺した年かさ兵士の魂が眠っている。これも一種の、魂の保管庫だ。

「死霊術は本当に応用の幅が広い……」

「だからこそ学び甲斐《がい》もある、でしょ？」

にひひ、と茶目っ気たっぷりの笑顔は、クレアにぴったりだったが、死体だらけの場所で見ると酷く歪《いびつ》に映った。

「……こういう魂のストックって、よくやるのか」

品定めするフリをしながら、俺はさり気なく尋ねてみる。

「う～ん、あんまりしないかなぁ」

唇に指を当ててクレアは答えた。

「休眠状態にしても、魔力は微量に消費し続けるわけだし、量が増えるとチリツモで魔力消費もバカにならないからね～。だから保管庫としての運用はそんなにしないかな。それにわざわざ貯《た》め込まなくても、死者なんて山ほど出るわけだし……」

「……そっか、それもそうだ」

戦場には掃いて捨てるほど死体も霊魂もある、ってか？　畜生め。

「それで、どれにするの～王子さま？」

クレアに急《せ》かされて、俺は嫌々ながらズタボロな肉の塊のような死体に目を留めた。

……これにするか。少しでも非人間的なものを選ぼうとしたのは、無意識の抵抗だったのかもしれない。呪文を唱えて、魂を引っ張り出す。

『う……ぅぅ……』

すると——半透明の、苦しげに呻《うめ》くどうやら森エルフと思《おぼ》しき魂が姿を現した。

思しき、というのは、輪郭があまりはっきりしていないからだ。どうやら呪詛《じゅそ》をまじえた魔法攻撃で死亡したらしく、魂そのものがかなり傷んでいる。ぼやけていてもなお、整った顔立ち。長く尖《とが》った耳の片方が欠けたままになっているのが印象的だった。

こういうとき、呼び出した魂には『本人が思う己の姿』が強く反映されるから、この森エルフは自分で意識する程度にはずっと耳が欠けたままだったことを意味する。

魔力の節約のために、耳の怪我《けが》は長いこと放置していたのかもしれない……限界ギリギリの最前線ではよくあることだ……

「あー、これ呼び出したときから既にこうだったんだよね」

ちょっと言い訳がましくクレアが言った。例えるなら、『氷室なら肉が傷まないよね』って話をしていたのに、いざ開けてみたら中身が腐っていたようなものなので、気まずく感じたのかもしれない。

氷室に入れる前からすでに悪くなりかけてたんですよ、というわけだ。

「魔法で手酷《てひど》くやられて死んだんだろう。気にするな」

俺は肩をすくめた。

「こうして保管されていなければ、数日もったかどうか、ってとこだな」

「たぶんそうだねー」

「さて……では、やってみるかな……」

気は進まないが、とりあえず覚醒させるか……と思ったところで。

『だれ……か、……いない、か……』

どうやら引っこ抜いた拍子に、休眠が解けかけていたらしく、半覚醒の森エルフが呟《つぶや》いていた。

「あ、気をつけて。目を覚ましたら光とかぶっ放してくるかも」

「わかった。さっき教わった魔力層防御の出番か？」

「ぶっつけ本番でできたら、あたし王子さまのことすっごく尊敬するよ」

「おいおい、今は尊敬してくれてないのかよ」

「あっやばっ」

軽口を叩いて気を紛らわせる俺の耳に――

『だれでも……いい、聞いて……くれ……だれ、か……』

森エルフの声が、届く。

『あの……緑髪の魔王子、の……やり口を……魔法を、伝えねば……情報を……』

――緑髪の魔王子？

そんなもんひとりしかいねえ。

俺の……俺たちの村を滅ぼした、第4魔王子エメルギアス……!

そしてここに並べられた死体の多くは、デフテロス王国から運ばれてきたもの――この森エルフの遺体も、よく観察すれば鋭利な刃物で何十回と切り刻まれたかのように、ズタボロだ。まさか、風の刃《やいば》か？　緑野郎の魔法を直《じか》に受けて死んだ……？


イザニス族出身のエメルギアスは、血統魔法【伝声呪】を使うことで有名だ。有力氏族のメジャーな血統魔法は、魔族内では広く知られているので情報の価値は低い。

だが、悪魔の魔法なら話が別。

『羨望』のエメルギアス。

いつも不満たらたらで、それを隠そうともしない態度からこう呼ばれているらしいが、噂《うわさ》によると、どうやらヤツは【嫉妬の悪魔】と契約しているらしい。

再三言っているが、魔族社会は悪魔については割と秘密主義だ。

どの悪魔と契約しているか、その権能や魔法はどのようなものか、公言しないのが常だし、無闇やたらと尋ねないのもマナーとされている。

それでも戦場で活躍すれば自《おの》ずとバレることもあるが……よほど見た目がハッキリした魔法でない限り、意外と詳細はわからない。

エメルギアスにも同じことが言える。

せめて悪魔の名前がわかれば、ソフィアに聞くこともできたんだけどな。

『報告書にも、そこまでは書いておらんかったからの』

そうなんだよなぁ。残念ながら、契約した悪魔の名は公言されておらず、そもそも嫉妬の悪魔と契約していることさえ、確定事項ではない。

話によれば、緑野郎の悪魔の魔法は『凶悪な弱体化』らしいが――

『一口に弱体化と言っても色々あるからのぅ……我が禁忌の魔法でさえ、見方によっては凶悪な弱体化なわけじゃし』

つまり、実態は何もわからないに等しい。

だが真実の側面であることも、確かなんだろう。緑野郎は初陣を含め、駆け出しの頃から格上の勇者やエルフの魔導師を討ち取ってきた実績がある。

格上殺しを可能とするような、凶悪な性能の魔法なのかもしれない。

……この森エルフは、その一端を摑《つか》んだのか？

基本的に、魔王子はどいつもこいつも、戦場では周囲を身内で固めている。しかもイザニス族は特に口が堅い。

アイツの手札を知る、またとない好機。これを逃す手はない！

俺は、死霊術師として、口を開きかけて――

『すまない……皆……私が、ヘマをしたばかりに……』

悪夢にうなされているかのように、顔を歪《ゆが》める森エルフ。

『私が……奴《やつ》に……やられなければ……せめて、撤退くらいは……』

いや、まさに今、彼は偽りのまどろみの中で悪夢を見続けている。

『すまない……すまない……シャル……許してくれ……』

深い悔恨を滲《にじ》ませる言葉。

どうやら、ただの森エルフじゃなく、導師級の部隊編成の核になるような人材だったんだろうな。そういえば食事会で、エメルギアスが「本陣に攻め入ってきた精鋭部隊を返り討ちにした」と自慢していた気がする。

もしかしたら、この森エルフもその『精鋭部隊』の一員だったのかもしれない。俄然《がぜん》、話を聞きたくなってきた。さてどうやって聞き出したものか……まずは認識を歪める術でもかけて――

『あいつを……レオナルドを、生かして……帰せなかった……』

………

レオナルドか。この名前は記憶に新しい。レイジュ領で奴隷を率いて、実戦形式で俺と戦う羽目になった勇者もレオナルドだったな。

まあでも、それほど珍しい名前でもないし、たまたま同じ名前だったってことも――

「………」

仮に――この森エルフが精鋭部隊の一員だったならば、仲間も必然的に剣聖や勇者などの上級戦闘員に限られるだろう。

そしてあのレオナルドは、捕虜となってレイジュ領まで輸送されてきた――どこから？　いつ捕虜になった？　俺と戦う前に、3週間ほど奴隷たちを訓練していたらしいことは知っている。そしてレイジュ領から最前線のデフテロス王国までは、骸骨馬車でだいたい1週間ほどかかる。

つまり――レオナルドが捕虜となったのは、おそらく1ヶ月ほど前の話で。

エメルギアスが精鋭部隊を返り討ちにしたのも、ちょうど――

『いやしかし、生かして帰せなかった、と言っておるということは、殺されておったのではないか？』

……確かに。アンテの指摘で少し冷静になる。となるとやっぱり同名の別人か？

『すまない……ニルス……エルマンノ……オーバン……』

森エルフは、苦悶《くもん》の表情を浮かべたまま、仲間たちを呼び続けている――

……ここで彼を目覚めさせ、不用意に声をかけたらどうなるだろう。

俺を、憎い敵と――魔族だと認識してしまえば。

話どころではなくなる。

そして彼の魂は、鮮度こそ悪くないが、損傷具合が酷《ひど》い。下手に邪法で口を割ろうとすれば、記憶ごと自我が崩壊してしまうかもしれない。『反抗的な魂をねじ伏せて、アンデッドを作成する練習』ならそれでもいいのかもしれないが。

緑野郎の件も含めて、しっかりと話を聞かせてもらいたい……

『ならば、どうする？』

んなこと、決まってる。

誠意をもって、聞き出すのさ。

俺は瞳を閉じて、思い描いた――年齢は今の俺の見た目と同じくらい。髪は銀色のままで、目は黒っぽい感じ、肌の色はちょっと日焼けした感じを意識――


途端に、世界が色褪《いろあ》せる。


背後から「えっ」とクレアの声が聞こえたが気にしない。頭を撫《な》でると、柔らかな髪の感触があるだけで角はさっぱり消えている。

人化の魔法。

「もし、そこの御方《おかた》！　森エルフの導師とお見受けする」

俺は強い意志を込めて、森エルフの霊魂に呼びかけた。

『……誰だ？　誰か、いるのか？』

ハッ、と自然に意識を覚醒させた森エルフが、きょろきょろと辺りを見回した。

「ここだ！　ここにいるぞ！」

俺の呼びかけに、その瞳の焦点が合う。

『……人族！　なんという僥倖《ぎようこう》、……いや、私は……いったい、どうなって……？』

そこで初めて自分の状態に気づいたように、困惑している。

『確か……ドガジン殿を逃がし……魔法を受け、私は……死んでしまったのでは……？』

「どうか、どうか落ち着いて聞いていただきたい。私はジルと申します。あなたは、残念ながら……確かに亡くなられました。私は死霊術師なのです」

『死霊術師、だと!?』

カッと目を見開いた森エルフが、こちらに手を向ける。やべえ！

「お待ちください！　私は敵ではない、ない！　聖教会の者です、す！」

『聖教会……？』

「はい。私のような闇属性をもって生まれた者は、秘密裏に聖教会にかくまわれ、死霊術師として訓練を受けることが多いのです」

『なんと、そのようなことが……？』

困惑したように攻撃を止める森エルフ。どうやら魂の損傷のせいか、あるいは叩《たた》き起こされて朦朧《もうろう》としているのか、頭はあまり回っていないようだが、疑《うたぐ》り深《ぶか》さは健在らしい。

『そんなこと、聞いたこともない……！』

「秘中の秘ですので……」

猜疑《さいぎ》の眼差《まなざ》しを受け、俺は神妙な顔で答えるが、どうにも苦しい。まさか聖属性を披露するわけにもいかないし……

「今……あなたが目覚める前に、『レオナルド』と呼んでおられましたが」

俺は、鉛でも呑《の》み込んだような気持ちになりながらその名を口に出した。

「その方は、勇者ですか」

『………』

「背はこれくらいで……顔立ちは細めで、目は青っぽくて、茶色の髪をさっぱりと短めに切っていて、20代前半くらいの、火属性の使い手ですか……？」

『………!?』

「歌を……『銀光の戦歌』のような歌を、よく歌っていましたか……？」

俺が、覚えている限りの具体的な特徴を挙げると、警戒していた森エルフの顔が驚愕《きょうがく》に染まっていった。

そう、か。やっぱりそうだったのか……

『まさか……君は……』

「……はい。レオナルドさんからは、勇者の矜持《きょうじ》の何たるかを教わりました……」

血を吐くような思いで、俺はそう答えた。心からの言葉だった。

『彼は……どう、なったのだ……？』

「レオナルドさんも、戦死されました。……あなたと異なり、魂の呼び出しは叶《かな》いませんでしたが。ただ、あなた方の本陣襲撃ののち、魔王軍は侵攻を止め、あなたやお仲間のご遺体が戦場から回収されたのです」

『そうか……そう、だったのか……』

残念そうに、しかしほんの少しだけホッとした様子で森エルフ導師がうつむく。

『我らの犠牲は……無駄ではなかったのだな……』

……魔王軍が進軍をやめたのは、イザニス族の軍団が領土を全て制圧し終えたからであって、精鋭部隊の急襲は関係ないのだが――それを告げる必要はない。

「聞けば、あなたも何やら魔王子の情報を掴まれたとか……」

『っそうだ！　私は魔王子エメルギアスの攻撃を直に受けたのだ、それを伝えねば！』

霊魂用の結界ギリギリまで身を寄せて、森エルフ導師が堰《せき》を切ったように話し出す。

『まず、奴は風魔法使いだ。こちらの精霊の加護をすり抜け、相手の魔法力を奪う呪いを使えるらしい。私も戦闘中に、奴の呪詛《じゅそ》を受けて魔法が使えなくなってしまった……』

それは……致命的だ！　森エルフ導師の加護を失った武聖たちがどのような末路を辿《たど》ったかは、語るまでもない……！

『魔法を封じるというより、魔力を奪われたのだと思う。世界が一気に色褪せるあの感覚は、大規模儀式魔法での急性魔力欠乏に近いものがあった。また、力を奪われる直前に、奴からつけられた頬の傷が灼熱《しゃくねつ》し、耳元で囁《ささや》かれたように奴の呪詛が間近に聞こえた。おそらく敵に傷をつけるのが発動条件。特異な風魔法により、呪詛や力あることばを風に乗せることもできるのかもしれない。そうでもなければ、私の魔除《まよ》けの加護をかいくぐった説明がつかない……！』

……すごい。イザニス族の【伝声呪】とその特性を、ほぼ正確に看破している。

そしてエメルギアスの悪魔の魔法は、やはりただの弱体化ではなかったようだ……！

『相手の力を奪う、か。【嫉妬の悪魔】らしいやり口じゃの。相手を極限まで妬むことでその能力を我が物とするわけじゃろう。傷をつけるのは呪術的な結びつきを強めるため、そこに【伝声呪】を組み合わせて射程と成功率もある程度担保していると見える……かなり厄介じゃな』

にわかに興奮を隠せない俺と違い、アンテは冷静に情報を反芻《はんすう》している。

「ありがとうございます……！　聖大樹の果実にも匹敵する貴重な情報です……！」

俺は森エルフ導師の目を見据えて、心から礼を言った。

「確かに聞き届けました。必ずや、お役に立ててみせます！」

『……ああ』

森エルフ導師は――憑《つ》き物《もの》が落ちたかのような穏やかな顔になった。

『よかった。心残りだったのだ。あれだけは伝えねば、死んでも死にきれないと思っていた。ドガジン殿にも伝えたが――果たして、無事に逃げ切れたのだろうか。なあ、君。ドガジン殿は知らないか？』

「っ……申し訳ございません。存じ上げません」

まずい、前線で同盟側に遺体が回収されたのなら、俺がその『ドガジン殿』と面識が一切ないのもそれはそれでおかしいか……？

『そうか……』

しかしそれ以上、追及されることはなかった。ぼんやりとしたこの顔つき——急速に、現世への興味関心が薄れている。この現象は——

『聖大樹……ああ、もう一度帰りたかったな……』

細く息を吐いて、目を閉じた森エルフ導師は——


そのまま、ざらぁっと崩れ去っていった。


エメルギアスの情報を伝え、最大の未練が解消されて——もう自らの存在を維持できなくなってしまったのだろう。名前を尋ねることすらできなかった……

しかし、俺の言葉に偽りはないぞ。

必ずやこの情報は役立ててみせる。

そしてあなた方の仇《かたき》を——第４魔王子エメルギアスを討とう。

だからどうか——どうか、冥府で安らかに……！


「……王子さま？」

と、背後から少女の声。

あっ。すっかり忘れてた。

くるりと振り返ると、クレアが――

「わぁっ、何それ何それ――――っ!?」


目を輝かせていた。

それはもう爛々《らんらん》と。

「王子さまが人になってるー!?」

まあ人化の魔法だからね……

「やだぁかーわーいーいー!!」

そしてクレアは目にも留まらぬ早業で間合いを詰め――人化してるので反応が間に合わない――俺をひっ捕まえて、頭をナデナデし始めた。

……何の因果でこうなるんだよ。

「ええい、やめろ!」

俺は人化を解除して、クレアの手を振りほどいた。角と強大な魔力を取り戻した俺に、クレアは身を引いて一言。

「うっわ……」

「『うっわ』とは何だ『うっわ』とは!」

そんな穢《けが》らわしいようなものを見るような目を向けるな!

自分が穢らわしい魔族であることを否《いや》が応《おう》でも意識しちゃうだろ！

「一気に強そうになっちゃって、可愛《かわい》くない……」

しゅん、と残念そうな顔をするクレア。

「お前の可愛いの基準はそこなのか……？」

「さっきの王子さまは……ひよこみたいな感じだった」

「ひよこ」

「ちっさくて、弱っちくて……片手で捻《ひね》り潰せそうな感じ」

「捻り潰すな」

そういえばお前ひよこ好きだったよな。すごく可愛がってた記憶が蘇《よみがえ》った。

卵料理が好物だったのに、卵からひよこが生まれてくるって知ってガチ泣きしてたの、

不意に思い出して笑いそうになったわ。

あのときのお前は、いったいどこに行っちまったんだ……

「ね！　王子さま、もう1回人の姿になってみて♪」

「断る」

片手で捻り潰されたら敵《かな》わんのでな！

残念ながら……今のクレアは、そういう意味では信用できない……

「でもびっくりしちゃった。【人化の魔法】って奴《やつ》？」

「知ってたのか？」

「そりゃまあ、ドラゴンが人の姿で歩いてるのはよく見かけるし、お師匠さまも幹部会で闇竜王と顔合わせてるし……」

それもそうか。

「あとさ、王子さま。さっきの森エルフなんだけど、『レオナルド』って誰？　なんで知ってたの？」

ちょっと声のトーンを落とし、無邪気に小首を傾《かし》げたクレアが探りを入れてくる。……動きだけが無邪気でも、なぁ。

「偶然というのはあるものだな」

俺は、抜け殻となった森エルフの遺体に視線を移しながら答える。

「里帰りしている間に、捕虜の勇者と戦う機会があったんだ。レオナルドって奴だった」

「うわ……」

クレアが俺の顔と周囲の死体を見比べた。

「そっか。デフテロス戦線だもんね。ここ最近で捕虜になったなら、デフテロス王国から送られてきた可能性が高いから……顔見知りってことも、当然あるわけか……」

偶然というか、必然というか……

「それにしても、ねえ、王子さま。銀光の戦歌とか、よく知ってたね？　人族の歌だし、なんか『聖大樹の果実に匹敵する価値がある』とか森エルフのことわざも言ってたし……何より王子さまなのに、見習いみたいな話し方してるのもびっくりしちゃったよ～」

クレアの表情は愛想笑いのまま変わらない。

つまり、アンデッドとしては無表情に等しい。

俺これ、疑われてるよな。

『何かが怪しいとは思われておるじゃろうの。解消してやるがよい』

クレアには残念なことだが、説得力のある言い訳は可能だぜ。

「戦歌は、民兵役の奴隷どもが歌ってたんだ。土壇場の殺し合いで聞かされたら、流石《さすが》に印象に残るだろ」

生き残りを連れ帰ったことは——わざわざ言及しないでおく。教材にされそうだし。

「森エルフのことわざは普通に知ってた。お付きの悪魔にエルフの叙事詩とか教え込まれてんだよな俺……『女王タチアナの歌』でも『エリモス王』でも、好きなのを諳《そら》んじてやろうか？　こう見えて俺は文学的なんだ」

真面目くさって言うと、クレアはフーッと鼻から息を吐いて顔を背けた。たぶんアンデッド的吹き出し笑いだろう。

「あと、俺が父上——魔王陛下に対して、こんなざっくばらんな話し方をするわけないだろう。俺にだって目上のヒトはいるんだよ、普通よりかなり少なめだとしてもな」

「うわーすごい偉そうな言い方！」

「そりゃあ王子だからな。偉そうというより、偉いのだ」

えっへん、とわざとらしく胸を張ると、クレアはからからと笑っていた。

「あー……。なるほどね。それで、うまくだまくらかしたわけだ」

ひとしきり笑ってから、クレアは、少し呆《あき》れたようにつぶやいた。

「人聞きが悪いな。俺なりに誠意をもって対応しただけだ」

「むしろそっちの方がタチ悪いような……この森エルフ、呆気《あっけ》なく消えちゃったね」

空っぽの結界を見やりながら、クレア。

「よほど心残りだったようだな……他魔王子の情報は貴重だ。有効活用させてもらおう」

俺もせいぜい魔王子らしい顔を意識しながらうそぶいた。


「にしても、王子さま。人化の魔法に戻るんだけどさ」

と、クレアがクルッとこちらに向き直る。

「あれ、ドラゴン族の種族的な魔法かと思ってた」

好奇心の光を宿した作り物の瞳が、俺を捉えた。

「魔族にも使えるなんて、知らなかったよ～？」

「……ドラゴンから習ったんだ」

「へえ！　ね、あたしたちアンデッドにも使えるかな？」

……どうなんだろうか。実際、俺も知りたい。

『ヴィロッサは、人化したらちょっと日焼けしやすいくらいで、日光が平気になると言っておったからのぅ……』

……もし使えたら、エンマの野望が気軽に達成されてしまう？

やべえ！　シンプルにやべえ。……いやそうか？　仮に日光が大丈夫になったとしても聖属性は変わらず効果があるわけだし……

仮に人化が可能だったとしても、今より滅《ころ》しやすくなるのでは……？

だって人化したエンマは、間違いなく本体だ。逃げられる心配がない。

とはいえ、そもそも『無駄な生』からの脱却を至高としているエンマが、人化で生身に戻ることに魅力を感じるかは謎だが……

「うーむ、習得する条件があるからな」

俺は腕組みして、考え込むような素振りを見せた。

「お前たちって、モノ食わないよな？」

「そりゃそうよ。そういう生理的欲求がないのが、あたしたちの強みだもん」

「人化の魔法を習得するには、ドラゴンに生き血を飲ませてもらう必要があるんだ」

「うえ。血をそのまま？」

クレアは露骨に顔をしかめた。

……問題は、この『血を飲む』という行為が果たして『儀式』なのか、それとも『飲んだ血を自らの骨肉とする』ことが必要とされているのか、なんだよな。

仮に儀式ならば、生身に限りなく似せたボディで血を飲む行為を真似《まね》ると、アンデッドでも習得できる可能性がある。

逆に後者なら、アンデッドはどうあがいても習得できないことになるが……

「あぁー……お師匠さまは興味持たないやコレ」

「日光を克服するのはアイツの悲願じゃなかったか？」

「そうだけど、死んで生から解放されたのに生身に戻ったら本末転倒だし……」

お前もやっぱりそういうスタンスなのか……？

「何より、生き血をするなんて吸血鬼みたいな真似、絶対しないと思う」

クレアはひょいと肩をすくめて見せる。

吸血鬼、か……そういえば魔王城には吸血公《ヴァンパイアロード》の一派もいるんだったな。

『まったく見かけた覚えがないんじゃが？』

俺も正直、存在を忘れかけてた。今は夜型生活なのに不思議と遭遇しない。出くわしたのは、強襲作戦のときに交戦したのが最後じゃねえかな？

「どしたの？　王子さま」

「いや、そういえば吸血鬼という者たちがいるのだなぁと今更のように思ってだな。全然見かけないから」

「あたしたちと仲良くしてるからじゃない？」

……どういうことだ？

「あたしたちと吸血鬼、っていうか、お師匠さまと吸血公《ヴァンパイアロード》って死ぬほど仲悪いから」

「はあ？」

なんじゃそりゃ。お前らアンデッドで仲良しこよしじゃねえのかよ。

「ヴァンパイアは不老なだけでアンデッドではない、というのがお師匠さまの主張なの。だってあのヒトら、心臓鼓動してるし、血を飲む必要があるし、生殖可能だし……」

「あ、ああ……」

言われてみれば。

「くくりとしては、むしろ生物に近いのか」

聖教会はアンデッドでひとまとめにしてるけど、心臓の鼓動とか食事（吸血）の必要性とかに着目するなら、ヴァンパイアたちは確かに生者寄りだ。

「そういうこと。しかもあたしたち、……人族の総アンデッド化を目標に掲げてるじゃん？　ヴァンパイアたちが『血が飲めなくなるからやめろ』ってうるさくてさ」

……思想的に相容《あいい》れない。ザマミロと言いたいところだが、どのみち人族が犠牲になることに変わりはないから、笑っちゃいられねえ。

「で、お師匠さまも『血をすすらないとロクに自我も維持できない半端者（笑）』って吸血鬼をクッソ馬鹿にしてるから、それが向こうにも伝わっちゃって、『臭いんだよ腐れ肉ども、さっさと墓場に還《かえ》れ』なんて煽《あお》り返してくるし、売り言葉に買い言葉でそりゃもうヒドイことに……」

お、おう……

『醜い争いじゃのー、目くそ鼻くそを笑うとはよく言ったものじゃ』

辛辣だけど同意しかない。

「魔王陛下がいらっしゃらなければ、まず戦争になってたわね」

うんうん、ともっともらしくうなずくクレア。

というわけで、エンマと仲良くしてる俺には、吸血鬼どもも近寄らない、と……積極的に部屋の外に出るようになって早々、エンマと仲良くなっちまったからな俺。

それにしても、なんというか……この情報は……

『使いようによっては、という感じじゃの』

火種と燃料はあればあるほど良い。どんどん仲悪くなってほしい。

「ま、そーゆーことなら人化の魔法は、おあずけかなぁー」

唇を尖《とが》らせながら、頭の後ろで手を組むクレア――

その口ぶりに、俺はふと違和感を抱いた。

なんだか――妙に残念そうじゃないか。

「……生身の苦痛からの解放ってのが、お前たちのウリだもんな。別にいいじゃないか、人の身体《からだ》になんて戻れなくても」

俺はクレアを観察しながら、試すようにそんなことを言った。

「それは――」

一瞬固まったクレアは、あはは、と『愛想笑い』に切り替えて――目を泳がせる。


不意に、記憶が蘇《よみがえ》った。


この動き。

ああ、この動きだ。

懐かしくて泣きそうになる。

いたずらで叱られそうになるたび。

クレアはこうやって目を泳がせていた。

表情を作るのは難しくても、目は動くもんな。

こうやって目を泳がせている間に、クレアは言い訳を考えるんだ。

だから、このあとに来る台詞《せりふ》は――


必ず嘘《うそ》だ。

「――まあ、生身に戻りたいなんて思わないけど」

笑顔のまま、クレアは言った。

「興味本位っていうか、手札は多いに越したことはないじゃない？　第一、お師匠さまの方針と食い違うなら、あたし的にも無理だし」

そうか。

クレア、お前は――

†　†　†

生きてた頃の記憶は、そのほとんどが苦しみで彩られている。

きっとあたしの人生には、嬉《うれ》しいことや楽しいこともいっぱいあったはずだけど。

それらを全部、真っ黒に塗り潰してしまうくらいに、

痛くて、苦しくて、悲しくて、悔しくて、辛《つら》くて、惨めで――

早々に死ねたら楽だった。でも死ねなかった。

あたしは嬲《なぶ》り者《もの》にされた。家畜にされた。

手足の腱《けん》を切られて逃げられないようにされて、残飯みたいな食事を無理やり詰め込ま

れて、それから——心と体をヤスリがけするみたいに、がりがり削って、何度も何度も、

望まぬ命を産まさせられた。

最後にはボロきれみたいになって、あたしは衰弱して死んだ。

結局、神さまは助けてくれなかったな。何度も何度も死ぬほど願ったのに。

死んで楽になるかと思ったら、そんなことはなくて、あたしは果てのないどす黒い海で溺れながら世界を呪い続けた。

悪い夢にうなされてたみたいで、よく覚えてないんだけど。

そんなとき、手を差し伸べてくれたのが——お師匠さまだ。

『やあ、ずいぶん酷《ひど》い目に遭ったみたいだね——キミも』

『どうだい。ボクと一緒に、こんな苦しみの連鎖は終わらせないかい？』

……正直、お師匠さまの思想はイカれてると思う。

死後の世界がなくて、無意味な生まれ変わりがイヤだからって……世界そのものを滅ぼしちゃおうだなんて、普通考える？

いたずら好きのあたしだって、そんなこと思いつきもしなかったわよ。

頭おかしいでしょ。いやまあ、実際お師匠さまは頭おかしいんだけど。

でもあたしはその手を取った。他に選択肢なんてなかった。あのまま終わるなんてまっぴらだったし、苦しみから逃れられるなら何だってよかったし。

生まれ変わり云々《うんぬん》は正直どうでもいいけど、ただ、それの繰り返しに意味があるとも、もはや思えなくなっていた。

その程度には、あたしは生きることそのものがイヤになってたんだ――

何より、どんなに祈っても願っても、知らんぷりを決め込む神さまなんかより、実際に助けてくれたお師匠さまの方がよっぽどありがたい存在だったわ。


あのまま終わるなんてありえない。

全生物を滅ぼすってことは、復讐《ふくしゅう》もできるんでしょ。

ならやるわ。なんだってやる。


あたしが憎むもの、全部ブチ殺してやる……!!


それで、死霊王《リッチ》見習いとして蘇った。

案外、快適だったわ。魔力さえあれば活動できるってのは楽なもんね。

食事も睡眠も必要ない。寝ないで済むってのは正直助かるわ。絶対に、悪夢にうなされる自信があるもの。そんなのまっぴらごめんよ。

アンデッドになって、あたしは明らかに、生前のあたしではなくなった。

霊界で失われた記憶や理性を魔力で補ってるからなんでしょうけど。

考え方がちょっとドライになったわ。

すべてが割とどうでもよくなった、とも言えるかもしれない。

にしても、あたしってば闇属性持ちだったのね。魔力の判定なんてしたことなかったから知らなかったけど。

そうしてお師匠さまから死霊術のあれこれを習って——不思議なもんよ、まさかあたしが魔王城の地下で暮らすことになるなんて、思いもしなかった。

人生、何があるかわかったもんじゃないわ。

ま、あたしはもう人じゃないけど。あはは。

死霊術のお勉強は楽しかった。まずうろ覚えだった文字を復習するところから始めなきゃいけなかったけど。学ぶうちに、お師匠さまがイカれてるってこともよくわかってきたし、ガンガン人の死体も間近で見た。

正直、ねえ。お師匠さまの手を取ったとはいえ、その思想を受け入れたとは——言い切れないかもしれないわ。

だって元は人なんだもん。


だから。

「――別にいいじゃないか、人の身体になんて戻れなくても」
高慢ちきな魔族の王子にそんなことを言われて。
（――は？）
と、反射的にカチンと来たあたしは、元人族としてはきっと正常だ。
別にいい？
んなわけないでしょ、お師匠さまじゃあるまいし。
アホなの？　誰のせいであたしがアンデッドになったと思ってんのよ。

あんたら……魔族のせいでしょうがァ――ッ!!

あんたらが攻め込んで来なければ！
あんたらが【聖域】とやらで閉じこもって暮らしていれば！
あたしは地獄の苦しみなんて味わわずに、今だって普通に生きていたはずなのに！
それを……それを！　何をわかったような口を利いて――!!
許せない――……ッッ！

…………今この瞬間ほど、表情が変化しない体に感謝したことはないわ。

腐れゴブリン以外のことで、こんなにカッと来たのって何年ぶりかな？

それでもまだこのくらいじゃ、表情は設定したまま変わらない。体が勝手に動いて、相手をブチ殺すくらいの激情に駆られない限りはね。

どうしよう、冷静に考えたらちょっと怪しまれたかも。お師匠さまの部下なのに、しつこく人化の魔法に興味を示しすぎちゃったかな……？

このジルバギアスとかいう魔王子、魔族のくせに頭の回転が妙に速い。

お師匠さまがさらにちょっとおかしくなるくらい顔はいいけど、この肉と皮の下で何を考えてるかわかったもんじゃない――


……どう答えたもんかしら。う～ん。


「――まあ、生身に戻りたいなんて思わないけど」

そうよ、お笑い草だわ。

今更戻って何になるってのよ。

死んでることに変わりはないのに。

あたしも、お父さんもお母さんも、幼馴染《おさななじみ》のあいつも、みんな――

「興味本位っていうか、手札は多いに越したことはないじゃない？　第一、お師匠さまの方針と食い違うなら、あたし的にも無理だし」

そもそもあたしは、お師匠さまを裏切れない。

だからこういう言い方をするしかないのよねー。

「そうだな。手札は多いに越したことはない」

薄く笑ったジルバギアスは、つっと目を逸《そ》らした。

……そういえば、『手札は云々』なんて言ってるけど、魔族の王子さまもカードゲームなんてするのかしらね？

あたしは、お父さんがよく言ってたからこの表現をよく使うけど。

っていうか、よく考えたら。

「そういう王子さまだって、魔族の王子なのになんで人化なんて使えるの？」

人間になるなんて、それこそあんたからしたらメリットひとつもなくな～い？

「横向きに寝れるから」

え？

「横向きに寝れる」

ジルバギアスは、ものすごく真面目な顔で繰り返した。

「俺は元々、横向きじゃないと眠りにつけなかったんだ。しかし角が生えてから、これが邪魔で邪魔で仕方なくてな……」

いかにも忌々しげに、側頭部の角をコンコンと叩《たた》くジルバギアス。

横向き……え、それだけ？　あたしは呆気《あっけ》に取られた。

角って魔族の誇りじゃないの……？

「しかし、不意打ちや暗殺のことを考えると、おいそれと人化して眠るわけにもいかなくてな。結局、ほとんど使ってないんだが、そういうわけで習得した」

「そ、そーなんだ……」

まあ確かにその角はクソ邪魔そうだけど……

「それに、現に今しがた役に立っただろ？　まさに手札は～ってやつだ」

ニヤリと笑うジルバギアス――

…………調子、狂うなぁ。

まあこんなやつだから、お師匠さまも入れ込んでるんだろうけど。

あのヒト、ちょっと前まではもっとなんかこう……暗めにヤバいヒトだったもん。

今でもヤバいし、何なら今は別方向にヤバいんだけど。

部下とは違う、対等な存在に初めて認められて、やっぱ嬉しかったんだろうな。

「あっはは。変なの～～」

『呆《あき》れ小笑い』に設定した表情を出しながら、あたしは笑い飛ばした。

あーあ。ほんとに変なの。

なんで魔王城の地下の奥底で、魔王子と寝付きやすい姿勢の話なんてしてんだろ。

なんで……ホント、こんなことになっちゃったんだろうなぁ……

いや、魔王軍のせいなんだけどね。それは変わらない。

——人類の未来については、正直、諦めてる。

お師匠さま、やるといったらやる女だし。そもそも同盟軍に勝ち目なさそうだし。

あたしが同盟に味方したくても、アンデッドになっちゃったら、ねえ。聖教会は容赦なく討滅しにくるでしょ……

あーやだやだ、黄泉帰《よみがえ》ってまで己の無力なんて嘆きたくなーい。

「さて、エンマが居ない間にサボってると思われたらことだ。続きをやるかな」

話題が途切れたところで、ジルバギアスが死体の物色を再開する。

人間のことなんて、なんとも思ってなさそうな澄まし顔だ。


角さえなければ、可愛《かわい》いんだけどね。

さっきみたいに。弱っちい感じなら。

……あのまま、あたしが衝動的に首を捻《ひね》り潰してたら。

どうなってたのかしらね。

自分が死ぬなんて、想像したこともないんじゃないかしら？　このお坊ちゃんは。

——人族はきっとこのまま、魔王軍に攻め滅ぼされる。

でもね、だからって消えてなくなるわけじゃないの。

どんな形であれ、あたしたちの仲間になる。

そしたら――次はあんたたち魔族の番よ。
……流石《さすが》に魔王国どころか、全生物を滅ぼすってのは、個人的にどうかと思うけど。
あたし花とか鳥とか好きだし。でも仕方ないわよね。
あたしにとって、お師匠は神さまみたいなもの。
魔王に負けず劣らず、あのヒトも大概バケモンだし……
あたしじゃどうにもならないのよねー。

死霊術は楽しいけど、限界も知ったわ。
使えるようになってすぐ、お父さんとお母さんを呼び出そうとした。
でも、ダメだった。もう魂が残ってないんだって。
むかーし仲良しだった、幼馴染も呼び出してみたけど。
こっちもダメだったわ。なんにも反応なし。
もうみんな、残ってないのね。
もしも死後の世界があったら、また会えたかもしれないけど……
霊界の底に潜った限りでは、ホントに何もなかったし。
そうしてみると、やっぱ生まれ変わりなんてクソだわ。

生前の、あたしが会いたい人たちには、もう二度と会えない。

ああ、たぶん、それがわかったときだ。

全てが、なんかもう、どうでもよくなってきちゃったのは。

こんなつまらない世界、滅びちゃえ。


……いえ。

どうせなら、面白おかしく！

みんなで終わっちゃいましょう！

魔王国だって楽しく滅ぼしちゃう！

あたしは昔っから、そうやって何にでも楽しみを見出《みいだ》してきたの！

あははははははは!!


「……どうした、クレア」

「うん？」

いつの間にか、ジルバギアスが振り返っていた。

「なにが？」

「いや――何か、ウキウキしてる感じだったから」

「あ、そうだった？」

そう見えたなら、きっとそうなんじゃない？　あはは。

……ねえ、王子さま。
お師匠さまは、あなたのこと気に入ってる。
どうにかして、仲間に引き入れたいみたいだけど――
でも、あたしには、あんたがこっちになびくようには思えないの。
そしたらお師匠さまはどうするかしら。あんたのこと諦めちゃうかな？
それともお人形にするのかしら？
もしも、お師匠さまが興味を失うようだったら――
あたしが姉弟子として、あんたを終わらせてあげるわ。

そして、思い知らせてあげる。
……あたしたち人族がどれだけ苦しめられたかを、ね。
ああ！　その日が来るのが待ちきれないわ！
楽しみで楽しみで。

ね！　王　子　さ　ま　？

†††

夕暮れ時、魔王城の城下町。

アルバーオーリル＝レイジュは、割り当てられた部屋で目を覚ました。

「……？　あ、そっか。ここ寮だ」

天井を見るたびに、一瞬、居場所がわからなくなる。

ふかふかな天蓋付きのベッドから身を起こすと、自宅のリビングよりよほど広い、白亜の上品な部屋が目に飛び込んできた。

天井から吊《つ》り下がるクリスタルのシャンデリア、壁にはレイジュ族の旗印である黒地に銀の斜線3本のタペストリー、床には大物のアスラベアの毛皮。戸棚や書き物机、椅子などの家具は全て質実剛健ながら気品を感じさせる上質なもので、槍《やり》掛け台に置かれた自前の剣槍（ジルバギアスを真似《まね》したもの）が、やたら貧相で浮いて見えた。

アルバーの魔生で訪れた中でも指折りの、贅沢《ぜいたく》で高級な空間。

めちゃくちゃ快適なのは確かだが……！

「落ち着かね～～～！」

未《いま》だ慣れないアルバーはベッドの上で頭を抱えるのだった。

――数日前、魔王城に到着した直後は、『あそこに住むのか～！』とワクワクしていたアルバーたちだったが。

「えっ!? 俺たちは城下町なんスか!?」

「当たり前だろ」

馬車から荷物を下ろすより早く、ジルバギアスの副官であり、アルバーたちにとっては先輩・教官でもあるクヴィルタルから現実を知らされた。

「魔王城はやんごとなき方々と、その使用人で既にいっぱいいっぱいだ。新規で住人を受け入れる余地なんぞあるわけがない」

「ええっ……でも、あんなにデカいのに！」

ほぼ全財産と着替えが入った小さな革袋を背負いながら、そびえ立つ魔王城を指差すのは弟分のセイレーナイトだ。

「確かにデカいが、中の空間はほとんどがドラゴンの巣と孵卵場《ふらんじょう》だ。風通しのいい外縁部や上層の部屋は大氏族や一部の大魔族に押さえられている。窓のある部屋だと、たったの3m《メトル》四方でさえ1年借りただけで伯爵の俸給が吹っ飛ぶだろうな」

そう言って、肩をすくめるクヴィルタル自身が伯爵だ。

「そ、そんなに……」

革袋を背負ったもうひとりの弟分・オッケーナイトが唖然《あぜん》としている。

魔王国では間違いなくエリート層といっていい伯爵級魔族でさえ、魔王城では寝起きがせいぜいの小部屋も借りられないとは……！

ちなみに魔王国においては、
魔王　大公　公爵　侯爵　伯爵　子爵　男爵　準男爵　騎士　従騎士
の順に偉い。アルバーは子爵、オッケー・セイレーのナイト兄弟は男爵。若手中堅と言ったところだろう。

「俺は次の戦で、よほどのことがない限り侯爵に上がるが」

クヴィルタルはさも当然といった調子で言葉を続ける。

「それでも……城住みになろうとは思わんな」

「侯爵って、俸給も跳ね上がるって話じゃないですか。それなら余裕なんじゃゃ？」

地味に、制度やら法律やらに詳しいオッケーが不思議そうに聞き返す。

「馬鹿、侯爵にもなって、使用人のひとりも入れられない小部屋になぞ住んでみろ。いい笑いものだぞ」

「「うっ……確かに」」

侯爵ともなればエリート中のエリート、堂々たる上位魔族だ。木っ端氏族であれば族長すら務まるほどの爵位。それが4、5名も入れば身動きも取れない小部屋に住んでいるのは、いかにも可笑《おか》しい……！

「もし名実ともに『城住み』になりたいのであれば……やはり公爵を目指さねばな」

それまで、腕組みして飄々《ひょうひょう》と語っていたクヴィルタルが、不意に獰猛《どうもう》な笑みを浮かべてアルバーたちを見下ろした。

「お前たちは想像できるか？　公爵まで成り上がり、見晴らしのいい上層部に居を構える己の姿を――」

魔王城に、燃えるような眼差《まなざ》しを向けるクヴィルタル。

「――俺はできる」

「「…………」」

ナイト兄弟はクヴィルタルの覇気に圧倒されていたが、アルバーはというと、

（めっちゃカッコつけてるけど、このヒト、ホワイトドラゴンとの戦いで殿下の援護すらできないって大ポカしてんだよなぁ……）

などと考えていた。

しかし、それをわざわざ口に出すほど、アルバーも無謀ではなかった。いくら【奔放の悪魔】と契約しているといっても、限度はある。

「――そういう意味では、たとえ木っ端氏族でも族長は馬鹿にできん。初代魔王陛下に貢献した古い氏族であれば、外縁部に1フロアを持っていたりするからな」

「へぇ～すげえや」

「売ったらいくらくらいするんですかねえ」

雲の上の話すぎて間抜け面になっているセイレーに、皮算用していそうなオッケー。

「おそらく、2～3代は遊んで暮らせる大金になるだろうが……木っ端氏族では二度と買い直すこともできんだろうからな。手放さんだろうよ」

クヴィルタルはフッと鼻で笑ってから「さて」と空気を切り替えた。

「散々城の話をしておいてなんだが――お前らの住まいについてだ。城下町には当然ながらレイジュ族の屋敷がある。それも一等地にな」

くい、と魔王城にほど近い、真横と言っていい区画を顎で示す。

「必要とあれば、即座に登城できる立地というわけだ。族長の魔王都屋敷だが、奥方様や殿下の側仕《そばづか》えの住居――寮も兼ねている。レイジュ領都の族長屋敷より、何十倍も立派な代物だ。見たらたまげるぞ」

「おお……！」

「ただし、ひとつ欠点があってな。魔王城が近すぎて逆に城壁しか見えん」

というわけで、と腰のポーチから小さな革袋を取り出し、ひょいとアルバーに放り投げてくる。

慌てて受け止めれば、ジャラッという金属音に、ずっしりとした重み。

「小遣いだ。今日明日はここらの宿屋を取るといい。俺はもう魔王城は見飽きたが――」

――魔王城を見上げるのには飽きた。次は魔王城から見下ろしたい――

「――お前たちはそうじゃないだろう。初めて見たときは俺も感動したからな。飽きる前に嫌というほど眺めておけ」

お上りさん三馬鹿に、魔王城の景色を堪能させてやろうという粋な計らいのようだ。

「ありがとうございます。……しかし、万が一殿下からお呼びがかかったら、登城できないのはまずくないっすか」

アルバーは小遣いを大事そうに仕舞いながら、喜び半分、不安半分で尋ねた。

「ああ。それなら多分心配いらん。ハッキリ言って殿下はかなりご多忙だ。数日間は各勢力や派閥との折衝にかかりきりになるだろう。加えて月の日の、陛下との会食もあるはずだからな」

「会食？」

「陛下と、魔王子殿下たちが派閥の垣根を越えて、週に1回だけ夜食《ランチ》を共にされるのだ」

「えーっ。たった週1しか家族でメシ食わないんスか！」

ほえーという顔でセイレーがびっくりしていた。

「やんごとなき御方《おかた》とはそういうもんだ。……だがいずれ、王位継承戦で殺し合う運命と考えれば、それでも多い方かもしれん……」

「「…………」」

「お前たちも。その時がくれば、殿下の手となり足となり働くことになる。そのつもりで精進するんだな」

「「……はい！」」

初めての魔王城にはしゃぎ散らかしていたアルバーたちだったが、クヴィルタルの話で背筋が伸びる思いだった。

——とはいえ、その日はちょっとお高めの宿に泊まり、魔王城を肴《さかな》に酒盛りして羽目を外すのだった――

翌日、アルバーたちはレイジュ族の屋敷に移ることにした。

「いやー失敗したな！」

空っぽになった小遣い袋をぱんぱんと叩《たた》きながら、少しバツが悪そうにするアルバー。

というのも、宿屋の部屋の値段を勘違いしており、２日分を想定していた小遣いが１日ですっからかんになってしまったからだ。

「まさかアレが１名あたりの値段だったとは……」

「でもめっちゃメシ美味かったっスね兄貴！」

迂闊《うかつ》！　と悔しそうに額を叩くオッケー、「また行きたいっス！」と無邪気にはしゃぐセイレー。

クヴィルタルには呆《あき》れられるかもしれないが、このまま自腹で安宿に泊まる方が馬鹿らしい。レイジュ族の屋敷にも興味があるし、早速行こう！　という話になったわけだ。

しかし、魔王城の真横の一等地に近づくにつれ、三馬鹿は徐々に畏怖の感情に近いものに襲われ始めた。

「で、でけえ……」

「どれもこれも、すげえ屋敷ばっかりだ……」

「屋敷ってかこれ、もう城だろ……」

魔王城があまりにデカいので小さく見えていたが、その地区にそびえる大氏族の屋敷はどれもこれも要塞と言っていいような規模のものばかりだった。

――それもそのはずで、前代の魔王位継承戦において、このあたりはそれなりの戦火に晒《さら》されたため、防御力が低い屋敷はほとんど焼け落ちてしまったのだ。その戦訓を受け、大氏族の屋敷は見栄えだけでなく、軍事拠点としてのある程度の実用性も重視している。

「ここが……俺たちの屋敷……」

そしてとうとうたどり着いたレイジュ族の屋敷――6階建ての高層建築で広場兼練兵場から櫓《やぐら》と結界塔まで備えた威容に、アルバーたちは圧倒されることになった。

「ほ、ほんとに何十倍も立派だったとは……」

レイジュ領都の族長屋敷は、せいぜい一部が3階建てなくらいで、もっと小規模なものだった。勝ってる部分があるとすれば、練兵場の広さくらいだろう。

「どちら様でしょうか」

おっかなびっくりで入口に近づくと、守衛の夜エルフにやんわりと止められる。ジルバギアスの部下であることを告げ、しばし待たされ――

「なんだ、お前らもう来たのか」

どうやら鍛錬中だったらしい、ラフな格好をしたクヴィルタルがタオルで汗を拭きながらやってきた。

「あ、はい！　流石《さすが》に遊んでばかりもまずいかなと思いまして！」

「大方、宿代をぼったくられて無一文になったんだろ」

アルバーはいい感じの建前を言ったつもりだったが、クヴィルタルはお見通しとばかりにニヤニヤ笑っている。

「げふぅ！」

「んぶーっ！」

そして、アルバーはどうにかリアクションを堪《こら》えたが、ナイト兄弟は緊張も相まってか見事に吹き出してしまった。

「はっはっはっは――良い勉強になっただろ？　これに懲りたら、次はもう少し気を張ることだな。慣れてないと思われれば足元を見られるぞ」

「「はい……」」

返す言葉もない。アルバーたちはしょんぼりと肩を落とした。

「さて、少し待ってろ。皆を呼んでくる」

そして、屋敷の外でしばし待たされた。

10分ほどしてクヴィルタルが部下の子爵たち――つまりアルバーたちの先輩でもある4名の子爵を連れて戻ってきた。

「不慣れなお前たちを、俺たちが直々に案内してやろう」

「最初はびっくりするぞー」

「腰抜かすなよ！」

「「あ、はい……」」

クヴィルタルと先輩らがやたらとニヤニヤしているので、期待というよりむしろ不安を感じ始めるアルバーたち。

「さあ、ようこそ！　ここがレイジュ族の第2の本拠地だ……！」

屋敷の扉が開かれる――

荘厳なエントランスホールが、若者たちを迎え入れた。


「う、おお……！」

見たこともないほど豪華絢爛《けんらん》な空間に、頭を殴られたような衝撃を受けるアルバーたち。

気が遠くなるような細かな装飾が刻まれた柱、壁に飾られた絵画や武具、壺《つぼ》に石像などの調度品。天井画という文化に触れたのはこれが初めてで、魔王国の隆盛と初代魔王ラオウギアスの覇業を描いたであろう巨大な絵画に圧倒される。

「す……すげえ……！」

ホール全体を見回しながら、言葉を失う三馬鹿たち。過度な装飾は惰弱とされる風潮の魔王国においても、これほどの圧倒的な質と量を一度に叩きつけられては、もはや批判などしようもない。

「王都の屋敷は、氏族の顔だ。あまりに貧相では侮られるがゆえ、あらゆるものが最高級品で統一されている――」

　したり顔で解説するクヴィルタル。

「お前たちも、今後殿下に仕え続けていけば、他氏族の屋敷を訪問する日なども来るかもしれん。その時に、今のような間抜け面を晒せば殿下に恥をかかせることになる」

　その言葉に、アルバーは思わずハッとして顔に手をやった。ナイト兄弟も全く同じ反応を取っていた。

「そんなわけで、お前たちもこの環境に慣れていく必要があるわけだ……わかるな？」

「は、はい……」

「ところで、ここらにある調度品はどれもこれも希少なものばかりだ。万が一、壊しでもしたら、お前らの何十年分もの俸給が軽く吹っ飛ぶからな。くれぐれも気をつけろよ」

「は、はぃぃ……」

　何十年分！　いったいいくらになるのか……計算する気にもなれず、アルバーは震え上がった。

「ところで、あの天井画を見てみろ」

　と、クヴィルタルが頭上を指さしたので、三馬鹿も再び天井を仰ぎ見る。

「実はあそこに、初代魔王陛下の時代のレイジュ族の英傑と名高い、『ウォーリィルス』の勇姿が描かれていてな……」

「え、どれっスか？」

「どこっスかどこっスか！」

「フフフ……探してみろ」

ウォーリィルス——赤白の奇抜な衣装をまといながら、戦場を縦横無尽に駆け、次々に敵を屠《ほふ》っていったというレイジュ族の伝説の戦士だ。『神出鬼没』のウォーリィルスと呼ばれ、レイジュ族で初の公爵になった人物でもある（その直後に、当時の族長であったディオス家の当主も公爵となり、何とか面目を保ったらしい）。

「え〜……どこだ〜？」

「赤と白の戦士……全然見つからないんスけど」

「探せ探せ！　どこかにいるぞ！」

クヴィルタルに急《せ》かされ、目を皿のようにして天井画を眺めるアルバーたちだったが。


ガシャーン！　とけたたましい音が響いた。


「あっ……ああ、あああ！」

「あああ——ッッ！」

セイレーナイトが顔面蒼白《そうはく》になり、オッケーナイトが飛び上がって叫んでいる。

なんと！　セイレーナイトが壁際の装飾槍《やり》に足を引っ掛け！

巻き添えで、近くにあった壺が床に落ちて粉々に砕け散っているではないか！

「ああああああああ――ッッ！」

「な、なんてことを――ッッ！」

「レイジュ族の秘宝が――ッ！」

「おまっ、それいくらすると思ってんだ――ッ!!」

子爵４人衆が顔を手で覆って絶叫する。

「そっ……そんな、ちがっ！　俺、こんなつもりじゃ！」

「なんてことをしてくれたんだ！　セイレーナイト!!」

クヴィルタル、かつてないほど険しい顔で叱責！

「この壺は――【聖域】時代からレイジュ族に伝わっていたとされる、凄《すさ》まじい価値を秘めた宝物だったんだぞォ！」

「あ、ああ……。ぅあ……」

「うわあああ――！　ああああああ――!!」

絶望のあまり無表情でカタカタと震えだすセイレー、双子の弟の取り返しのつかない大失態に叫ぶしかないオッケー。

――気づけば、アルバーの体が動いていた。

「すいませんでしたあああああッッッ！」

全力で、セイレーナイトの前に滑り出て、伏して詫《わ》びるッッ!!

「俺の弟分が、とんだ……とんだ不始末を！　俺も一緒に弁償します！　何年かかっても絶対に払います！　だから、……どうか！　クビだけは勘弁してやってくださいい！」

「あ……！　兄貴ぃ……っっ！」

アルバーの、己《おの》が身も顧みぬ全力連帯責任謝罪に、一瞬呆気《あっけ》に取られたセイレーだったが、くしゃっと顔を歪《ゆが》めて涙腺が決壊。涙と鼻水まみれの酷《ひど》い面になる。

「ずびばぜんでじだアァァ！」

そして思い出したように、ガツンと床に額を叩きつけるようにして謝罪ッ！

「お願いします！　なんとか許してやってくださいー！」

横からズザーッと滑り込んできたオッケーもまた、一拍遅れて謝罪！

「お前らァ……そんな態度でェ！　許されると思ってんのかァァァ！」

クヴィルタル、無慈悲に怒鳴る!!

「申し訳ございませんでしたあああ！」

「ずびばぜんんん!!」

「ごめんなさ――――――い!!」

三馬鹿、三者三様、絶叫謝罪……!!

「………ブフッ」

と、そのとき、子爵4人衆のひとりが耐えられないとばかりに吹き出した。

「ぐふ……ふふひゅ……」

「くくくっ……くははは……」

「「はっはっはっはっはっは——!!」」

腹を抱えて笑い出す。

さらに、ズンドコ、ズンドコと太い音が響き始めた。

見ればいつの間にかホールに出てきていた夜エルフのメイドたちが、太鼓を叩《たた》いているではないか。

ズンドコ、ズンドコ、ドンドンドン。

「よっ、そーい！」

「あっ、そーら！」

「やっ、やっ！」

「さーい！」

奇怪な叫び声とともに懐から袋を取り出し、ぱっぱと骨粉を振りかけてくる子爵たち。

「「？…？…？…？…？…」」

粉まみれになった三馬鹿、全く状況が飲み込めず、石化したように硬直……！

「くくく——はははははは っ！」

その眼前で、クヴィルタルは涙が出るほど笑い転げていた。

「あ——……くふっ、いや、すまん。許せ。ふふふっ、これが伝統なんだ」

「でん…………とう…………？」

「いつから始まったか知らんが、初めてこの屋敷の寮で世話になる奴《やつ》は、『これ』を仕掛けられる決まりでな……」

「俺たちもやられたんだよなぁ」

「奥方様の側仕《そばづか》えの先輩たちにな」

「ほんっとに死ぬほどビビったわ」

「正直、見ていて可笑《おか》しいやら辛《つら》いやら」

子爵たちも、笑いを噛《か》み殺しながら、どこかしみじみとしている。


——要は、ドッキリだった。


新入りが天井のウォーリィルスを探している間に、こっそりと足元に槍を配置。それでわざと壺を落とさせ、皆で大騒ぎして責め立てた挙げ句、最後に太鼓を叩きながら骨粉を振りかけて終了という謎の儀式。

「一応、厄祓《やくはら》いの意味もあるらしいがな。本当の狙いは、万が一にも本物の調度品を壊さないよう戒めることだろう」

「え……じゃぁ、……その、壺は……？」

粉々になった壺の欠片《かけら》を、震える指で示しながらセイレー。

「これか？　その辺で買った安物だ」

「だって……【聖域】時代の、秘宝だって……」

「っ……くっはっはっはっはっは！」

クヴィルタル、またもや手を叩いて爆笑。

「よく考えろ！　文明のぶの字もない【聖域】時代に、壺なんてあるわけないだろ！」

——ちなみに当時の魔族は、動物の骨や角を加工したもの、あるいは石や岩を無理やりくり抜いたものを容器として使っており、土器すら存在しなかったとされる——

「ん……んんぎいいいいいいいいいいい!!」

真相を知ったセイレーは、担がれた怒りやら、安堵《あんど》やら、混乱やらで絶叫。

そのまま泡を吹いて卒倒し、謎の入寮儀式は幕を下ろしたのだった——

†　†　†

「おっす、おはよう」

「兄貴……おはよっス」

「先にいただいてまーす」

身支度を整えてからアルバーが食堂に顔を出すと、ナイト兄弟が既に目覚めの食事を摂《と》っていた。

食堂の目覚めの食事はバイキング形式で、食べ放題かつ無料という太っ腹。もちろん夜食《ランチ》は夜食でたっぷりと供されるし、時間外でもおやつの注文は可能だ。

唯一、朝食《ディナー》だけは外で食べることを想定されているようだが、それでも軽食くらいは出してもらえるので、その気になれば一切食費をかけずに暮らしていくことはできる。

「………」

冬であるにもかかわらず、新鮮な果物や野菜はもちろん、ハムにチーズに燻製《くんせい》肉に焼き立てのパンまで山盛りに積まれているのを、アルバーは複雑な顔でじっと見つめてから、無言でトレイに取り分けていく。

「今日はどうします？　兄貴」

もぐもぐとソーセージを頬張りながら、セイレーが尋ねてくる。入寮儀式の衝撃で2日ほど魂が抜けたようになっていたセイレーだが、最近ようやく元の調子に戻りつつある。

「どうもこうも、鍛錬さ。俺たちゃもっと強くならねえと」

もしゃっ、とパンに齧《かじ》りつきながらアルバーは答えた。

「ほんと、クヴィルタルさんが言ってたように、けっこうヒマだよね」

スプーンでシチューをかき混ぜつつ、オッケーが困ったように言う。

――そう、まだ来て数日だが、アルバーたちは割と暇を持て余していた。

レイジュ領でジルバギアスの部下に選抜されてからは、毎日のように厳しい訓練を課されていたので、目が回るような忙しさかつ、あっという間に時間が過ぎる充実ぶりだったのだが。

なんというか、この屋敷では――急に放り出されてしまった感がある。

「クヴィルタルさんたちは、交代で副業とかやってるみたいだけど。こんな感じで毎日が続くんだったら、何か仕事でも探してみようかな……」

オッケーは独り言のようにつぶやき、シチューの器に口をつける。

ちなみにクヴィルタルは、コルヴト族の血を引いていることから【石操呪《コンクレータ》】を使え、ちょっとした家屋の補修工事などで引っ張りだこらしい。

「まあ……暇すぎるようだったら、アリかもな」

曖昧な顔で相槌《あいづち》を打つアルバー。

「やー、なんというか、ここんとこ毎日殿下の顔見てたから」

ポリポリポリ……と野菜スティックをかじるセイレーは、少し寂しそうだ。

「なんかちょっと、アレだよなー。殿下、俺たちのことなんてどうでもいいのかな……」

「や、そういうわけじゃないんだが、いつの間にか時間が経《た》ってしまってな。許せ」

「もちろんわかってますよ、何しろご多忙な王子さって殿下ァ!?」

セイレーが椅子から転がり落ちる。アルバーも仰天して立ち上がった。

「よう、しばらくぶり」

なぜか食堂に、気さくに手を挙げるジルバギアスそのヒトがいるではないか！

「殿下！　なぜこちらに!?」

「様子を見に来た。俺、実はこの屋敷来たことがなかったんだよ」

興味深げに食堂を見渡すジルバギアス。

「殿下も、何か召し上がられたらいかがですか」

オッケーがバイキングを示しながら誘うと、ジルバギアスは「ふむ」と目を瞬かせた。

「俺も食べていいのか……？」

「そりゃいいっスよ！　俺たちだっていいのに！」

「っていうか殿下のものじゃないですか？」

「いや、俺のものじゃない。正確には族長の屋敷だからなここ」

肩をすくめるジルバギアスだったが、「ちょっと小腹が空《す》いたから何かもらおうか」とバイキングへ。果物のスライスと、パン・ハム・チーズをトレイに載せて戻り、アルバーの隣に腰掛ける。

「たっぷりあったな。あれ余るんじゃないのか？」

骨を変形させたナイフでパンを切り、ハムとチーズを挟み込みながらジルバギアス。

「余った分は、奴隷の餌にするんで問題ないらしいっスよ」

セイレーが呑気《のんき》に答えた。この屋敷は、レイジュ族の拠点でもあるので、有事に備えて常に人族奴隷もストックしてあるのだ。

「……そうか。合理的判断だな」

一瞬、真顔になったジルバギアスだったが、もそもそとサンドイッチを頬張り始める。

「小腹が空いた」と言っていた割にはあまり食欲がなさそうだな、とアルバーは思った。

「それで、クヴィルタルさんが激怒しだして……」

「もうホントにあのときは死ぬかと……」

「勘弁してくれって思いました……」

「そんなことがあったのか。はっはっは……」

食後は、初日の『儀式』のことを話したり、怪我《けが》をしない程度に軽く槍《やり》を合わせたりして、ジルバギアスは城に戻っていった。

「そのうち、また合同で鍛錬でもやろう」

そう言い残して――

それからは、穏やかで何事もない日々が過ぎた。

オッケーは肉屋で解体のバイトを始めた。【解剖の悪魔】と契約しているオッケーは肉の処理も大得意で、あっという間に引く手あまたとなり、短期間でかなりの稼ぎを上げるようになった。

セイレーは、なんと美術の勉強を始めた。偽物の壺《つぼ》に騙《だま》されたのがよほど腹に据えかねたらしい。【力業の悪魔】と契約していて細かな作業が苦手なため、創作への適性は全くないのだが、「そんな俺でも見ることはできるっスよ！」と審美眼を磨く構えだ。

慣れない人族文字に四苦八苦しながら、ジルバギアスの側仕えのソフィアに辞書などを作ってもらい、美術関連の文献を読み漁《あさ》ったりしている。

そしてアルバーはというと——

「ふっ、はっ」

練兵場で素振り。ひたすらに、寡黙に、鍛錬に励んでいた。

そうでもしないと、行きどころのない不満が爆発しそうだったからだ。

豪勢極まりない屋敷も、ひとりには広すぎる部屋も、高価な調度品も、毎日奴隷の餌にするほど大量に出てくる食事も。

（ほんの少しでも——分けてあげたらいいのに……！）

恵まれない、レイジュ領の貧しい者たちに。

調度品ひとつを売るだけで、何人の父無し子が戦に出られるようになるだろう？　まだまだ空きのある屋敷の部屋をたったひとつでも解放すれば、何人がこの恵まれた環境で暮らしていけるだろう？

文字通り腐るほどある食材を1日分でも配れば、いったいいくつの家庭が腹を満たすことができるだろう？

考えれば考えるほど——この理不尽な不平等さが、歯痒《はがゆ》くてたまらない。

（殿下にも言おうかと思ったけど）

おそらくあまり意味がない。食堂で「あれ余るんじゃないのか？」と言っていたあたりアルバーと同じ懸念を抱いたのかもしれないが、「族長の屋敷だからなここ」という発言が彼の微妙な立ち位置を示している。

ジルバギアスは魔王子であって、レイジュ族の長ではないのだ。そして族長一家であるヴァルス家との軋轢《あつれき》を避けるため、ジルバギアスは一族のことに関してはあまり口を挟まないようにしている——

（今まで、誰も、何とも思わなかったのかよ！）

憤懣《ふんまん》やるかたないアルバーは、力任せに虚空へ剣槍を突き入れた。

誰かひとりでも、この不平等を解消しようとは思わなかったのだろうか？　族長もレイジュ族全体を豊かにすることを考えもしないのだろうか？

……しないのだろう。

だから、こんな惨状になるまで、全てが放っておかれたのだ。

アルバーオーリル＝レイジュは【奔放の悪魔】と契約している。


いかなる枷《かせ》も、鎖も、彼を縛り留めておくことはできない。

そしてそんなアルバーだからこそ、現世に蔓延《はびこ》るありとあらゆる枷と鎖が見えていた。

身分の枷。氏族の枷。金銭の枷。

主従の鎖。常識の鎖。因習の鎖。

アルバー自身は、必ずしもそれらに縛られないが。

それらを全て、粉砕するほどの力は——まだ、ない。

「俺は——」

吹き荒《すさ》む寒風の中、白い息を吐きながら、剣槍を振るうアルバーは改めて誓う。

「俺は——ビッグになるんだ」

弱者にも手を差し伸べられる、ビッグな強者に、なってやる。

†††

食事会から数日。

俺は三馬鹿の様子を見に行ったり、夜エルフ監獄を訪ねてヴィーゴの演奏を聴いたり、死霊術の講義を受けたり、鍛錬を積んだりと魔王子らしく過ごしていた。

城下町の屋敷なんて、この間まで存在すら知らなかったな。でも曲がりなりにも王都に大氏族の屋敷がないわけなかったし、考えてみれば、あって当たり前だったんだが。

三馬鹿が受けた『洗礼』の話には笑っちまったよ。まあアイツらも充実した日々を過ごせているようで何よりだ。

そして夜エルフ監獄に預けていたヴィーゴたちだが……

『その……どうだ？　調子は』

『はい。大変良くしていただいてます』

俺の心配をよそに、日々を淡々と過ごしているようだった。俺が会いに行った日は3人まとめて大きめの独房に入れられていたが、木工職人のディリロと楽器職人のオルガノは手慰みじみた工作を続け、演奏家のヴィーゴはひたすら弦楽器《ヴィオラン》を練習していたようだ。

世話を担当している夜エルフにも話を聞いてみたが、どうやら彼らはストレスへの耐性が非常に高いらしい。

『自分は何度か人族の世話をしたことがありますが、あの3人の胆力と忍耐力は特筆すべきものがあると思われます。まるで感情がないかのように振る舞っていますが、あまりに情動が安定しすぎているため、意図的なものではないかと』

虎視眈々《こしたんたん》と俺の隙を狙ってるかもしれねーし油断すんなよ、的なことを言われた。

あと、ずっと監獄にいたらおひさまを浴びる機会がないんだよな。レイジュ領ではそのあたりを気遣って、奴隷たちを昼間に外で運動させ健康を維持していたらしい。

日光が天敵の夜エルフは、その手の世話ができない。たとえ三食昼寝付きの環境でも、このままだと病気になりかねないし……扱いが悩ましいところだ。

それにしても、ヴィーゴの演奏はやはり見事なものだった。どんなに単調な曲を弾かせても、深みのある音色を響かせる。短命種に対しては辛辣な夜エルフも、ヴィーゴの演奏は悪く言わないあたり、腕前だけは認めているのかもな……


——と、そんなある日、魔王から書状が届いた。

『アウロラ砦《とりで》に関する一切の権限を、魔王子ジルバギアス＝レイジュに委任する』

シンプルな文言に、『魔王ゴルドギアス＝オルギ』と署名がなされている。

アウロラ砦——例の、俺が魔王から『死霊術研究所』として借り受けることになっていた廃城だ。改修工事が終わったらしい。

それにしても、王から届いたとは思えないほどシンプルな書状だな。というかこれ直筆じゃね？

どうもソフィアによれば、魔王国ではこのノリが普通なようだ。仰々しい文章だと書くのも手間な上、野蛮な下位魔族が読んでも理解できないからだとか……

「よし、じゃあ視察に行ってみるか」

添えられていたメモによると、一応内装はある程度整えてあるが、細々したものは自分で用意しろとのこと。

先んじて備品を見繕っておいた俺の先見性が光る！

しかし貴重品の保管とかどうすりゃいいかわかんねえな。普通の錠前じゃ力で突破されるだろうし、ダミーの宝箱と本命の宝箱を用意して、両方に呪詛《じゅそ》でも仕込んどくか？

『そういうのこそ、ドワーフどもに頼めばよいではないか』

そうだな。それにまあ、今すぐ必要ってわけでもないし……追々考えよう。

とりあえず今日は、俺の秘密基地を見に行くだけでも充分だ。

「リリアナ・レイラのふたりと一緒に、散歩に行ってくる」

「お気をつけて行ってらっしゃいませ」

側仕《そばづか》えたちにそう告げて、飛竜発着場へ。今日はリリアナも連れて行くぜ、空の旅にご案内だ。

季節は冬、それなりに冷えることからリリアナは特注の半袖羊毛上着を着込んでいる。真っ白なモコモコの毛のせいで、わんこ感がマシマシになっていた。

レイラはすっぽりとマントを羽織った姿。実は、マントの下には【キズーナ】だけしか着ていない――その、なんとも大胆極まりない、、、、スタイルだ。竜化するなら最初から脱いでいた方が早い、それは確かなんだが、なんだろうな、この背徳感。

「…………」

本人的にもちょっと思うところはあるらしく、魔王城の回廊を歩きながら、通行人とすれ違うたびにソワソワしていた。

『おほーっ』

アンテが楽しそうな声を上げている。なんだ？　今度お前も同じようなスタイルで練り歩いてみるか？

『ほっほぅ！　それも一興じゃのぅ』

……こういう奴《やつ》だったわ。俺が悪かった。勘弁してほしい。

心の中で白旗を揚げつつ、発着場に到着。

レイラがゆらりと白竜に姿を変える。代わりに、レイラが脱ぎ去ったマントを身に着けながら俺はしみじみとした。

うーむ、やっぱり気持ち悪いくらい良く出来た魔法具だな……人の姿では俺より小柄なレイラが、巨大なドラゴンになっても全く問題なくフィットする革紐《かわひも》のハーネス……

「わう？　わう？」

「今日はリリアナも一緒に飛ぶんだぞ」

「あぉん！」

いつもは地上でお留守番してばかりだったので、今回は一緒とわかって、リリアナも興奮気味だ。

彼女が竜に乗るのは――魔王城強襲以来だろうか。7年ぶりだな。

「どうぞ……」

「ありがとう、レイラ」

リリアナを抱きかかえて、ひょいとレイラの鞍《くら》に飛び乗る。

ちょっと、リリアナの安全帯もつけるから待っててな。

『――はい――』

レイラは翼をゆらゆら動かして、ウォーミングアップしているようだ。その間に、リリアナを俺の前に座らせ、互いの身体《からだ》を命綱でつなぐ。

よし。

『――それじゃあ、行きますよ！――』

レイラが力強く翼をしならせ、大空へと飛び上がった。

「わぅぅぅ！」

短い手足で俺にひしっと抱きつきながら、リリアナが目を丸くしていた。もこもこの毛皮を着込んでいるおかげで、俺まで暖かい。

『――今日は、一段と空気が冷えてますね――』

寒くないですか？　とレイラが気遣ってきた。大丈夫だよ。俺もレイラが編んでくれたマフラーつけてるから。

『――ふふ、良かったです――』

暇な時間に、レイラが一生懸命編んでくれたマフラーだ。靴下はちょっと難しすぎたので、また今度チャレンジするらしい。

『ほほ、お熱いことじゃのう』

アンテの冷やかしに、レイラが恥ずかしげな思念を寄せた。ふたりとも、俺の思考を介してやり取りはできるが、間に俺を挟んでいるから、感情まではダイレクトに伝わらないし、声も『遠い』とのこと。

それにしても、賑《にぎ》やかで嬉《うれ》しいよ。

遥《はる》か眼下の魔王城を眺めながら、そう思う。

こうして、みんなと空にいる間だけは……俺は本来の俺でいられるから。

『──余計なことは忘れちゃいましょう！　今だけは──』

レイラが、敢《あ》えて弾むような声でそう言って、翼に一段と力を込めた。

ははは、揺れる揺れる！　でも鞍のおかげで、しっかりと身体が固定されてるから平気だぜ！

「わうぅぅ！　わぉぉぉん！」

俺と同じく、上空から魔王城を見下ろしたリリアナが興奮している。

めっちゃ遠吠《とおぼ》えしている。……興奮ってかコレ、なんだろう。

「リリアナ？」

「ぐるるるるぅ……!!」

見たこともないような、必死な表情で――それは「行かなければ」と焦燥に駆られているようでもあった。

「落ち着け！　リリアナ！　あのときとは違う！」

「あ…ェ…くぅぅ！　がうううぅぅ！」

俺の腕の中でもがくリリアナ。

『いかんの』

アンテの短いつぶやきが、やけに不吉に響いた。レイラも心配そうに、翼を広げて滑空しつつ、チラとこちらを振り向いたが――


その瞬間、ガクンっと大きく高度が下がった。

もがいていたリリアナが、その拍子に腕の中からすっ飛んでいく。

「キャぅん！」

「リリアナァ！」

命綱が、バンッ！　と張り詰めて音を立てた。

『――いけない！　乱気流！――』

レイラが慌てて翼の角度を調節する。晴れ渡っているように見えても、風が吹き荒れる空間もあるのだ――

「キャぃんキャぅん!!」

「リリアナー！　すぐに助ける、じっとしててくれー!!」

宙吊《ちゅうづ》りにされて情けない声を上げるリリアナ。俺は慌てて命綱を引っ張り上げた。

「…………」

長く尖《とが》った耳を伏せて、ぷるぷるしながら縋《すが》り付いてくるリリアナ。その真っ青な顔は「しぬかとおもった……」とでも言いたげだった。流石《さすが》のリリアナもこの高さから落ちたら——即死するだろうな。

だが、怪我《けが》の功名というか、おかげで恐慌状態も脱したらしい。

『なんぞ、嫌な記憶でも蘇《よみがえ》りかけたのかもしれんの』

…………そうだな。

もしかしたら、今のショックでリリアナも自我を取り戻したり——

「くぅーん……」

してねえわ。普通にほっぺた舐《な》めてきた。

『——ごめんなさい、気流が見えてなくて——』

レイラが申し訳無さそうにしているが、これは仕方ないよ。俺が悪い。

リリアナにとって久々の——それも強襲作戦以来の飛行なのに、俺は脳天気すぎたというか、気遣いが足りてなかった。

「リリアナ……作戦は終わったんだ。もうお前が危ない目に遭う必要はない」

金色の、ちょっと伸びてきた髪を撫《な》でながら、俺は語りかける。

「……怖くないよ。だから、一緒に行こう。俺が新しく手に入れたお城を見せるよ」

手に入れたってか、借りてるんだけどな。まあいいだろ。

「……わぅ」

落ち着きを取り戻したリリアナが、小さく鳴く。

その、澄んだ青い瞳が、一瞬理性の光を宿しているように見えて――

「わぅ？」

だけど、小首をかしげるその仕草は、いつものわんこのそれだった。

「…………」

俺はリリアナをぎゅっと抱きしめた。もう放り出されることのないように。

いつになったら――俺は本当の意味で、リリアナを助けてあげられるんだろう。

『――南へ飛びます――』

星を見ながら、レイラが針路を取る。

――いつの日か、リリアナを逃がすための足がかりとなるかもしれない拠点。

アウロラ砦へ。

†　†　†

（――こわかった）

『彼』の腕に抱かれながら、リリアナはぷるぷる震えていた。

耳元で風が唸《うな》る。遥か高空、ドラゴンの背に揺られ、身を切るような夜風が吹きつける。

だけど『彼』が呪文を唱えると、たちまち見えない壁ができあがって風圧が抑えられた。

眼下には、ぽつぽつと街や集落の灯《あか》りが現れては、後方へ流れ去っていく。

先ほど、魔王城――リリアナにはそれが『魔王城』だとわかった――を目にした瞬間、「行かねばならない」という強い衝動に襲われた。

こんなことをしている場合ではない、という思いもあった。だけど『こんなこと』が何を意味するのか、リリアナ自身にもわからなくて。

とにかく、居ても立っても居られなくて。

何がなんだかわからないまま、焦燥感に衝《つ》き動かされるようにしてもがいていると――気がつけば空中に放り出されていた。

寒風が吹き荒れる中、命綱1本で宙ぶらりん。

（――あぶなかった）

出発前にトイレを済ませてなかったら、漏れてたかもしれない。

リリアナは犬だが、賢いので、これまで粗相をしたことはない。

……これからも、ない。たぶん。

「くぅーん……」

『彼』に甘えて顔を擦り寄せると、優しく頭を撫でてくれた。

（——あたたかい）

今は、しっかりと抱き寄せてもらえて安心だ。

（——やっぱり　このままがいい）

そう思った。

だけど、胸のどこかがちくりと痛んで。

それがどうしてなのか、なぜなのか、リリアナにはよくわからなかった。犬なので。


——そのまま夜景を眺めつつ、飛び続けることしばし。

すっかり安心しきったリリアナがうつらうつらしていると、段々と高度が下がってきたのがわかった。

眠い目を開けば、月明かりに照らされて、切り立った崖に建つこぢんまりとした石の建造物が見えてくる。

「これがアウロラ砦《とりで》か……」

ドラゴンから降り立った『彼』が、半ば呆《あき》れたように塔を見上げる。

「原形とどめてなさそうだな。改修ってか、ほとんど建て直しじゃんよ」

『彼』は「魔族お得意の石操呪造り《コンクレータ》だ」とのっぺりした壁をぺたぺたと触りながら、少し渋い顔をしている。リリアナの目には、物理的にも魔法的にも極めて頑強な建物に見えたが、何が気に食わないのだろう？

やっぱり、ちょっと不気味で無味乾燥なデザインが嫌なのだろうか。

リリアナも、その点ではあまり好みではない。

（――石　あんまりすきじゃない　木と森　すき）

一瞬――リリアナの心に、巨木の生い茂る雄大な森の風景がよぎった。樹上に築かれた優しくて懐かしい木の街並み。あたたかな木漏れ日、鳴り響く音楽、精霊たちの笑い声と花の香りを運ぶ風――

（あ……）

だけど、それが何なのかまでは、わからない。犬なので。

「……まあ、壊れかけの人族の砦と、ほとんど新品の魔族の砦なら……新品のがマシか。魔族の王子だしな……」

ぼんやりするリリアナをよそに、フフ、と自虐的に笑った『彼』が、ゴツゴツとした骨の扉に触れる。

魔法でするすると骨が変形し、扉が開いた。

「面白い仕組みですね、その扉」

と、背後でふわりと、ドラゴンの存在感がほどけるように消えていく。

「ああ、魔族なら誰でも開けられるし、物理的には頑丈で獣の類は入らないし」

振り向いて答えた『彼』が、慌てて恥じ入ったように目を逸《そ》らす。人化したレイラの身体が、夜の闇に白くぼんやりと輝いている――ほとんど生まれたままの姿で、革紐《かわひも》みたいなもので胸のあたりを締め付けたような格好。

（――れいら　すき）

最近は、リリアナも何かしら着せられていることが多いが、外ですっぽんぽんなレイラには、なんとなく親近感を抱いた。

でも、自分でさえ毛皮を着せられているのに、革紐だけで寒くないのかしら？　と首を傾《かし》げるリリアナだったが、案の定、レイラは「へっくち」とくしゃみをする。

「おっと。人の姿だと風邪引いちゃうぞ」

咄嗟《とっさ》にマントに手をかける『彼』だったが、「今はドラゴンのままの方が良くないかな？」と付け足した。

「そうですね。次は着替えも持ってきた方がいいかもです……」

恥ずかしげに、すんと鼻をすすったレイラが、ゆらりと揺らめく。

存在感が膨れ上がり、美しい白銀の竜に戻った。

「軽く中を見てくるよ。ちょっと待ってて」

「はい。ついでにわたしも、辺りを見てきますね」

普段より少し金属質な声で告げたレイラが、ばさりと翼を広げて飛んでいく。

（――きれい）

夜空にきらめく白銀の鱗《うろこ》。リリアナはレイラが好きだ。そして彼女が空を飛ぶようになってから、もっと好きになった。

「おいで、リリアナ。中を見に行こう」

「わん！」

『彼』に手招きされて、リリアナは元気よくついていく。

砦に入ってすぐは広間だった。継ぎ目のない岩の床がのっぺりと続いている。左右には扉が2つあり、奥には昇り階段。

「縦横30歩ってとこか。天井も高いし、レイラだって元の姿に戻れそうだ」

感心したように、それでいて注意深く観察する『彼』。

「……リリアナ、浄化の光を使ってくれないか？　邪悪な魔法や呪いの類――嫌なものがあったら、打ち払ってほしい」

「わん！」

お安い御用だ。む～～～ん…………と力を溜《た》めたリリアナは、

「うわん！」

自分の中に渦巻く『あたたかなもの』を解き放った。ぼうっ、と光の波が、砦の床と壁を舐めるようにして広がっていく。

「わう？」

特に手応えらしい手応えはなく、こてんと小首をかしげるリリアナ。

「妙な仕込みはなかったか。ありがとう、リリアナ」

よしよし、と頭を撫でられて、リリアナは得意げに胸を張った。

「いやーホント。リリアナはもっちもちだなぁ……」

ついでにほっぺたもグニグニされて、にへーと笑うリリアナだったが、ふと『彼』が、ぴこぴこ動く長く尖った耳にも目を留めた。

頬に触れる『彼』の指が、そのままスルッと耳も撫でる。

「はぅん」

くすぐったさにも似た甘い痺《しび》れが走って──まるで犬じゃないみたいな変な声が出てしまった。

「おわっ……と。ごめんごめん」

お互い、びっくりしたように見つめ合ってしまったが、すぐに妙な空気をごまかすように、『彼』はわしゃわしゃと髪を撫でてきた。

「わぅわぅ」

その手にじゃれついて、ペロペロと舐めるリリアナ。犬なので。

「他の部屋も見て回ろうか」

「わん！」

広間の左右の扉も開ける。正面入口と同様、骨で出来ており、魔族なら簡単に開けられる仕組みのようだ。

「対魔族の防犯が課題だな……こっちは書斎か。棚があるのは助かるな」

壁の一部が凹《へこ》んでいて、戸棚や机として利用できるようになっている。

「この骨の板はなんだ……？　お、地下室か！」

そして部屋の片隅、床部分が骨になっている部分があり、変形させると階段があった。

「わう」

ふぅっ、と光の魔法を吐き出すリリアナ。光球が飛んでいって地下室を照らす。

「ありがとう、リリアナ。助かるよ」

「わふん」

流石《さすが》の魔族も、真っ暗闇では何も見えまい――地下室は思ったより広く、砦の外壁と同じくらい強固な空間となっていた。

「これは……もともとあったわけじゃなく、新たにくり抜いたのか？　いや、外壁の材料をこの空間から引っ張っていって、ついでに地下室にしたのかな」

壁を撫でながら、ぶつぶつと呟《つぶや》く『彼』。

「使いみちは多そうだな」

頑丈さを確認してから、地下室を出て、今度は反対側の部屋へ。

「おお、井戸がある。こいつはありがたいな」

こちらは書斎より広々としているが、かまどや井戸などがあるせいでちょっと手狭に見えた。炊事場を兼ねているらしい。

「飲水をこっちで確保できるのはいいことだ。レイラに持ってもらうにも限度があるからなぁ」

ついでとばかりに、『彼』が井戸から水を汲《く》んでくれたので、喉を潤した。とっても冷たかったが、魔王城で飲む水より澄んでいて美味《おい》しい気がした。

最後に、奥の階段を登ってみる。見張り塔に続いているようだ。

「わぅ……」

塔の上部、『彼』に抱きかかえてもらって、外の風景を眺める。

月明かりに照らされて、荒涼とした山岳地帯が広がっていた。

人里は付近にないらしく、人工の灯《あか》りは一切見えない。

「……もともと、昔の人族の国の、国境線を監視する山城だったんだってさ」

独り言のように、『彼』が耳元でささやく。

「崖の下には小さな村もあったらしい。……だけど今は誰も住んでない」

耕作に向いた土地じゃないし、山がちな地形で陸路では辿《たど》り着くのも一苦労だし。

「……いつか、きみを脱出させてあげたいと思ってる。同盟圏に」

「…………」

リリアナは答えなかった。

何を言っているか、わからなかったからだ。犬なので。

代わりに、『彼』の頬をぺろりと舐《な》める。

『彼』は、ただ寂しげに微笑《ほほえ》んで、リリアナの髪を撫《な》でた。

「リリアナ」

名前を呼ばれたが、答えることなく、『彼』の胸に顔をうずめるリリアナ。

（……はなれたくないの　あれく）

そう思った。

だけど、言葉にはならない。

「くぅーん……」

悲しげに鳴くことしかできなかった。犬なので。

†††

――デフテロス王国、首都エヴァロティ近郊。

とある砦の個室で、女神官が祭壇へ祈りを捧《ささ》げていた。

シャルロッテ＝ヴィドワ。

それが彼女の名前だ。そこそこの商家に生まれ、そこそこに愛されて育った。兄弟姉妹が多すぎて、引っ込み思案な彼女はあまり目立っていなかったのだ。

だが――成人の儀で、聖属性を発現してから人生が変わった。両親は家の誇りだと大喜び、あの日の夜は、人生で一番長く両親と話をしたかもしれない。今までほとんど無関心だったのに調子のいいことだ、と思ったのをよく覚えている。

とはいえ、読み書き計算など、基本的な教養は身につけさせてくれていたので、両親には感謝しかない。神官候補として聖教会の教導院に入り、治癒の奇跡や魔法について学び、同盟軍の治療部隊に編入されて――現在に至る。

本来、戦いに不向きな治療部隊は、前線のはるか後方にいるものだ。シャルロッテもそうだったが、魔王軍の破竹の進撃により、『後方』が『最前線』に変わってしまい、傷つき倒れていく者を見捨てて自分だけ逃げることもできず――そのままだ。

引っ込み思案で押しの弱かった自分が、最前線に居座っていると知れば家族は仰天するかもしれない。

「…………」

犠牲になった民たちのために祈る。散っていった勇士たちのために祈る。

二度とは帰らない仲間たちの顔を思い浮かべていると、コンコン、と自室のドアがノックされた。

「シャル、いるかい」

「はい。どうぞ」

ドアが開き、いかにも姉御肌な黒髪の女剣士が、ひょっこりと顔を覗《のぞ》かせる。

――剣聖『一角獣』バルバラ。世にも珍しい女剣聖だ。彼女とも、なんだかんだで付き合いが長くなってきた。

「邪魔するよ。特別配給があってね」

バルバラは何やら袋を引っ提げて来ていた。

「シャルと一緒に食べようと思ってさ」

「それは……お気持ちはありがたいのですが、ぜひバルバラさんだけで召し上がってください」

私はお腹空《なかす》いてませんから、と笑う痩せ気味のシャルロッテに、バルバラは困ったような目を向ける。

「そうは言っても、シャルは働き詰めじゃないか。寒いのに食が細かったら、病気になっちまうよ。一緒に食べよう」

「でも……」

「そうじゃないと、コレ全部ここに置いて帰るからね」

それでもいいのかい、と芝居がかって眉を跳ね上げて見せるバルバラに、シャルロッテも観念して苦笑した。冗談めかしているが、以前、本当にそのまま置いていかれたことがある。

「じゃあ……ご一緒します」

「それでいいのさ」

ニヤリ、と笑うバルバラと一緒に、小さなサイドテーブルを挟んで座った。シャルロッテはベッドに、バルバラは部屋にひとつしかない椅子に。

「今日の恵みに感謝を……」

テーブルの上に置かれた袋に手を付ける前に、シャルロッテは祈りを捧げた。普段はそこまでしないであろうバルバラも、お行儀よく座って待っている。……あまり待たせると悪いので、シャルロッテはそこそこで切り上げた。

「いただきます」

「今日のは豪勢だよ」

袋の中身は、サラミがまるごと1本に、小さなチーズとクラッカー、さらにドライトマトと味付け用のハーブ塩まで。

「これスープにすると美味《うま》いんだよ。頼めるかい？」

「はい、もちろん」

小鍋に水を注ぎ、シャルロッテは火と光の魔力を吹き込んだ。たちまち沸騰した湯に、バルバラがスライスしたサラミやドライトマトを放り込んでいく。

「ははーっ！　この頃は冷え込むからねぇ、温かいスープが沁《し》みるんだ……」

スープの香りを胸いっぱいに吸い込んでご満悦なバルバラに、シャルロッテも儚《はかな》く微笑んだ。

以前は、常に魔力を限界ギリギリまで消耗していた。

魔法を私用になんて、とてもじゃないができなかった。

だけど最近は余裕がある。

――治癒の奇跡が必要な者は、あらかた快復するか、死ぬかしたからだ。

窓から外の景色を見下ろせば、立ち並ぶ簡素な墓標と、しんしんと降り積もる雪が目に入った。この部屋は、神官用の上等なものなので窓ガラスがはまっているが、一般兵や平民は雨戸を閉めるか紙を貼るかしただけで、隙間風に震えているだろう。

今年の、デフテロス王国の冬は厳しい。

西部の穀倉地帯を根こそぎ占領され、王都近郊の森も魔王軍の支配下にある。食料は少なく、暖を取るための薪を拾いに行くことさえできない。王都の路地には西部から避難してきた難民がひしめき、皆が飢えと寒さに苦しんでいた。

聖教会の援軍が来てくれたのはよかったが、同盟圏からの補給が滞っているため、かえって頭数が増えて負担になっている。配給も切り詰めざるを得ず、避難民や王都の住民の間で争いが起きているとも聞く。

魔王軍は、そんな同盟軍の苦労をせせら笑うように、ゴブリンや獣人の昼戦部隊を展開するのみで静観している。かと思えば、時折威力偵察を放ってこちらの防衛戦力を試すような動きも見せる。

決して気は抜けない。だから兵士たちは即応態勢にあり、結果として配給も多めで飢えずに済んでいる。

自分のような神官や勇者、剣聖といった特殊技能者も、優先して配給を受けられるので餓死とは無縁だ。

だが……優先度の低い一般の傷病者や、避難民は……

今こうしている間にも、ひっそりと、息を引き取っているかもしれない——

「……せっかくのスープが、冷えちまうよ」

と、バルバラの穏やかな声に、シャルロッテはハッと我に返った。

「すいません。ぼんやりしちゃって」

小さく笑ったシャルロッテは、カップに注いだスープに手を付ける。

温かい——そう思った。だけど、味がよくわからなかった。

「ああ〜〜……ホントに、温かいものが口にできるだけでありがたいことよ。美味しいねえ」

対するバルバラはそうでもないようで、スープをじっくりと味わい、サラミやクラッカーをかじっては幸せそうにしている。

「…………」

そんな彼女を見ながら、ふやけて浮かんだドライトマトを口に含んでよく噛《か》むと、なんだかちょっと塩味がして美味しい気がした。

しばし、もそもそと食事が続く。会話らしい会話はなく、バルバラが美味い美味いと言っているだけだった。

「……この間、補給部隊が到着しただろう？」

スープがなくなったあたりで、バルバラが窓の外の雪を見ながら、改まって話を切り出した。

「物資の受け渡しも終わって、明日明後日《あさって》には後方へ引き返すんだと。雪が深くなってくるから、これが今年最後の補給になるだろうって言ってた」

「…………」

今年最後……いや、わかってはいたことだ。しかし医療担当の神官として、ある程度の物資の流れを把握しているシャルロッテは暗澹《あんたん》たる気持ちになった。……どう考えても、足りない。さらに切り詰めることになるのか……

「なあ、シャル。親御さんとも長いこと会ってないんだろう？　補給部隊と一緒に、ここを離れたらどうだい？」

穏やかな口調で、バルバラは問いかけてきた。いつも山猫みたいに鋭い目が、今はまるで子猫でも見守るように優しげだった。

「……いえ、私は残ります」

シャルロッテもまた、穏やかな笑みを浮かべて、ゆるゆると首を振る。

まるで凪《な》いだ湖のように落ち着いていた。それでいて確固たる意志をにじませていた。

……どうしようもないくらいに。

「どうしても、かい」

神官でありながら剣豪のような佇《たたず》まいのシャルロッテに、バルバラも諦め半分で、溜息《ためいき》をつく。

「シャルは防衛を命じられてない。むしろ引き返すように言われてるんだろう？　今なら
まだ間に合うんだよ、シャル。今なら」

裏を返せば――バルバラの眼差《まなざ》しに、悲痛なものが混ざる。

「……それでも、です。気遣ってくださってるのはわかりますし、それを無下にするよう
で申し訳なくもあるんです。けど……それでも、やっぱり」

シャルロッテは、自室の小さな祭壇を見やった。

「――みんなを置いていけません」

遺灰の収められた、小さな壺《つぼ》を。

かつてシャルロッテが想《おも》いを寄せた男《ひと》の、ただひとつの形見。

魔王子の槍《やり》の投擲《とうてき》で返された腕を、火葬して残された灰――

「…………」

痛いほどの沈黙。

「……まあ、わかってはいたんだけど、ね」

バルバラが、自嘲するように小さく息をついた。

「シャルがいてくれるのは、正直、心強いんだけどさ。でも……彼も……」

物言いたげに、遺灰の壺を見つめるバルバラだったが、結局言葉にはしなかった。

「……ちゃんと、ものだけは食べておくんだよ。恵まれない人々のことを思って、心苦し

いのはわかるけど」

表情を厳しいものに改めるバルバラ。

「それでもいつでも戦えるよう、万全に状態を保つ、あるいは近づけるのがアタシらの義務だからね」

バルバラは剣聖である前に、貴族の出身でもある。商家の娘のシャルロッテとは、明らかに違う重みが、その言葉にはあった。

「……はい」

真剣な顔で、うなずくシャルロッテ。見つめ合ってから、バルバラは陰のない顔でにっこりと笑った。

「それじゃあ、ごちそうになったね。また来るよ」

ぽんぽん、とシャルロッテの肩を叩《たた》いてから、鍋などを片付けて部屋を出ていく。

「………………」

シャルロッテは無言で、再び祭壇に向き直り、祈りを捧《ささ》げ始めた。


（……きっと）

遺灰の壺を見つめながら、思う。

（……あなたは、『なんで逃げないんだ！』って、怒るんだろうな）

責任感が強くて、最期まで皆のために命を賭して戦った――彼。

レオナルド。

仇討《かたきう》ちなんかより、自分が生き残ることを望んでいるんだろう、とは、バルバラに言われるまでもなくわかっていた。

――それでも。

遺灰の壺を手に取って、シャルロッテはそこに口づける。

「向こうでまた会えたら」

今さらのように、ぽろっと涙がこぼれた。

「いっぱい、叱ってね」

――ぜんぶ聞くから。

しんしんと、雪が降り積もっていく――

†††

同じく王都エヴァロティ近郊、とある要塞にて。

「…………」

窓際に置いた椅子の上、あぐらをかいて、無言で空を見上げる老獣人がいた。

拳聖『老師』ドガジン。第4魔王子エメルギアスの本陣を急襲した精鋭部隊の、唯一の生き残りだ。

狼《おおかみ》のそれに似た突き出た鼻先に、雪が触れ、溶けて消えていく。

「……寒いのぅ」

既に冬毛に生え換わり、その体は震えもしていない。だが、『寒い』とドガジンは感じていた。寒さとはつまり熱の欠如であり、今のドガジンは——確かに『人のぬくもり』を失っていた。

仲間たちの、ぬくもりを。

(生き恥を晒《さら》す覚悟で、尻尾を巻いて逃げ帰ったが……)

はぁ……と大きな溜息をつくと、視界が白く濁る。

(結局、ワシはほとんど何の役にも立たなかったのぅ……)

——劣勢に陥った仲間たちに見切りをつけ、エメルギアスの魔法の情報を持ち帰ることを優先したドガジンを、迎え入れたバルバラやヘッセルは全く責めなかった。

むしろ喜び、励ましてくれた。「よくぞ生きて帰ってきてくれた」と。

エメルギアスの情報も聖教会には好意的に受け取られ、ドガジンも、「次こそは雪辱を果たす！」と復讐《ふくしゅう》に燃えていた。

しかし……エメルギアスの軍団は進軍を止め。

さらにはエメルギアス本人の宣言により、王都に攻め込んでくるのは別の氏族の精鋭だということが判明した。

ドガジンが持ち帰った情報は、いつの日か、エメルギアスが再び攻め込んできたときに役に立つのかもしれない。

（じゃが……そのときまで、ワシが生きていることはないじゃろう……）

果たして自分たちの犠牲は、本当に意味のあるものだったのか——それを見届けることが叶《かな》わないのが、口惜しくて仕方がなかった。

あの時点での撤退は、決して悪い判断ではなかったと思う。

だが、それでも、踏みとどまってひとりでも多くイザニス族の奴《やつ》らを道連れにした方が良かったのではないか、と。その後悔——いや、迷いを、どうしても胸から拭い去ることができないのだった。

（老いてなお惑う、か……）

ぽっかりと空いたぬくもりの穴が、寒々しくドガジンを責め立てる——

「ドガジン殿！」

と、部屋のドアがドンドンと叩かれた。

「……ヘッセルか」

「お、いらっしゃったか。よかったよかった」

ドアが開き、ゴツい大柄な男がひょっこりと顔を出して、ドガジンにニカッと笑いかけてきた。——大剣使いの剣聖、ヘッセルだ。

「老師、特別配給があったんで持ってきましたよ」

部屋の机に、ドサッと大きな革袋を置くヘッセル。

「おお……それはそれは」

近づいて、中身を検《あらた》めるドガジン。

「……ありがたい、ことじゃのぅ……」

ベーコンやハム、干し肉といった、日持ちのする肉類がどっさりと入っていた。

「………………」

この、特別扱いもまた、ドガジンが自責の念に駆られる原因のひとつだった。


ドガジンは、狼獣人だ。


犬獣人よりも筋力やスタミナに優れている種族だが、ひとつ大きな欠点がある。——肉を食べないと、著しく体力が低下してしまうのだ。

一応、雑食ではあるので、植物性の食べ物ももちろん口にするのだが……犬獣人に比べるとかなり肉食寄りなため、肉を全く食べずには生きていけない。最悪の場合、病気になったり、筋力が衰えて戻らなくなったりしてしまう。

そしてドガジンは、同盟軍の中でも最精鋭の一角たる拳聖。

ゆえに、餓死者や凍死者が出ている状況下でも、優先的に充分な食料を回される。

──その事実がまた、ドガジンを苛《さいな》むのだ……

「老師。もしよかったら、昼飯でもどうですか。俺もまだ食べてなくって」

「……うむ。ご一緒しようかの」

ヘッセルに誘われて、ドガジンはかすかに笑い、テーブルについた。

男ふたりの食事。ふたりでパンを分け合い、ドガジンは比較的早く悪くなりがちなハムを。ヘッセルは豆のように小さなチーズの塊とベーコンの切れ端を主食にする。

「これ、若い者がそれだけではいかん。ヘッセルも食べるといい」

ずい、とハムの大きな一切れを渡そうとするドガジンだったが。

「老師」

にこりともせずに、ヘッセルはそれを押し止めた。

「特別配給は……これが今年で最後なんです。次は、雪解けまで来ません」

──つまり、今回届けられた肉類だけで、ドガジンは冬を越さねばならない。

周囲の面々に比べれば、かなり潤沢な食料を与えられているようには見える。

だが決して、戦闘職の狼獣人が越冬するのに、充分な量とは言い難いのだ……

「──なぜ、ワシらが自らを『賢狼族《けんろう》』などと称するか。話したことがなかったの」

ところがドガジンは、動じることなくヘッセルにハムを押し付けた。

「ワシの故郷には、かつて数多くの狼獣人が暮らしていたらしい。しかしはるか昔、とてつもなく長く厳しい冬が訪れ──その多くが滅んでしまった」

「……そんな中でも、老師の一族は生き残ったと？」

「うむ。……と言っても、何のことはない。どうやらワシらは、普通の狼獣人に比べて食事量の配分が上手《うま》いらしくての。食べ方が賢い、ゆえに『賢狼族』というわけじゃ。正直これだけの肉があれば、あとは酒とパンで事足りる……どころかむしろ余るじゃろうな」

「…………」

飄々《ひょうひょう》と語るドガジンに、疑わしいとばかりに目を細めるヘッセル。

「……いや、ホントじゃぞ？　特にワシは、老いさらばえて食が細くなったからの。これだけあれば……うむ、二冬は乗り越えられるじゃろ」

「老師、流石《さすが》に無理がありますって」

「嘘《うそ》は言うとらん！　ただし酒は多めに必要じゃな」

戸棚をガサゴソと漁《あさ》ったドガジンは、酒瓶を引っ張り出し、カップに注いだ。

「……ぷはぁ。温まるわい」

満足そうにうなずくドガジンに、ヘッセルはどうにか心配の色を出さないよう、苦慮しているようだった。

……ドガジンは、もともと『感覚が鈍るから』と言って酒を遠慮することが多かった。

こんなにガバガバ飲むタイプではなかったのだ。以前、ヘッセルが様子を見に来たときよりも、明らかに飲み方が雑になっている……

「……ふふ。そんな顔をするでない」

どうにか表情を取り繕おうとするヘッセルだったが、ドガジンはそんなことはお見通しのようだった。

「しかし……老師。ちゃんと食べないと……ほら、毛並みもあまりよくないし」

「これは食事に関係ないんじゃよ。歳《とし》のせいじゃ」

ひょいと肩をすくめるドガジン。

「人族の老いた男も、時々頭の毛並みが悪くなっておるではないか。アレと同じじよ」

「いや、それはハ……う～ん。毛並みはともかく、ちゃんと肉を食べないと筋肉なくなっちゃいますよ」

「ワシが山盛り肉を食べたところで、どのみち筋力そのものは若者には敵《かな》わんからのぅ」

ハムの切れ端をヒョイとつまみ、キュッと酒で流し込む。

「若い頃は、ワシも力を追い求めておったが……物の理《ことわり》が微笑《ほほえ》んだのは、つまるところ、ワシの力ではなく技であったように思う」

「…………」

「ゆえに……多少、筋力が落ちても変わらんよ。それを言うならお主の方が大事じゃろ、お主の豪剣は肉がないことには始まるまい」

「あ～……いや、そのですね……」

どう説得しても、のらりくらりとかわされ、遠慮しようとするこちらの手はことごとくかいくぐり、巧みにハムを押し付けてくるドガジンに、ヘッセルはとうとう観念した。

「いや、すいません！　俺もちょっと嘘ついてました。実は来る前に少しメシ食ってきたんです……！」

「……だからワシは嘘をついとらんというに！」

そうやって、やいのやいのと肉を押し付け合いながらも、なんだかんだで食事はつつがなく終わった。

結局、ヘッセルは頑として肉を受け取らず。

ドガジンも、ほんの小さな欠片《かけら》しか口にしなかった。

（この頑固者め……）

と、実は互いが互いに呆《あき》れ返っていた。

「それじゃ、また来ますんで！　次は……酒も持ってきますよ」

「ほほ、それは助かるのぅ。強めのやつを頼むぞい」

ひらひらと手を振って、ヘッセルを見送り――ぱたん、とドアが閉まってから、ドガジンは再び革袋の中身を検めた。

「ふむ……これだけあれば……」

ハムの塊を手にしたドガジンは、そのまま窓からひらりと身を躍らせる。

着地。酒酔いなど微塵《みじん》も感じさせぬ軽やかな足取りで、雪の上をまるで一陣の風のように駆け抜ける。

向かった先は――難民キャンプ。それも木製の掘っ建て小屋が密集している地区だ。極端に窓が小さな造りから、それが獣人の住居であることは明らかだった。

風の向きを読んでから、コンコン、とキャンプの端、とある小さな家を訪ねる。

「……はい」

「ワシじゃよ」

「！　老師……」

ドアが開くと、薄暗く狭い空間に、年老いた女獣人と、小さな子どもたちの姿。

――ここは、獣人の孤児院だった。

「これを。子どもたちに」

「……っありがとうございます……！」

素早く中に入る。周囲も飢えた獣人ばかり。匂いを嗅ぎ取られれば騒ぎになる。

「さあ、みんな。早く食べておしまい。静かにね」

「わぁ……」

「ごはん……！」

子どもたちも、静かなものだ。飢えすぎて元気がないこともあるが、ここで大声を上げれば、乱暴な大人に取られてしまうかもしれないことを、よく知っている……

そう、よく知っているのだ……

ハムの塊を分け合い、あっという間に平らげてしまう子どもたちを、ドガジンは目を細めて見守っていた。

「老師……本当に、大丈夫なんですか……？」

「なに。平気じゃよ。ただ……これ以上は、なかなか厳しいかもしれん……」

「……パンとミルクだけで、何とかもたせてあげないと……」

自分も空腹だろうに、女獣人は額に手を当てて思い悩んでいる。

「数日おきにはなるが……小分けして、可能な限り」

「……本当に……なんと、お礼を申し上げれば……」

「よい、よい」

くるる……とまだお腹《なか》を鳴らしている子どもたちをわしゃわしゃと撫《な》でてあげながら、ドガジンは精一杯気楽に笑ってみせた。

「子どもたちこそ、ワシらの宝よ。そのためにワシは生きておるんじゃから……」

——自分が特別扱いされる理由は、厳密に言えば、拳聖だからではない、とドガジンは考える。

拳聖、つまり人類の敵を討滅しうる存在。

ではなぜ、人類の敵を討滅する者は特別扱いされるのか？

人類の敵が憎いからか？　人類の敵を少しでも滅ぼしたいからか？

——いいや、違う。人類の敵が、子どもたちを殺すからだ。

その人類の敵を倒すことが、子どもたちを守ることに繋《つな》がるからだ。

子どもたちを、彼ら彼女らの未来を守ること。

——それこそが戦いの本質なのだ、と。

賢狼族は、かつての長い冬との戦いを通して——学んでいる。


（で、あれば）

子どもたちを撫でながら、ドガジンは思う。

（これもまた、戦いのひとつよ……！）


周囲の住民に気取られる前に孤児院を後にして、来た道を引き返す。

文字通り何食わぬ顔で窓から自室に舞い戻るドガジン。

「……ふぅ」

トクトク、とカップに酒を注いで、喉に流し込んだ。

「温まるわい……」

——実のところ、不思議な感覚がある。

この頃は本当に、強がりではなく、あまり腹が空《す》かないのだ。

歳を取って食が細くなったのか？　と考えていたが、それにしても本当に食事の量が少なくて済んでいる。

（なぜ腹が減るのか？　という話じゃ……）

体を動かせば腹が減る。体を激しく動かせばもっと腹が減る。

では、その逆は？　体を動かすのに、可能な限り、力を使わないようにすれば？

それはつまり、その分だけ腹を空かさずに済むのではないか……？

……まるで酔っ払いの理論だが、ドガジンは大真面目にそんなことを考え始めていた。

その究極系がおそらく、全く身動きを取らない『冬眠』なのだろうが……流石にそれを真似《まね》するのは厳しい。

冬とは言え、魔王軍がいつ威力偵察をしてこないとも限らないからだ。

（常に戦えるよう、備えておかねばならん）

椅子の上であぐらを組み、精神を落ち着かせる。

感覚が研ぎ澄まされていくと、自分という存在がどこまでも引き伸ばされていき、周囲の環境に溶け込んでいくような、不思議な気持ちになるのだ。

そうしている間にも頭の片隅で、空想の鍛錬も欠かさない。

次にエメルギアスに相対すれば、どのように戦うか。

いかにして攪乱《かくらん》し、呪いを受けずに済むように立ち回るか。

それを静かに考える——考え続ける——

そうして、ふとした瞬間に。

『あの者がいれば、こうする』といった思考にたどり着き。

ふと、『彼』はすでに戦死していることを思い出す。

――そうすると、一気にまた、現実に引き戻された感じがするのだ。


寒々しい部屋が、質感を取り戻すのだ――

「……寒いのぅ」

ぽつりとした老狼《おおかみ》のつぶやきが、部屋に響いて、そのまま消えていった。

†　†　†

「――そういえばそろそろ、【氷獄男裸祭り】の時期ね」

本を読んでいたプラティが、ふと顔を上げて、吹雪《ふぶ》く窓の外を見ながら言った。

「【氷獄男裸祭り】……!?」

何ですかそれは!?

雪が降りしきる年の暮れを穏やかに過ごしていたら、食後のまったりタイムにプラティがワケわかんねぇこと言い出したぞ！

「……ああ、あなたが知らないのも無理はないわ。10年に一度の開催なのよ」

ぱたんと本を閉じて、肘掛けに頬杖《ほおづえ》を突きながらプラティは語る。

「【氷獄男裸祭り】の起源は、８００年ほど前まで遡ると言われているわ」

「けっこう長い歴史があるんですね」

無駄に。

「今でこそ、冬の間でも本を読んだり室内で鍛錬を積んだりと色々できるけど、古《いにしえ》の魔族の故郷【聖域】では、冬場は本当に何もやることがなかったらしいの」

「でしょうね」

貧しい土地で洞窟暮らしのクソ蛮族どもだったからな。

「かといって、雪を避けて閉じこもったままだと、鬱憤が溜《た》まる上に身体《からだ》も衰える。そういうわけで、部族の垣根を越えて、男たちが肉体美を披露しつつ、裸一貫で殴り合い、真の強さを競う祭りが生まれたのよ」

「……？」

『そういうわけで』からぶっ飛びすぎてねぇか……？

「その……よく部族の垣根を越えられましたね？　絶対、みなが丸腰のところを狙う卑《ひ》怯者《きょうもの》もいたでしょうに」

「長い歴史の中では、そういう手合もいたらしいわね。でも、雪解けとともに全部族から総攻撃を受けて、族滅していったそうよ」

「ああ、左様で……」

そうして長い時間をかけて卑怯者一族は淘汰《とうた》されていき、魔族全体の蛮族っぷりに磨きがかかっていった、と……。

「裸一貫で殴り合い、とのことですが、乱闘でもするんですか？」

喧嘩《けんか》祭りっていうんなら、同盟圏でも聞いたことはあるが。

いや、冬場に真っ裸でってのはさすがに聞いたことないが。

「どちらかというと、一対一の殴り合いが主ね。表向きは無礼講で誰に挑んでもいいことになっているけれど、現在では、平素の上下関係の確認の意味合いが強いわ。本当に決闘じみた真似をするわけではないの」

「なるほど？」

「要は、魔王陛下や族長が武威を示すために、目下の者たちの挑戦を受け付ける祭りなのよ。同格で殴り合って格付けすることもあるけれど、それをやるのは、主に若い者たちばかりね」

「ほほーう」

昔々は魔族の総数が少なかったので、一箇所に魔族の男たちが集結して殴り合っていたらしいが、現在では各部族の領土などで個別に開催されるものらしい。

「それでもやっぱり、魔王城のものが最大規模よ。裕福な氏族なら、たとえ吹雪いていても、遠路はるばる代表者を送り込んでくるでしょうね。レイジュ族からは、おそらくジークヴァルトが来るわ」

レイジュ族長ジジーヴァルトは、自領で目下の者と殴り合うだろうとのこと。多分ディオス家の連中とかだろうな。

そうしてみると、族長家としてのメンツがかかってるから、思ったより大事な祭りってわけだ。

「それで、いつ頃やるんです？」

「今週末ね」

俺は、窓の外を見やった。ビュービューと寒風が吹き、雪が積もっている。

「へえ、寒いのに大変ですねぇ」

「あなたも出るのよ」

「えっ」

完全に他人事《ひとごと》だった俺は、プラティの一言で真顔になった。

「当たり前じゃない。もう角は生えてるし、王子なんだから」

参加資格、成人男子とかじゃねーのかよ!!

角の有無で判定されんのかよ!!

「あなたと同年代……もとい、同体格の少年とも交流できるでしょう。楽しみね」

すごく……どうでもいい……

何が悲しゅうて、凍えながら魔族のガキと殴り合わなきゃいけねぇんだ……

「一応、冬場に身体が鈍らないよう鍛錬も兼ねているし、壮健さをアピールする狙いもあるのよ。参加することに意味があるんだから」

身を乗り出して、言い含めるようにプラティ。暗に欠席は許されないことを告げられて、俺はうなずかざるを得なかった。

きっと、参加しなかったら惰弱呼ばわりされるんだろうなぁ……

『寒いのに大変じゃのぅ』

笑ってんじゃねえぞぐーたら魔神がよォ……！　他人事だと思いやがって……!!

まあ、今でも外では普通に鍛錬してるし、前世じゃ雪中行軍も吹雪の中での戦闘もザラにあったから、こんなの屁《へ》でもないけどさ。

……いやーでも裸はちょっとツラそうだな……

「ちなみに、男たちの祭りってことですが、女だけの祭りとかあるんですか？」

気持ちを切り替えようと興味本位で尋ねると、プラティが変な顔をした。

「そんなに女の裸を見たいの？」

ちげーよ、裸祭りに限定してねぇわ!!

「いえ、男の祭りがあるなら、女の祭りもあるかなって思っただけですよ！」

「これといってないわね。でも、【氷獄男裸祭り】と呼ばれているけど、男たちが裸で殴り合う間は、母や妻や娘たちが槍《やり》を持って警備するの。だから私たちも参加していると言えなくはないのよ」

むしろ男たちの活躍ぶりで、格付けし合うと言っても過言ではないわね、と剣呑《けんのん》な目をするプラティ。

女は女で、旦那や息子がどれだけ強いかでマウント取り合うのか……

「な、なるほど……」

俺は引き気味に相槌《あいづち》を打った。

それにしても、魔族の男が総出で、丸腰になる行事があったとはなぁ。

事前に知ってさえいれば、魔王城強襲作戦をこの日に定めていたのに……!!

『あるいは次回、10年後の祭りで魔王を狙う手もアリかのぅ』

なくはないけどよぉ……10年か……それまでにいくつの国が滅ぶんだろうな。

まあでも、10年後っつったら俺15歳か。

『その若さで魔王を討ち取れたら、むしろ御の字ではないかのぅ……?』

そうかもしれない……

そうして、複雑な想《おも》いを胸に、鍛錬に勉学にと日々を過ごしていると、あっという間に1週間が過ぎた――

†††

——魔王国、魔王城、第1練兵場。

身を切るような風に粉雪が舞い散る中、鮮やかな戦装束に身を包んだ魔族の女たちが、槍を手に、仁王立ちでぐるりと練兵場を取り囲んでいる。

そして、練兵場につながる城門の前には、巨大な櫓《やぐら》が組まれていた。

最上部には、これまたクソでかい太鼓と、一際目立つ赤い戦装束の女。

第2魔王子ルビーフィア＝リバレルだ。

魔王城の女魔族の代表として、今日は鼓手を務める。

フゥ——ッと白い息を吐き出し、両手の骨のバチを振り上げるルビーフィア。後頭部でまとめられた赤い髪が、風になびいてまるで炎のようだ。

ガッ！　ガッ！　と太鼓の縁をバチで叩《たた》き、高らかに打ち鳴らす。

ドンッ！　ドドンッ！

ガッ！　ガッ！

真顔で見守る女たち——

ドドンッ！　ガッ！　ドンドンドンッ！

「入場ッッ!!」

ルビーフィアの叫びに、

「「「「応《オウ》ッッ」」」」

比喩でもなんでもなく、数千の野太い声が応えた。

城門が開かれ、裸の男たちがのしのしと雪を踏みしめながら練兵場に入る。

先頭を行くのはもちろん——


「【我こそは魔王！　ゴルドギアス＝オルギなり!!】」

堂々と【名乗り】を上げる現魔王ゴルドギアス。

文字通り、魔王国最強の男だ。「陛下ッ！　陛下ッ！」「王《オウ》ッ！　王《オウ》ッ！」と背後から声援が飛ぶ。

それに応えるように、魔王の全身から魔力がほとばしり、頭上で弾《はじ》けて業火の花を咲かせた。寒空を吹き飛ばさんとするかのような一撃、獅子《しし》のたてがみにも似た金髪が爆風にはためく。

普段は肌身離さず持ち歩いている【魔王の槍】も、今日の日ばかりは置いてきたらしく、鋼のような肉体の他は何も持たずに登場だ。

そしてその背後には——


「【我こそは、魔王国が第1魔王子！】」

青髪をたなびかせる筋骨隆々の美丈夫。もちろん素っ裸。

「【アイオギアス＝ヴェルナスなりッ！】」

魔王に負けじと、堂々たる【名乗り】がなされた。

と同時に魔力がほとばしり、ピシピキッと音を立てて空気が凍りつき、キラキラと雪が舞い散る。

「寒いぞー!!」「いい加減にしろーっ！」などと野次が飛んだが、血統魔法で水と氷を操り、寒さへの耐性もあるアイオギアスは自分だけ涼しい顔で受け流す。

それに続くのは――

「【我こそは魔王国が第3魔王子】」

プラチナブロンドの貴公子。もちろん裸。

「【ダイアギアス＝ギガムント！】」

声量こそ控えめであったが、ダイアギアスの声はよく通る。

そしてその手に、魔力でできたピンク色の薔薇《ばら》が現れ、ダイアギアスが口に咥《くわ》えてポーズを決めると同時に、無数の花びらが撒《ま》き散らされる。

さらには落雷！　放電ッ！　派手さでは魔王さえも凌《しの》ぐほどだ！

「キャーっ！」「ダイアギアスさまーっ！」と練兵場のあちこちから、悲鳴じみた娘たちの黄色い歓声が浴びせられる。

手を振りながら、投げキッスなどしつつ、それに応えるダイアギアス。

続いて、その背後——

「【我こそは——魔王国が、第4魔王子ッッ！】」

ヤケクソじみた、ザラついた叫び声。

「【エメルギアス＝イザニスなり——ッッ!!】」

緑髪を風にチリチリさせながら、これまたヤケクソじみて叫ぶエメルギアス。

血統魔法の効果か、風の音にかき消されることなく、練兵場の隅々にまで声が届く。

「うおおらあああ！」

魔力がほとばしり、色付きの竜巻が雪を吹き飛ばした。

「いいぞー若ッ！」「カッコイイぞー！」などとイザニス族の声援が届く。これもまた全て血統魔法によりやけにクリアな音声だったが、つまり身内しか声援を飛ばす者がいないことの証明でもあった。

そして——

エメルギアスの背後には——

のしのしと、肩を怒らせて歩く——

「【我こそは……魔王国が第7魔王子ッッ！！！】」

おお……と観衆がどよめいた。

少年だ。まだ年若い少年だ!!

「【ジルバギァス＝レイジュなり――ッッ!!】」

兄以上にヤケクソじみて叫ぶ、若き魔王子。

ズグオオァァァァッ!!　とその全身から、禍々《まがまが》しい闇の魔力が解き放たれた。

「おおっ！」「5歳にしてあれほどの魔力！」「誠にあっぱれ！」「殿下カッコイイー！」

と老若男女問わず歓声が押し寄せる――!!

「うおおおお！　我こそはオンブル族代表、ミアーヴォリ！」

「レイジュ族を代表して参った、ジークヴァルト！」

「ハッハッハァ！　ロフォノス族代表、トールドン見参ッッ!!」

魔王一家男子たちのあとには、各氏族の代表たちも続々入場ッッ!!

魔王城【氷獄男裸祭り】、ここに――

開幕――ッ！

†　†　†

――【氷獄男裸祭り】はつつがなく終了した。

魔王が各氏族の代表や魔王子と殴り合うのを、やんややんやと野次を飛ばし観戦しながら、手近な奴《やつ》と殴り合うのがメインのイベントだった。

まあお互いにガチじゃないというか、殴り合いというより取っ組み合いに近い感じで、力自慢大会に「流血《ドロリ》もあるよ」みたいなノリだ。

中でも、魔王とアイオギアス、ダイアギアスの一対一《タイマン》はなかなかに見応えがあったな。

『さて父上、胸を借りますよ』

『ハハッ、かかってこい！』

冷たい美貌とは裏腹に、アイオギアスは筋肉質のパワーファイターだった。同じくパワー型の魔王と真正面からバシッ、ドガッとパンチの応酬、からの取っ組み合っての力比べで、会場は大いに盛り上がった。

結局、魔王がアイオギアスを豪快に投げ飛ばして決着がついたが、擦り傷まみれで口の端が切れていたアイオギアスは、それでもずいぶんと楽しそうだった。やっぱりアイツも蛮族だったか……

『父上。そろそろ戦場に出たいんですが』

『またか……まあ、お前の健闘次第では考えてやらんこともない』

『では遠慮なく』

対するダイアギアスはスピード型で、蝶《ちょう》のように舞い蜂のように刺す、という表現がぴったりなファイトスタイルだった。器用に魔王の拳を避けながら的確に痛打を叩き込む。しかし、長兄に比べると線が細いというか、ダイアギアスの一撃には重さが足りていなかった。魔法なしの純粋な殴り合いでは真価を発揮できないタイプだろう。魔王は涼しい顔で打撃を受け止め、最終的に腕を摑《つか》み、そのまま投げ飛ばしていた。

……ちなみに、緑野郎ことエメルギアスも挑んでたけど、数発殴り合ってから見事に吹っ飛ばされていた。

…………え、俺？

もちろん殴りかかったよ。緑さえ行ったのに、俺が様子見で終わるわけにはいかねえだろうがよ……

『父上ーッ！　お覚悟はよろしいかーッ！』

『おうとも！　さあかかってこい‼』

『うぉらァァァァッ！』

と、果敢に全力パンチを叩き込んだが、腹筋で普通に受け止められて、お返しとばかりに腹パンされて、そのまま投げ飛ばされて終わりだった。

――ただ、空中でグルングルンッと回転した割に、上手《うま》いこと両足で着地をキメられたので、場は盛り上がった。

殴り合いに備えて腹を空っぽにしておいてよかった、ここでヴォエッ！　とかやってたら格好がつかなかったからな。

他王子たちが割と擦り傷だらけのアザだらけだったのに対し、手加減されたとはいえ、ほぼ無傷でくぐり抜けたので、俺の株が無駄に上がったように思える。

しかしどさくさに紛れて、腹の痛みを転置呪でお返ししようとしたが、当然のように抵抗された。

なんというか……鉄塊を引っ掻《か》いて、爪痕を刻もうとでもしているような感覚に襲われたな。とんでもない魔法耐性だ。隔絶した魔力差を感じた。

俺も着実に強くはなってきているが、まだまだ魔王は遠い。

改めてそれを実感し、気が引き締まった。


その他は――一応、俺と同年代というか、同体格のグループがいたので近づいてみたがサァーッと波が引くように距離を取られた。

まあ魔力的にもへなちょこばっかりだったからな。力量的にも爵位的にも遥《はる》か格上の俺にビビり散らすのは仕方ない。

ただ、ひとりだけ、プルプルしながら踏みとどまった奴がいて、そいつが結果的に先頭に出てくる形になった。

『わ……わが名は、ミクロス！　アノイトス族の従騎士だ！』

そいつはプルプルしながらも、勇気を振り絞って叫んだ。

『ジルバギアス＝レイジュ！　挑戦をうけてもらおう！』

『おう』

俺が初めて角ポキした、メガロスとかいう奴の関係者のようだ。あの一件のあと、アノイトス族はすっかり『惰弱な角の一族』として有名になってしまったので、そのお礼参りというか、汚名返上のためだろう。

挑戦された側は、挑戦者の攻撃を1発は受けるのが暗黙の了解らしいので、格上の俺に挑んできた度胸にも免じて、とりあえず1発は食らってやることにした。

『うおおおおくらえェッ！』

が、なんとコイツ金的を狙ってきやがった。

反射的に足を引っ摑んで止め、顎に1発入れて気絶させちまったよ。攻撃を食らう前にぶっ倒す形になっちゃったけど……俺は悪くないよな。

それ以外は俺に絡んでくる者もおらず、寒空の下、他の魔族たちの殴り合いを観戦するだけにとどまった。

雪の中、真っ裸でジッとしていると寒くてたまらないので、周囲の連中と殴り合い身体《からだ》を温めるのがこの祭りの醍醐味《だいごみ》らしいが……俺はいい感じの相手がいなかったので、ただ散歩していた。

【制約の魔法】で自分が触れる空気に【極寒を禁じ】、ちょっとだけ寒さを軽減したので割と平気だったけどな。

『てめぇいつもオレの手柄を奪いやがって！』

『なにクソ！　テメェこそオレの初恋の女を奪いやがって！』

『オラァとっとと金返せコラァ！』

『まだ期限になってねえだろガタガタ抜かすなボケェ！』

そんなノリで殴り合う男たち。

見ていて気づいたが、ガチの敵対派閥に挑戦する奴は稀《まれ》で、身内や近しい者に普段言えないようなことを物申す祭り、という雰囲気だった。

『うおお無名の若手にももっと戦働きの機会を！』

『治療師の枠もっと広げてくださいよ！』

『焼肉食いたいッス！　レイジュ領にも焼肉祭りを！』

しかし三馬鹿が無謀にもジークヴァルトに挑んでたのには笑った。案の定ボコボコにされてたけど、それぞれジークヴァルトに1発はブチ込めて満足そうだった。

総括すると、なんというか、思ったより平和的な祭りだったな。

『平和的とは……？？？』

懐疑的な声を発するアンテ。

『終わる頃には、練兵場の雪が血で青黒く染まっとったが……？』

うん……でも、別に内臓がコンニチハしたり、手足が千切れ飛んだりしたわけじゃないから……

『お主もだいぶん染まってきたのぅ』

そんなことねえよ。第一、死者がひとりも出てないしな、平和なもんさ。

†　†　†

祭りも終わり、穏やかな日々は続く。

週に1回の食事会では魔王や魔王子たちと交流しつつ、俺の明らかな魔力の成長に探りを入れられ。

食後にアイオギアスやルビーフィアに声をかけられては、旗色を明らかにするよう催促されたり。

『その後、どう？』

『ぼちぼちッスね』

時たま、ダイアギアスと猥談《わいだん》に花を咲かせたり。

『きみの竜娘が、すごくイイ感じの衣装を着せられてるって聞いたんだけど』

『ああ……それは、ですねぇ……うーん……』

『誰が手掛けたモノなの？　僕も女たちにプレゼントしたくてさ』

が、クセモーヌの情報は隠しきれなかった。

『もちろんタダで教えろとは言わない、代わりにうちの一族の、腕のいい付与術師《エンチャンター》を紹介しようじゃないか』

交換条件でダイアギアスの出身、雷魔法を得意とするギガムント族の腕利きを紹介されたので、了承せざるを得なかった。

そこまで必死にクセモーヌを隠すのも不自然だからな……幸い、ダイアギアスはクセモーヌのデザインセンス目当てみたいだから、これをきっかけに、彼女が服飾デザイナーとして羽ばたいてくれれば、それはそれで悪くないかもしれない。

どうせ俺とダイアギアスくらいしか顧客いないだろうし……

『冬場に怠けて春が来たら鈍っていた、など許されんからな！　さあ走る！』

『うおおおお～～～～！』

また、三馬鹿やクヴィルタルたちと連携訓練を重ねたり。

三馬鹿の実力の伸びは、こうしてみると目覚ましいものがある。俺の手下になった当初は、チンピラに毛が生えた程度の実力だったのに、近頃は上位者に揉《も》まれ続けているせいか、自覚なくそこそこやれるようになってきたらしい。

と、クヴィルタルが目を細めて報告してきた。アイツ、口ではなんだかんだと言いながら、けっこう面倒見いいというか、職務に忠実だよな……

『そういや殿下！　レイジュ領から手紙が届いたんスよ～』

訓練の合間に、『じゃじゃん！』とアルバーオーリルが手紙を見せてきた。

手紙、というより寄せ書きのようだった。『兄貴がんばって！』『ちゃんとご飯食べてる？』『可愛《かわい》い娘は見つかったか～？』などなど……

『こっちは殿下に宛てたメッセージらしいです』

別の一枚には、『愚息がお役に立つことを祈っております』『しょうらいぼくも、でんかのけらいにしてください』『殿下も兄貴もカッコイイ！』などと、様々な筆跡で書かれていた。

──端っこには、一際汚い字で『弟を、お願いします』と。

『あ……すいません、これ姉貴ですわ。字が下手くそなもんで……』

ちょっと困ったように笑うアルバー。

『俺……あれから殿下に言われて、色々考えてみたんスよね』

聞いてもいないのに、そんなことを言い出した。

『弱い者や貧しい者を救いたいっていうなら、敵はどうなんだ？って。ターフォス訓練所で、勇者部隊とも、戦ったじゃないですか。あれで奴隷をなぎ倒したときは、やっぱり後味が悪かったというか……これで実戦に出て、相手にも家族がいるのかー、とか、考えだしたらマジでキリがないなって思って……』

小さく溜息《ためいき》をつき、鍛錬で浮かんだ額の汗を拭って、空を見上げた。

『やりづれえけど……やっぱり俺って、魔族じゃないッスか』

その日、珍しく晴れていた夜空に、アルバーのつぶやきは、やけに澄んで響いた。

『だから、仕方ないのかなーって思うようになりました。もっとビッグになったら話は別ッスけど、今の俺はあまりにちっぽけで、何も変えられないです。……こんな惰弱な迷いを抱えてるようじゃ、そもそも殿下の足を引っ張ってしまいます』

不意に、臣下の礼を取るアルバー。

『――なのでそういう迷いは捨てて、殿下のために一生懸命、頑張ります。俺はビッグにならなきゃいけない。そして今のビッグじゃない俺には、迷う権利すらない。それが俺の結論です』

真《ま》っ直《す》ぐな瞳で――俺を見つめる。

『そうか。……お前は正しいよ。少なくとも、俺はそう思う』

そう答えるのが精一杯だった。

事実だ。魔族の戦士として、魔王子の家来として――これ以上の答えがあるか？

私情も、主義主張も捨てて、主君のために尽くそうってんだ。

立派なことじゃないか。

……本当に、やりづれえなぁ。

†　†　†

――死霊術研究所こと、アウロラ砦《とりで》の地下室。

吹雪《ふぶ》いてない日は、暇さえあればリリアナ・レイラのふたりと一緒にここに来ている。

ちょくちょく物資を運び込んでいるので、死霊術の研究――アンデッド作成などにも挑戦していくつもりだ。

だけど、それ以外にも、秘密の訓練所としても重宝している。地下室は完全に密閉されていて、何をやっても目撃される恐れがないからな。


「――【アダマス】」

だから、こういうこともできる。

「【目覚めろ】」

聖剣が、その力を解放する。


バチバチバチチィッ、と稲妻が宙を走るような音を立てて、古びた剣が白熱する。

闇の輩《ともがら》を灼《や》き、邪悪なものを打ち払う聖なる輝き。

なまくらのように見えた刃先が、冴《さ》え冴《ざ》えとするほどの切れ味を取り戻していく。

本来ならば、この魔族の肉体をも灼き焦がすであろう光は、兵士たちの遺骨により中和され、俺を傷つけることはない――

さらに。

俺の全身を、濃厚な闇の魔力が包み込む。

エンマから習った、魂を護《まも》る魔力の殻の呪文。

奴《やつ》みたいな高位アンデッドが、魂を保護するために使うバリアじみた魔法だな。最大の特徴は、魔除《まよ》けと違い、呪いを受け流したり打ち消したりするのではなく、ひたすら頑丈な壁のように振る舞うこと。

エンマいわく、霊界に潜る際、世界の圧に耐えるための『殻』のような使い方もするのだとか。防護の呪文に比べ、物理的強度はない代わりに、呪詛《じゅそ》や概念に対しても強固な防御力を発揮するため、日頃から重ねがけしているらしい。

どころか、次々に新たな魔力の層を生み出して『殻』を代謝させているとか何とか……それにより魂魄《こんぱく》汚染系の呪いが直撃しても、魂をきちんと保護できるそうだ。

これこそが、アイツが日光に焼かれてもピンピンしている理由だったんだ。

アイツがホイホイ教えてきたのもわかる――シンプルなだけに、対策しづらい。

俺も試してみたが、魔力を制御する難易度が非常に高く、一朝一夕では使いこなせそうになかった。確かに、この呪文で自らをコーティングした上で、表面に聖属性に染めた魔力を展開したら、俺は無傷でいられたのだが。

少しでも気を抜いたら、コーティングの闇属性の層にまで聖属性が配合されてしまう。

そうなれば全身を包む防御の殻は、地獄のオーブンに早変わりだ。

何度、制御に失敗して丸焦げになったかわからない。

だが俺はくじけずに練習し続けた。何度も、何度も――

「【光の神々よ、ご照覧あれ】」

慎重に、俺は聖句を唱える。

「【聖なる輝きよ《ヒ・イエリ・ランプスイ》　この手に来たれ《スト・ヒエリ・モ》】」

俺を包む闇の殻が、銀色に染め上げられていく。

「……ッ！」

全神経を集中させる。極めて繊細な制御が必要だった。リリアナとレイラも固唾を呑《の》んで見守っている。

「――よし」

俺は銀色の光をまといながらも、無事だった。

着実に練度が上がっている。

殻の呪文で闇の魔力の層を生み出すことで、聖属性の恩恵を受けながら、自身への被害を無効化することに成功した。
剣槍《けんやり》を、いや聖剣アダマスを振るう。
地下室の闇を、銀光が照らし、切り裂いていく。
俺に寄り添う、銀色に光り輝く闇の魔力は――

奇《く》しくも揺れる炎に似ていた。

「――ふぅ」
一通り剣の型を振るい、俺は正眼にアダマスを構えて息を吐く。
近頃は、冬の寒さが緩んできた。
このまま雪解けを迎えれば――
とうとう、俺の初陣。
デフテロス王国、首都エヴァロティ攻めが、始まる。

4．魔王子出征

魔王城、外縁部の城門前にて。

「――準備、完了いたしました！」

ガルーニャが報告に来た。

ずらりと並んだ骸骨馬車には、物資が満載されている。

戦装束を身にまとった各種族の戦士たちと、黒一色の礼服を着込んだ使用人たちが一斉に敬礼した。

全て、滞りなく終わったらしい。

「それでは、父上、母上」

俺は背後を振り返る。

階段の上に寄り添って立つ、ふたりの魔族――

魔王ゴルドギアスと、大公妃プラティフィア。


「――行って参ります」

とうとう、この日を迎えた。

俺、第7魔王子ジルバギアス＝レイジュは、これより前線に向かう。

「うむ」

重々しくうなずく魔王。

「ここに至って、多くは語るまい。存分にその武威を発揮せよ。期待している」

俺は、黙礼して応えた。

「ジルバギアス」

一際華々しいドレスで着飾ったプラティは、腕を組みながら、悠然と微笑《ほほえ》む。

「朗報を待っているわ。……あなたに、闇の神々のご加護があらんことを」

幼い息子が戦地へ赴くというのに、落ち着いたものだ。むしろ自信満々で、誇らしげにさえ見える。まあ、涙ながらに見送られるよりマシだな、俺としては。

……俺としては。

「はい。我が名を、魔王国のみならず、同盟圏にも轟《とどろ》かして参ります」

そんな内心は王子の仮面で隠しつつ、俺は勇ましくうなずいてふたりに背を向けた。


馬車へ向かう間にも、様々な視線を感じた。


おそらく上層階からは、他の魔王子たちが俺を観察しているだろう。

視界の端に、重装鎧《よろい》を身に着けた魔族の一団。……ドスロトス族の面々だった。中には当然ゴリラシアの姿もある。

眩《まぶ》しげに、俺を見守っていた。目礼を返す。

見送りの夜エルフの猟兵の中には、しれっと紛れ込んだシダールの姿も。なかなか様になっている。アイツも監獄長官になる前は腕利きの猟兵だったって話だしな。

「――――」

一歩一歩、進むごとに、魔王城での日々が蘇《よみがえ》るようだ。

この場に姿を現すことはできなかったが、最後の死霊術教室では、エンマが物凄《ものすご》く心配そうにしていたのを思い出す。

『気をつけてね。どんなに危なくなっても、諦めちゃダメだよ。本当に最悪の場合は――ボクが助けてあげるから』

などと、とんでもないことを言われて反応に困った。

どうやら戦死しても、エンマが復活させてくれるらしい。

最悪のセーフティネットだ。絶対に死ねないと改めて思った。

クレアは――少し淡白というか、素っ気なさすら感じる雰囲気だった。しかし、本当は、生身に戻りたがっているなら、俺に対する好感度なんてゼロに等しいはず。

よくよく考えるまでもなく、魔族に好意的なエンマがおかしいんだ。人族の娘としてはごくごく普通の反応と言わざるを得ない……『ま、死なない程度に頑張ってきたら？　王子さま』とだけ言われた。

胸中フクザツだろうさ。惜しむらくは、俺のフクザツな心境を共有できないことだ……

人族といえば、ヴィーゴたちには——俺の出征を告げなかった。

……言っても意味がないと思ったからだ。というか、言って何になる？　これから人族を殺しまくってくるなどとほざく魔王子を、彼らにどうしろというのだ？

だから——いつものように、ヴィーゴに戦歌などを弾いてもらった。

『しばらく出かけることになる。顔は出せないが、まあ、達者で暮らせ』

『かしこまりました。行ってらっしゃいませ』

いつものように、何を考えているかもわからない淡白な声を背に、俺はそそくさと監獄を後にした——

もしも俺が死んだら、シダールは権力の源泉を失い、ヴィーゴたちを保護する責任者もいなくなる。普通の人族奴隷として、転置呪治療のため消費されてしまうかもしれない。

……まさか、魔王城に、守るべき『民』ができるなんて思わなかった。

彼らを無駄に死なせないためにも。

俺もまた——決して、死ねないんだ。

馬車に乗り込む。先に乗り込んでいたリリアナやレイラが、硬い面持ちで俺を出迎えた。

「…………」

俺も多分、似たような表情《かお》をしている——クリスタルガラスの窓越しに、ふたたび魔王たちに黙礼した。

滑るように、馬車が走り出す。

魔王たちの姿が完全に見えなくなってから、小さく溜息《ためいき》をついて、力なく背もたれに身を預けた。

リリアナは不安げだし、レイラは何を言うべきかわからないようだ。

俺も、硬い笑みしか返せない。……これから馬車で数日も走れば、もう前線の基地に到着だ。出荷でもされているような気分だった。

リリアナは、最前線まで連れていくわけにはいかないので——万が一、その存在が露呈すれば奪還される恐れがあるため——既に占領されている、デフテロス王国西部の辺境都市に、レイラやガルーニャ、その他護衛たちとともに置いていくことになるだろう。

俺としては、正直、リリアナが奪還されても全然構わないんだけどな。

しかし周囲がそれを許さない。今やリリアナは、俺の陣営であまりにも大きな存在となっていた。俺が手放そうとしても、夜エルフたちが死守するだろう……


——窓の外を見やる。


城下町の街並みが飛ぶように流れ去っていく。

『我が名を、魔王国のみならず、同盟圏にも轟かして参ります』

先ほど、俺はこう宣言したが、この言葉に偽りはない。

俺は、今回の戦争において、容赦なく振る舞うことに決めた。

同盟の兵士も、勇者も、神官も、剣聖も拳聖も、遭遇すれば可能な限り殺す。

俺が彼らを生かそうとしても、結局、他の闇の輩《ともがら》に殺されるだけだ。

ならば――俺が糧とする。

戦功を挙げ、魔王国での俺の地位を向上させ、魔王国滅亡の足がかりとする。

禁忌を犯し、力を得るこの機会を、最大限に活《い》かすことに決めたのだ。

無論、隙があれば――


魔族の頭数も、減らしていく。


そこに躊躇《ためら》いはない。……躊躇っては、ならない。

「くぅん」

しょんぼりと耳を垂らしたリリアナが、俺の隣にやってきて、頭をこすりつける。

「……あなた」

レイラが遠慮がちに、俺の手を握ってきた。温かい。

「…………」

普段なら、俺は笑って、何かちょっとは気の利いたことが言えたと思う。

だけど、今日という日は。

まるで石膏《せっこう》で塗り固められたみたいに、顔は強張《こわば》ったままで、喉から声を絞り出すことさえままならなかった。

石像のような俺を――

それでも骸骨馬車は、無感動に、無慈悲に。

前線へ、運んでいく。

†　†　†

「……行ってしまったな」

走り去る骸骨馬車の車列に、ゴルドギアスが感慨深げにつぶやいた。

「……はい」

プラティフィアも、小さくうなずく。

「勇ましい子だ。普通、初陣と言えばもっとこう――心細げな顔を見せるものだが。あの子には当てはまらんな」

「本当に。……本当に、その通りにございますね」

　ジルバギアスは――普段より硬くはなっていたが、並々ならぬ覚悟と決意を滲《にじ》ませるのみで、怯弱《きようじやく》な様は一切見せなかった。

　それを頼もしく、誇らしく感じると同時に、ちょっぴり寂しくもある。

「……ジルバギアスが、我が子であることを不思議に思うときがある。おっと、変な意味ではないぞ」

　ゴルドギアスは冗談めかして、

「我が父も大変に破天荒な人物だったが、幼少期の話を聞きかじった分には、あの子よりよほど大人しい。我も、子ども時代はもっと……平凡だった。ジルバギアスの我の強さはプラティの血だと思うのだが？」

「そう……なんでしょうか。私も、あの子に比べれば凡百の魔族ですが」

　プラティフィアは困ったように微笑む。

「あるいはドスロトスの血かもしれません。ジルバギアスは、それこそ物心がついたときには、負けず嫌いでとんでもなく我の強い子でした。……ですが、魔界から帰ってきてから、特に変わったように思えます。見た目だけでなく、あり方が」

　成長ぶりが恐ろしいほどですよ、とプラティフィアもまた、冗談めかして笑う。

「そうだな」

　穏やかな声音で相槌《あいづち》を打った魔王が、そっとプラティフィアの肩を抱いた。

「……だから、あの子はきっと大丈夫だ。心配する必要はない」

そう告げられて——プラティフィアは目を見開き、敵《かな》わないとばかりに苦笑した。

きっと、ゴルドギアスは気づいていたのだろう。

プラティフィアが腕を組んで、震える指先を隠していたことに——

こつん、と魔王が、プラティフィアの角に自らの角を当ててきた。

こんな公の場で、魔王が親愛の情を示すのは極めて珍しいことだ。

「……はい」

プラティフィアも、肩の力を抜いて答える。

それから——名残惜しくはあったが、魔王には政務があるため、その場で別れた。

プラティフィアは堂々と胸を張り、居住区に戻る。途中、他魔王子の母たちが姿を現しては、睨《ね》めつけるような視線を向けてきたが——それら全てを悠然と見返すと、何も言わずにみな引っ込んでいった。

そうして自室に入ったプラティフィアは、いつものようにソファに——腰掛けず、そのまま窓際の床に跪《ひざまず》いた。

夜空を見上げる。

闇の神々の象徴たる月――

「どうか……闇の神々よ……」

目を閉じて、プラティフィアは手を組んだ。

「我が子を……ジルバギアスを……無事にお返しください……」

一心に、祈りを捧《ささ》げる。

いつまでも。

いつまでも……。

終章

焼け落ちていく故郷の村を――
永遠のように、彷徨《さまよ》い続ける。

――そんな夢を、見た気がした。

目を開けば、天幕の布地が視界に飛び込んでくる。
薄暗い。入口の隙間から、わずかに差し込む夕日。
『お目覚めのようじゃの』
静かなアンテの声。
ああ……夢見は最悪だが、身体《からだ》はしっかり休まった。
寝台から起き上がり、外に出れば、ずらりと並び立つ魔族の天幕。
黒一色の魔王国旗と、黒地に銀の3本線が描かれたレイジュ族の旗がはためく。
デフテロス王国・首都エヴァロティを望む高台。

魔王軍の前線基地に、俺はいた。

†　†　†

数日の馬車の旅はじれったく、それでいてあっという間に終わった。

デフテロス王国西部、占領された辺境都市でひと休憩してから、さらに骸骨馬車を走らせ、この前線基地に到着したのが昨日。

リリアナは、ガルーニャやレイラたちとともに、辺境都市でお留守番だ。

みんな、一緒に来たそうにしていたな。

リリアナはひたすら心配そうだったし、ガルーニャも、最近ではすっかりリリアナのお世話係になっているが、もともと俺の側仕《そばづか》えだっただけに渋い顔だった。レイラは言わずもがな、俺の身に危険が迫ればドラゴンの姿で助太刀できるのに、とでも言いたげで。

——だけど、彼女らが戦火から少しでも遠い場所にいることに、少しホッとしてる俺もいる。

「殿下、お目覚めですか」

と、天幕の護衛に立っていた、剣聖モードのヴィロッサがひょいと顔を覗《のぞ》かせた。

昨年のデフテロス王国攻めでは、エメルギアス率いるイザニス族の陣地が、勇者や剣聖たちの奇襲を受けたからな。

同じ轍《てつ》を踏まぬよう、此度《こたび》の戦では、昼間の周辺警戒が厳とされていた。

「すぐにお飲み物などをお持ちいたします」

「ああ」

言葉少なにうなずいて。

……俺は、緊張を自覚する。

普段のようにそつなく振る舞えない。だがヴィロッサは気にする風もなく、一礼して顔を引っ込めた。

「……ふぅ」

俺は首の骨を鳴らし、軽いストレッチで身体をほぐしていく。


現在、レイジュ族率いる魔王軍の戦力は、レイジュ族とその友好部族からなる魔族戦士団400に、夜エルフ猟兵が800、獣人とオーガからなる昼戦軍団が2万。

その他、魔族戦士の連れてきた悪魔兵が多数（数百?）、伝令としてイザニス族、工兵的なコルヴト族、糧食冷蔵を担当するヴェルナス族などの人員もいる。

対する同盟軍は、聖教会の援軍が3000（勇者、神官、剣聖を含む）、人族・獣人族混合の王都防衛軍が1万ほどと見られている。

王都防衛軍は、デフテロス王国軍の他、近隣諸国・諸侯軍、および魔王国に滅ぼされた亡国の兵士たちの寄り合い所帯だ。民兵まで数に含めれば、2万くらいに膨れ上がるかもしれない。

その他、ドワーフ連合の戦士や、聖大樹連合の森エルフたちもいるだろう……

「――ジルバ様、お水と軽食です」

ソフィアが天幕にやってきた。

「ありがとう」

受け取って喉を潤し、軽く腹を満たし、身支度を整える。

ソフィアに手伝ってもらいながら、厚手の布鎧《ぬのよろい》を着込み、鱗鎧《スケイルアーマー》【シンディカイオス】に袖を通す。

護《まも》りの魔法が込められたブーツを履き、ベルトをしめ、腰にアダマスを吊《つ》るし、兵士たちの遺骨でできた籠手《こて》をはめ、脛当《すねあ》ても装着。

最後は、兜《かぶと》だ。

冬の間にドワーフ鍛冶に依頼して造ってもらった。合金製のフレームにファラヴギの鱗《うろこ》の余りを貼り付けた構造で、軽さと頑強さを両立させている。もちろん白竜の鱗由来の魔法抵抗も完備。

角に干渉しないよう、側頭部のあたりにスリットが入っているのが特徴的だ。獣人族の帽子や兜に、頭頂部の耳を出す穴が開いているのに似ている。魔族の角の位置は個人差があるので、頭装備はどうしてもオーダーメイドになりがちだ。サイズさえ同じならバケツ型でスポッとかぶれる人族に比べると不便だな。

――そんなことを考えながら、スリットに角をはめ込むようにして、兜をかぶる。流石《さすが》はドワーフ製のぴったりフィット。

とんとん、とその場で飛び跳ねる。

うん……問題ない。

それにしても、闇の輩《ともがら》のくせして、全身白銀の装備で固めてるんだから悪趣味過ぎて笑っちまうよ。光属性に対する耐性はピカイチだけどな……

準備が整ってしまったので、俺は天幕の外に出た。

夕日は、ほぼ沈んでいる。空だけが名残惜しげな茜色《あかねいろ》。

だが、それもじわじわと――闇色に染め上げられていく。


「よーし、戦だー！」

「腕が鳴るのォ！」

「今度こそ大手柄あげるぞー！」

俺と同じように、天幕から続々と姿を現す魔族たち。

男も女も意気軒昂《けんこう》、まるでピクニックにでも出かけるような陽気さだ。

レイジュ族、そしてその他友好部族の戦士たち。心なしか若手が多めに見えた。

「殿下！」

「いよいよっスね！」

「アガってきましたよ！」

と、背後から三馬鹿たち。すっかり凛々《りり》しい顔になっちゃって、まぁ……

「ああ。流石にちょっと、緊張してきたな」

俺が冗談めかして言うと、「殿下も緊張なんてするんスか!?」とセイレーナイトが素っ頓狂な声を上げた。

「当たり前だろ。まだ5歳だぞ」

「それを言っちゃおしまいですよ殿下」

「どういう意味だこの野郎」

軽口を叩《たた》きながら、歩いていく。


野戦陣地の中心部、練兵場も兼ねた広場。準備を終えた兵士・戦士たちが一堂に会する場所だ。

隊ごとに整列し、几帳《きちょう》面《めん》に弓やナイフなどを点検していく夜エルフ猟兵たち。仲の良い者同士で思い思いにたむろする魔族の戦士たち。クヴィルタル以下4名の、俺の家来たちの姿も当然そこにあった。最前線に指示を送っていると思《おぼ》しきイザニス族の伝令。空中に寝転がったり近くの連中とカードゲームに興じたりと、魔族以上に自由な悪魔兵たち。

「いよいよですな」

「ああ」

クヴィルタルが生真面目に話しかけてきたが、俺もさっきから似たような問答しかして

ねえ。

まあ……この期に及んで、話すことなんてないか。

「――ジルバギアス殿」

のしのしと重みのある足音がして、振り返れば、恰幅《かっぷく》のいい年配の魔族の男が立ってい

た。シワが深く刻まれた顔、赤みがかった隻眼、転置呪でも癒やしきれなかった聖属性の

傷跡が、左目の上を走る。歴戦《ベテラン》の風格を滲《にじ》ませた戦士――

ベテラノス＝レイジュ侯爵。

現在、この戦線において、地位と名誉の両面で最高位にある男だ――つまり彼こそが実

質的な指揮官。

「初めての戦場とのことだが……お覚悟はよろしいか」

しわがれた声で、ベテラノスが尋ねてくる。

「はい。全くの普段通り、とはいきませんが、存外落ち着いております」

俺もまた平坦《へいたん》な調子で答える。俺は王子だが階級は子爵にすぎない。そして魔王国の階

級は、戦場での指揮権にも直結する。この場では、俺はちょっぴり特別なだけのいち戦士

の扱いだ。

……人族の軍隊だったら、王子の俺は後方に引っ込んで指揮を執る（名目上）だけだったんだろうけどな。

俺自身が手勢を率いて、殴り込みをかけるのが当然とみなされているのが、魔族の魔族たる所以《ゆえん》だ。

「よろしい。間もなく攻撃予定時刻だ」

ベテラノスが空を見上げる。

ああ――完全に、夜が来た。

高台から見下ろせば、篝火《かがりび》が煌々《こうこう》と焚《た》かれた人族の陣地も、固唾を飲んでこちらの様子を伺っているように見える。

彼らも、俺たちが今夜攻め込むことを知っている。昼間のうちに前座の昼戦部隊がひと当てしてるし、何より、数日前にドラゴンたちによって予告の文章が空からバラ撒《ま》かれているからだ。

普通の戦争なら、降伏勧告になるんだろうが。

魔王国はそんなことはしない。

この日に俺たちは攻め込む。せいぜい頑張って迎撃しろ――こんな調子だ。

ドラゴンたちが空から油壺《あぶらつぼ》でもバラ撒いて、市街地に火を放ったら、とんでもない被害が出るんだろうけどな。

魔王国はそんなことはしない。それで敵が死んでしまったら手柄が減るからだ。

思わず、拳に力を込めそうになった――同盟軍は必死なのに、魔族どもと来たら、ちょっとスリリングな狩り気分だ。ふざけやがって……!!

「……ふぅ」

だが、俺がここで憤っても仕方がない。

本当に――笑えてくるくらい、仕方がないんだ。

「さて、諸君!」

ベテラノスが声を張り上げると、ざわついていた練兵場が静まり返った。

「……時間だ。これよりエヴァロティ攻略戦に突入する。だがその前に、我らがジルバギアス殿下よりお言葉をもらおう。傾注!」

事前に打ち合わせはしてあったので、俺も焦ることなく、前に出る。

夜闇に、ぼうっ、と浮かび上がる、数百、数千の瞳が――


俺を見つめる。

第7魔王子、ジルバギアスを。

「とうとう、この日が来たな。エヴァロティ攻略戦だ。……待ちわびていた者も多いのではないか？」

不敵な笑みを浮かべて、俺はじっくりと聴衆の反応をうかがう。

「――かく言う俺もそのひとりでな」

冗談めかして付け足すと、魔族たちの笑い声が響いた。

「実は魔王陛下よりお言葉をいただいている」

が、俺の次の一言で、ふたたび静まり返った。


「――存分に武威を発揮せよ。期待している。とのことだ」


正確には、俺に向けた言葉ではあったが、な。

だが、ざわっと高揚感が広まっていく、手応えがあった。

「ならば――魔王国の栄えある戦士として。我らがなすべきことは、ただひとつしかあるまい」

抜剣し、俺は剣槍《けんやり》を天に掲げた。

「エヴァロティを我らが手に！　魔王国の武威を、大陸全土に知らしめようぞ！」

――おおおおっ、と魔族の戦士たちが、槍を突き上げて応えた。

顔見知りの夜エルフの猟兵たちがうなずき、悪魔兵たちも盛り上がって小躍りしている。

ははは。この俺が、魔王軍の士気を鼓舞することになるとはな。

『皮肉なもんじゃな』

今は――俺に寄り添ってくれるのは、お前だけだな、アンテ。

……せいぜい、浮かれるがいい、魔王軍ども。

盲目的に戦場へ走るがいい。


「――出陣ッ！」

俺の号令に、「「おおッ!!」」と数千の声が応えた。

魔王軍の勝利は、デフテロス王国の敗北は、ほぼ必定。


だが、それでも。

俺は、俺なりに。

戦果を挙げてみせる。


「行こう」

俺は手下を連れて、戦場へ踏み出した――

——同盟に、栄光あれ。

——闇の輩に、死を！

†††

「……そろそろだねぇ」

茜色の空を見上げて、バルバラは緊張の面持ちでつぶやいた。

——王都エヴァロティ南西地区、サンバーン砦《とりで》。王都を取り囲む6つの砦のひとつに、バルバラはいた。

今夜、魔王軍の侵攻があることは数日前からわかっていたし、昨夜は、床についても、眠りに落ちるまでいつもより時間がかかった。

それでも、いざそのときが来ると、今さらのように震えが走る。

剣聖の自分でさえそうなのだ。周囲の一般兵や、民兵に至ってはどのような心持ちなのだろう。

（……いや、上位魔族の前では、自分も一兵卒も似たようなものか）

すぐに、そう考え直した。いかに剣の腕を磨こうとも、魔力の弱いバルバラは魔法に抵抗する術《すべ》を持たない。砦の上階に詰めた神官や森エルフの魔導師たちが、できる限り長時間、加護の奇跡を維持してくれることを祈るばかりだ。

肩の力を抜いて、周囲を見回す。

自分と同じように、城壁の上でジッと身をかがめて待機する兵士たち。下手に頭を出せば夜エルフの弓兵に目を射抜かれるかもしれない。普通、攻城戦といえば守る側が有利なものだが、こと魔王軍が相手ではそうとも言い切れない。魔族の魔法や夜エルフの矢をかわしながら、城壁をよじ登ってくる獣人や悪魔兵に対処するのは至難の業だ。

そしてひとたび守りを抜かれれば、魔族の戦士たちが雪崩込んでくる。

（……まあでも、魔王軍が守る砦を落とす苦労を考えれば、アタシらが守る方がまだマシなのかもしれないね）

結局、魔王軍がどうしようもなく強いのだ。

バルバラは身も蓋もない結論に至り、ひとりで苦笑した。

ここサンバーン砦を含む王都西部の3つの砦は、戦端が開かれれば激戦区となることが予想されるため、重点的に精兵が配置されている。

「………」

だから、歯を食いしばるようにして高台の魔王軍陣地を睨《にら》む兵士たちは、青ざめていたり、冷や汗をかいていたりしていても、新兵のように緊張でゲーゲー吐くような醜態は晒《さら》していなかった。

彼らはみな、デフテロス王国軍の正規兵。それもこれまでの戦いを生き抜いてきた歴戦の兵士ばかりだ。民兵がいたとしても退役軍人か、戦闘経験のある者。それに加えて聖教会の勇者、神官はもちろん、数は少ないが森エルフの魔導師までいる。

魔族を相手取るには、文句なしの布陣だ。

……魔族の大軍を相手取るには、充分と言えるか疑問だが。

――風にのって、魔王軍の陣地から、魔族どもの鬨《とき》の声《こえ》が響いてくる。

「来るか」

先祖伝来の一角獣の兜《かぶと》を被《かぶ》り直したバルバラは、城壁からチラッと顔を覗《のぞ》かせた。

「剣聖殿っ？」

隣の兵士が素っ頓狂な声を上げる。

構わず、宵闇に目を凝らして、辺りの様子をうかがった。平素なら、作付けの準備が始まっていただろう王都近郊の畑は手つかずのままだ。踏み荒らされた土以外は何も見えず、400歩ほど先に魔族の魔法で造られた岩壁の簡易陣地――アレで『簡易』なのだ、イヤになる――があるのみで。
獣人兵や、弓を携えた夜エルフ猟兵たちの姿がちらほらと目に入る。

――ひゅぅぅぅん。


「おっと」

眼前に迫る矢を、敢《あ》えて兜で受けて弾《はじ》き返し、まるで慌てふためいたように頭を引っ込めるバルバラ。

「敵さんも仕事熱心だねぇ」

「……剣聖殿、肝が冷えましたぞ」

隣のいかにも古強者《ふるつわもの》な兵士が、引きつった顔で話しかけてきた。戦う前に、主戦力の剣聖に死なれたら困る、とでも言わんばかりだった。

「なあに、あのくらいの矢に射抜かれるほど鈍っちゃいないよ」

バルバラはむしろ、不敵に笑ってみせる。

「剣で切り払ってやってもよかったけどね、わざと兜で受けたのさ」

「ほほう？　どうしてわざわざ？」

「今ごろ連中は、『間抜けにも顔を出した人族が、兜で命拾いして腰を抜かした』とでも言って、笑ってるだろうさ」

バルバラの笑みが、凶悪さを増した。

「その調子で、ノコノコとやってきた奴《やつ》らを——片っ端からアタシの剣でブチ抜いてやるんだよ」

これみよがしに、剣の腕を誇示してもいいことはない。剣聖がいるとわかれば相手も出方を変えるだろうからだ。

それより、道化を演じて向こうを油断させた方が、手痛いしっぺ返しを食らわせてやれるので、よほど良い。

「なるほど、なるほど。そいつは傑作だ……！」

合点がいったらしく、古強者の兵士も喉を鳴らして笑っていた。それとなく耳を傾けていた周囲の兵士たちにも、笑いが伝染していく。

「いやはや。剣聖殿は若いのに落ち着いていらっしゃる」

「もう若いってほどの歳《とし》でもなくなっちゃったけどねぇ」

バルバラがぺたりと頬を撫《な》でながら愚痴るように言うと、笑い声がさらに、ほんの少しだけ大きくなる。

「どーして笑うんだい、まったく……！」

怒って見せながらも、自分自身、肩の力がちょっぴり抜けたことを自覚する。

(別に、落ち着いてなんかいないけどね)

剣聖としての自負、貴族としての矜持《きょうじ》、人族の戦士としての誇り、先に逝った人々への想《おも》い――それらがなければ、裸足《はだし》で逃げ出していただろうが。

（アタシも、シャルのことは言えないよねぇ）

同僚《ヘッセル》から撤退を勧められても、残ることを選択したのは自分なのだ。だから、シャルロッテにもあまり強いことは言えなかった。結局シャルロッテも、最前線より少し手前の防衛拠点で待機している。

（……また会えるかねぇ）

ハッキリ言って、砦の死守は難しい。数時間もすればひとつやふたつは陥落するだろう。そのまま粘っても囲まれて殲滅《せんめつ》されるだけなので、戦況に応じて市街地に撤退し、魔王軍に泥沼の市街戦を仕掛ける予定だ。

先に貧乏くじを引くのは、果たしてどの砦か……ここサンバーン砦か、ヘッセルが詰めている最西端のニーバーン砦か、『老師』ドガジンのいるロックバーン砦か……

（いや……どのみち、当たりくじなんて……）

浮かびかけた仄暗《ほのぐら》い考えを、頭を振って打ち消す。

「そういえば、若いと言えば、聞いたかい。とうとう兵士の中から19歳の剣聖が誕生したんだってさ」

「ああ、小耳に挟みましたよ。あれは……本当なので？」

古強者兵士が、にわかには信じがたいという顔で尋ねてくる。

「アタシの同僚が会ってきたらしいよ。本物だった、ってさ。恐ろしいねえ若い才能ってのは……」

　おおー、と周囲の兵士たちも驚きの声を上げた。話には聞いていたが、信じかねていたらしい。士気高揚のために上層部が流した噂《うわさ》ではないか、という見方まであったようだ。

『いやー、たまんねえよな。19歳だぜ、10代だぜ。信じられるか？』

　昨日、顔を合わせた際に、ヘッセルが嬉《うれ》しいような困ったような表情で、ガリガリと頭をかいていたのを思い出す。

『俺もさー、剣聖に目覚めたときは若き天才って、そりゃあもてはやされたもんだ。20代後半で剣聖になる奴はそうそういなかったからな。そしたら、すぐに20代前半で剣を極めた、若き女剣士なんてのが出てきたもんだからよぉ……』

　何か物言いたげに、ヘッセルはバルバラを見つめていた。

『仕方ないじゃないか、目覚めなきゃ死んでたんだから』

『別に文句が言いたいわけじゃねえさ』

　バルバラが小脇をどつくと、ヘッセルは苦笑していた。

『それにしても、とうとう10代で剣聖、か……まあ……頼もしくはあるけど、なんて言うかな……』

　曖昧な顔で、ヘッセルは空を見上げていた。彼が言わんとすることは、バルバラにも伝わっていた。

──魔王軍に追い詰められるにつれ、剣聖の世代がどんどん若くなっている。

ひと昔前は50代、60代の剣聖が当たり前だったのに、ヘッセルも、バルバラも20代で目覚めた。そして今度は10代の剣聖まで現れた。

頼もしくはある。だが、それと同時に、どこか空恐ろしかった。

それほどまでに、人族は崖っぷちに追い詰められているのか、と──

人族の、種族としての窮状の、証左ではないか、と。


『……ま、剣聖が増えるのはいいことじゃないか。ただでさえ魔力が弱いんだからアタシらの種族にもこれくらいの強みはないとね？』

『……そうだな！　まあ、真面目で気のいいヤツだったよ。剣筋もまっすぐで小気味よかった。あのまま伸びていってほしい剣士だ』

ヘッセルはニカッと笑った。

『お前にも、ぜひ会いたいってさ。一段落ついたら──みなで一杯やろうや』

『そいつはいい。アンタも彼と顔を合わせたら、よろしく伝えといておくれよ』

そう言って、別れたのが昨日。

「……若い連中が、どんどん頑張ってるんだ。アタシらも気合いれないとね！」

バルバラがニカッと笑ってみせると、周囲の兵士たちは苦笑した。

「娘くらいの歳の剣聖殿に、そう言われちゃあなぁ」

「頑張らないわけにはいかねえよな……」

先ほどまで漂っていた、どんよりとした空気が徐々に打ち払われていく。

「そうさ。これから、そこそこ長い夜にはなるだろうけど」

宵闇に染まりつつある空を見上げて。

「──それでも朝日は絶対に昇るのさ。しぶとく勝ち抜いてやろう。生き抜いてやろうじゃないか！」

バルバラの、業物のレイピアがきらりと夜空に光る。

「──闇の輩《ともがら》に死を！」

「闇の輩に死を！」」

周囲の兵士たちも応えて、口々に叫ぶ。

（──勝ち抜く、か）

生気を取り戻した男たちを見ながら、心の片隅でバルバラは思う。

──何をもって、『勝利』と言えるのだろう？

魔王軍の撃退？　指揮官の撃破？　砦《とりで》の死守？

それを……何度繰り返せばいい？

聞けば、此度《こたび》の魔王軍は、第7魔王子が率いる軍勢だという。

第『7』だ。笑ってしまう。

仮に王子の首を取れたとしても、まだ6人もいる上に、魔王までいる。

しかも連中は、人族よりずっと長生きだ……剣聖がどんどん若くなりつつあることも加えて、不吉な予感がバルバラの心中に影を落とす。

(——いや、それでも構うもんか)

敢えて凶暴に、笑ってみせた。

自分はどっちみち、魔族より早く死ぬ。

人族の方が数は多いのだ。それなら——いっそのこと——

(アタシたちは、勝つ)

自分はここで負けて死ぬかもしれない。

だが、人族は決して——負けない。

(最期の最期まであがいてやる)

レイピアを強く握りしめたバルバラは。

死ぬまでに、何人の魔族を仕留められるか。
どれほど道連れにできるか。
ただ、それだけを考えながら、前を睨《にら》んだ。

城壁の向こうから、鬨《とき》の声《こえ》と無数の足音が迫る。

——デフテロス王国の命運を決する、

王都エヴァロティ防衛戦が、ここに、始まった。

【氷融呪】：ヴェルナス族

第1魔王子アイオギアスの出身、ヴェルナス族の血統魔法。

　水を瞬間的に凍結させ、できた氷を粘土のように操作可能になり、さらに高度な耐寒性まで獲得できる魔法。氷の鎧《よろい》を身にまとうヴェルナス族の戦士は、物理的にも魔法的にも極めて強固で、魔族の中でも屈指の打たれ強さを誇る。

　その起源は【聖域】の厳しい冬にある。洞穴で冬ごもりしていたヴェルナス族の祖は食料が尽きてしまい、外へ狩りに出ることを余儀なくされてしまった。が、猛吹雪に見舞われて立ち往生し、あまりの寒さと空腹に低体温症を発症。彼は異常な暑さを感じるようになり、毛皮の防寒着を全て脱ぎ捨てた上で、全身に魔法で生み出した水を浴びた。

　本来ならそのまま氷漬けとなって死ぬところ、当時の魔族では類稀《たぐいまれ》な魔力強者であった彼は、それで「快適になった」と認識し、世界の理《ことわり》を歪《ゆが》めてしまった。以降、彼は自らを氷漬けにしても平気になり、それが【氷融呪】の始まりとなった。厳しい冬でも凍死せずに済むことが、ヴェルナス族を大氏族に押し上げた一因とされる。

　なお現代のヴェルナス族の子どもは【氷融呪】を受け継ぐ際、先祖の貧しさとイカれっぷりに愕然《がくぜん》とするという。

【延焼呪】：リバレル族

第2魔王子ルビーフィアの出身、リバレル族の血統魔法。

石や金属、土、さらには水に至るまで『本来燃えないもの』を無理やり燃やしてしまう魔法。魔力が持つ限り燃え続け、普通に水をかけたり、地面に埋めたりしても決して消えない呪いの炎であり、ひとたび戦場で放たれれば猛威を振るう。

その起源は【聖域】の厳しい冬にある。冬ごもりのさなか、薪木が尽きてしまい寒さに震えていたリバレル族の祖は、どうにか暖を取ろうと火の魔力を振り絞り、傍らの石を温め続けた。このまま燃え続けてくれたらいいのに――どうにかして燃えないか――いや、実はこれは、余っていた薪ではないのか――？　と寒すぎて錯乱状態にあった彼は、ふとした拍子に世界の理を歪めてしまい、気がつくと眼前の石ころはぱちぱちと火の手を上げて燃えていた。それが【延焼呪】の始まりとなった。厳しい冬でも凍死せずに済むことが、リバレル族を大氏族に押し上げた一因とされる。

なお現代のリバレル族の子どもは【延焼呪】を受け継ぐ際、先祖の貧しさとみみっちさに愕然とするという。

【雷纏呪】：ギガムント族

第3魔王子ダイアギアスの出身、ギガムント族の血統魔法。

かなりの長期間、雷の魔力を物品に込められる付与魔法《エンチャント》の一種。魔力を物体に纏《まと》わせることは、それなりの魔力強者なら誰でもできるが、持ち主の手を離れても魔力が保持され続ける付与魔法《エンチャント》はドワーフ族などの限られた種族にしかできない芸当であり、【雷纏呪】は魔族の中でも数少ない生産的な血統魔法と言える。

その起源は、ギガムント族の祖を襲った落雷にある。曇天の下、狩りで槍《やり》を振り上げた瞬間にたまたま雷が落ちたが、幸運にも雷属性の魔力の持ち主であったギガムント族の祖は、奇跡的な制御で強大な雷を受け止めることに成功。しかし、その力を吸収することは到底叶《かな》わず、瞬間的に持てる力を全て手の槍に注ぎ込んだ。気づけば槍は帯電しており、数年に渡りその力が失われることはなかった。それが【雷纏呪】の始まりとなった。

なお本来の【雷纏呪】は、一族の者が総出で全身全霊の雷の魔力を放ち（落雷の再現）、それをひとりが受け止めて物品に封入するという難易度の高い儀式魔法めいたものだったが、悪魔との契約で魔力が飛躍的に高まった昨今は、個人で気軽に使えるようになった。ただし習得難易度だけは依然として非常に高い（落雷に匹敵する力を受け止めて制御する必要があるため）。

【伝声呪】：イザニス族
第4魔王子エメルギアスの出身、イザニス族の血統魔法。
風に『声』、すなわち『力あることば』を乗せて遠くまで届けられる魔法。
通常、呪詛《じゆそ》はせいぜい百歩ほどの射程しか持たないが（世界そのものや周囲の他のものの魔力に影響されて減衰するため）、【伝声呪】は使い手によっては視界の彼方《かなた》まで呪詛を放つことができる。

この魔法は、イザニス族の先祖が狩りや戦で連携を取るため、風向きを操って声を遠くまで届けようとしていたことを起源とする。これまでの血統魔法とは異なり、強烈な逸話があるわけではなく、地道な努力と積み重ねが結実した奥ゆかしい魔法と言える。

【聖域】時代は、他の魔族の手が届かない高空の鳥を悠々と撃ち落とし、食料の安定供給に役立った。また、日頃から遠距離で会話していたイザニス族は、早くから情報の重要性を認識しており、敵対する氏族の悪口を相互に流して争わせ、消耗したところで自勢力の拡大を図るなど、蛮族にあるまじき狡猾《こうかつ》さを発揮していた。このことがイザニス族の戦術家・策略家としての側面を強め、大氏族として台頭するに至った一因とされている。

【狩猟域】：サウロエ族

第5魔王子スピネズィアの出身、サウロエ族の血統魔法。

どんな方法であれ、円を描くだけで、様々な効果の結界を作り出せる魔法。『内部からの攻撃は通すが外部からの攻撃は遮断する結界』や『内部の音や匂いを消す結界』、『中に入ってきたものを逃さない結界』など、発動条件の緩さに対し圧倒的な汎用性を誇る。

その起源は、サウロエ族の祖の狩りの手法にある。サウロエ族は多属性の魔力の持ち主が多く、祖となった女魔族も光属性以外の全ての属性を持っていた。狩りで獲物を待ち伏せしていた彼女は、寒風を遮断するため地面に線を引き、風属性の結界を張った。続いて獲物から見つかりにくくするため土属性で壁を作って偽装し、さらに自分の姿が見えにくくなるよう闇属性も併用し、肌寒くなったので火属性で暖を取り――などと持ち前の手札の多さで工夫を重ねるうち、【狩猟域】の原型が出来上がったという。

血統魔法として確立された現代では、使い手全体の魔力が高まったことでさらに応用力が上がり、付与魔法に近い性質まで獲得しつつある。

【石操呪】：コルヴト族
第６魔王子トパーズィアの出身、コルヴト族の血統魔法。

石を粘土のように自在に操れる魔法で、建築や土木工事に活躍するほか、戦においても『即席の防壁を造る』『敵の足場を崩壊させる』など、凶悪な性能を発揮する。

その起源は【聖域】の厳しい冬にある。【聖域】時代、魔族にとって一番贅沢《ぜいたく》な家とは天然の洞穴だった。【聖域】には建材になるような樹木が存在せず、日干しレンガなどの技術もなく、雨風をしのぎつつ冬の寒さにも対応するには洞穴しか選択肢がなかったからだ。が、居住に適した洞穴はどれも大氏族に占拠されており、弱小氏族は地面に穴を掘って獣同然に暮らすしかなかった。

しかしある時期、凄《すさ》まじい厳冬が到来し、惰弱な者たちは雪に埋もれて次々に凍死していった。全てが雪に閉ざされつつある中、コルヴト族の祖となった者は、家族のため必死で岩壁に洞穴を掘ろうとした。弱小部族の出身とは思えぬほど魔力が強かった彼は、最大の力で岩壁に干渉を試み、ついに骨の槍で岩を抉《えぐ》ることに成功する。そうして居住に適した洞穴を掘り抜いたのが、【石操呪】の始まりとなった。

なおコルヴト族の若者は【石操呪】を受け継ぐ際、温かな洞穴で身を寄せ合い、笑顔で過ごす先祖の姿を幻視するという。コルヴト族の多くが魔族らしからぬ温和な気質の持ち主なのは、この血統魔法に込められた想《おも》いのせいなのかもしれない。

【転置呪】：レイジュ族

第７魔王子ジルバギアスの出身、レイジュ族の血統魔法。

魔王国で唯一無二の、治療を可能とする魔法。

その起源は、母の愛にある。怪我《けが》に苦しむ我が子を見かねた母親が、狂おしいまでの祈りと、傷そのものへの憎しみの果てに、ついに【傷】という【呪い】を我が子から引き剝がし、己《おの》が身に宿したのが【転置呪】の始まりとなった。

元々は親族のみが対象で、術者が傷を引き受けることしかできなかったが、血統魔法として確立されてからは徐々に柔軟性を増し、その対象は第三者にまで拡大されていった。

そして『自分と対象の健康状態を入れ替える』という性質を逆手に取って、『自分の傷を敵に押し付ける』ことが可能になってからは、一気に強力な呪詛として花開いた。

ロクな薬も治療法もなく、栄養状態も劣悪な【聖域】時代に、『傷を押し付けてくる』

レイジュ族がいかに恐れられたかは言うまでもない。さらには『傷や病を一旦引き受けてそれをまた別の誰かに移す』という、生贄《いけにえ》が必要な治療の真似事《まねごと》を始めてからは――

レイジュ族は、魔族の中で、良くも悪くも特別な立ち位置を占めるようになった。

その起源から、『肉親の傷や病を』『自らの健康を差し出し』『引き受ける』という状況で最も成功しやすい。

逆に、最も難易度が高いのは『無関係の人物によってつけられた』『第三者の傷を』『さらに別の誰かに移す』という事例。【転置呪】の対象となる傷病や人物と、術者自身の呪術的な結びつきが弱まれば弱まるほど、成功率が下がる。

また、神々によって与えられた奇跡ではなく、定命の者が生み出した呪《まじな》いに過ぎないため、対象の魔法抵抗が著しく高い場合は、どんなに当人が受け入れようとしても自然に抵抗されてしまい、効果が発動しない。

そのせいで初代魔王が勇者の凶刃に倒れた際も治療が叶わなかった。可能な限り魔王と血縁関係が近い【転置呪】の使い手も集められたが、あまりの魔王の魔法抵抗の高さに誰ひとりとして傷を引き受けることができなかったという。

あるいは、魔王の血縁者で、かつ大公級の【転置呪】の使い手がいれば、治療できたのかもしれないが――

実際のところは、試してみなければわからない、と言われている。

OVERLAP

第七魔王子ジルバギアスの魔王傾国記 Ⅳ

発　行　2024年1月25日　初版第一刷発行

著　者　甘木智彬
発行者　永田勝治
発行所　株式会社オーバーラップ
〒141-0031　東京都品川区西五反田 8-1-5
校正・DTP　株式会社鷗来堂
印刷・製本　大日本印刷株式会社

Printed in Japan ISBN 978-4-8240-0710-0 C0193